O CINEMA DE PERTO

CARLOS
DRUMMOND
DE ANDRADE

O CINEMA DE PERTO

prosa e poesia

Organização de
Pedro Augusto Graña Drummond
Rodrigo Lacerda

1ª edição

EDITORA RECORD
RIO DE JANEIRO • SÃO PAULO
2024

DESIGN DE CAPA
Caio Maia

IMAGEM DE CAPA
Joan Crawford em *Grande Hotel* (1932); C.D.A., 1927, Acervo da Família Drummond; Olga Popova/Shutterstock; Greta Garbo em *Mata Hari* (1931); Marlene Dietrich em *O anjo azul* (1930).

IMAGEM DE QUARTA CAPA
Arquivo Nacional. Fundo Correio da Manhã. BR_RJANRIO_PH/0/FOT/08685/ BR_RJANRIO_PH_0_FOT_08685_012

CIP-BRASIL. CATALOGAÇÃO NA PUBLICAÇÃO
SINDICATO NACIONAL DOS EDITORES DE LIVROS, RJ

A566c Andrade, Carlos Drummond de, 1902-1987
O cinema de perto : prosa e poesia / Carlos Drummond de Andrade ; organização Pedro Augusto Graña Drummond. - 1. ed. - Rio de Janeiro : Record, 2024.

ISBN 978-65-5587-680-2

1. Poesia brasileira. 2. Crônicas brasileiras. 3. Prosa brasileira. 4. Literatura Brasileira. I. Drummond, Pedro Augusto Graña. II. Título.

24-92641 CDD: 869
CDU: 821.134.3(81)

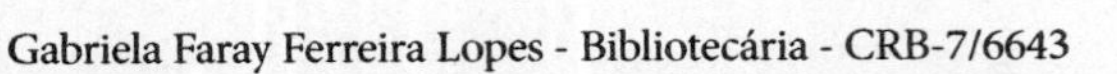

Gabriela Faray Ferreira Lopes - Bibliotecária - CRB-7/6643

Texto revisado segundo o Acordo Ortográfico da Língua Portuguesa de 1990.

Direitos exclusivos desta edição reservados pela
EDITORA RECORD LTDA.
Rua Argentina, 171 – Rio de Janeiro, RJ – 20921-380 – Tel.: (21) 2585-2000.

Impresso no Brasil

ISBN 978-65-5587-680-2

— Sobre que pretende escrever?
— Sobre tudo. Cinema, literatura, vida urbana, moral,
coisas deste mundo e de qualquer outro possível.

As memórias maravilhosas do cinema não estão nas cinematecas;
estão no coração da gente.

Enquanto isso, abria na cidade o primeiro cinema
(só quem assistiu à infância do cinema no Brasil
pode avaliar o que era essa magia dominical
das fitas francesas e italianas, sonho da semana inteira).

O cinema é uma nova religião...

Isto se chama nostalgia, e está em moda furiosa.

C.D.A.

SUMÁRIO

II – CINEMA BRASIL

III – AS OPINIÕES DO CAMUNDONGO MICKEY

IV – PIPOCAS

V – IR AO CINEMA

NOTA DOS ORGANIZADORES: LEMBRANÇA EM ESTADO DE LEMBRANÇA

POR PEDRO AUGUSTO GRAÑA DRUMMOND
E RODRIGO LACERDA

Dos poetas modernistas – ou oriundos do modernismo –
é Drummond quem faz maior número de alusões ao cinema,
o qual se destaca como tópos *recorrente em sua obra.*

Marlene de Castro Correia

Que é o cinema: uma arte, uma distração, um negócio,
uma tentativa de vencer o tédio?

C.D.A.

Esta nova coletânea apresenta uma vista panorâmica do que Carlos Drummond de Andrade escreveu sobre a "sétima arte". Desde o jovem estreante de 1920 até o poeta consagrado, que homenageia sua atriz predileta no penúltimo poema que escreveu em 1987, C.D.A. nos deixa claro que é uma dessas pessoas "emocionalmente ligadas ao cinema".

Carlos – que frequentava em 1911 o primeiro cinema de Itabira, inaugurado pelo colega farmacêutico Eurico Camilo – foi o cinéfilo de um tempo em que assistir a um filme era quase um ritual, algo muito diferente do que é hoje, quando boa parte da magia e do encantamento já se perdeu. O que era uma novidade artística, derivada da fotografia, tornou-se uma linguagem totalmente assimilada pelo público.

Boa parte dos textos aqui reunidos, em sua maioria inédita em livro, foi publicada a partir dos anos 1920, em jornais de Minas Gerais e do Rio de Janeiro.

Esta antologia segue as preferências implícitas do autor: o cinema como protagonista, como coadjuvante ou figurante, em crônicas, versos, pequenos comentários avulsos e fragmentos de textos, aqui chamados de "pipocas". Astros como Chaplin, Greta Garbo e Joan Crawford aparecem com o destaque que o autor lhes deu. O cinema no Brasil, a luta para enfrentar a indústria de Hollywood e outros assuntos, direta ou indiretamente relacionados ao cinema, demonstram a consideração que o autor dedicou ao tema.

Paralelamente, a poesia e a prosa drummondiana também inspiraram cineastas a adaptá-las para a grande tela. A filmografia gerada pela obra do poeta encerra esta coletânea.

Neste livro, como faz o próprio cinema, Drummond nos convida ao entretenimento e à reflexão sobre o papel das ilusões em nossas vidas.

O TEMPLÁRIO DE GRETA GARBO

POR SÉRGIO AUGUSTO

Quem se aventurar a escrever a história da crítica de cinema praticada por poetas dificilmente encontrará um ancestral do norte-americano Vachel Lindsay (1879-1931). Um dos fundadores da poesia cantada moderna, o *jazz poet* de Illinois também foi o primeiro poeta a escrever sobre filmes e estética cinematográfica de que se tem registro, inclusive sob a forma de livro: seu pioneiro *The art of the moving picture* foi posto à venda em 1915, quando Hollywood era pouco mais que um matagal seco e dispunha de apenas um estúdio de filmagem em funcionamento.

Já pelas bandas de cá, só na década seguinte o modernismo abriria espaço, na revista *Klaxon*, para que dois poetas da terra – Mário de Andrade e Guilherme de Almeida – dessem vazão em público e letra de fôrma à sua paixão pelo cinema. Mário de Andrade escreveu sobre filmes, cineastas e tópicos cognatos entre maio de 1922 e janeiro de 1923, por vezes oculto por um pseudônimo. Guilherme de Almeida foi mais longe, assinando críticas de filmes periodicamente no jornal *O Estado de S. Paulo*, entre 1926 e 1942, e editando um livro, *Gente de cinema*, em 1929.

Tempos depois, Vinicius de Moraes, o concretista José Lino Grünewald e Van Jafa, este mais comprometido com a crítica teatral diária, ampliaram a linhagem em variados veículos da imprensa carioca; noves fora Caetano Veloso, que, antes de virar compositor, foi crítico de cinema na Bahia. Antes deles, porém, outro poeta, justo o maior de todos, Carlos Drummond de Andrade, já se dedicava, intensamente, a refletir e escrever sobre cinema e os sortilégios de seus ídolos. O poeta de Itabira foi um ativo cronista cinematográfico em publicações de Belo Horizonte e do Rio de Janeiro, ao longo de praticamente seis décadas.

Tinha apenas 17 anos ao lograr uma oportunidade no modesto diário *Jornal de Minas*. Emplacou, em 15 de abril de 1920, um comentário sobre "a moral e o cinema", motivado pela histérica perseguição que a Liga Pela Moralidade mineira moveu contra o filme norte-americano *Diana, a Caçadora*, após sua estreia no cinema Pathé, de Belo Horizonte. Também colaborou no *Diário de Minas*, quando os filmes ainda eram mudos e Carlitos era chamado de Carlito, fixando-se em seguida no *Minas Gerais*, órgão oficial do governo do estado, no qual publicou mais de uma centena de crônicas entre 1929 e 1934, oculto a princípio sob os pseudônimos de Antônio Crispim, Barba Azul e Mickey (como o camundongo recém-inventado por Walt Disney).

Ao mudar-se para o Rio de Janeiro, em 1934, novos horizontes se lhe abriram na imprensa carioca e paulista. O prestigioso matutino carioca *Correio da Manhã* abrigou seus escritos entre 1954 e 1969. Em seu derradeiro mirante, no *Jornal do Brasil* (1969-1984), Drummond completaria trinta anos de atividade ininterrupta, à base de três crônicas por semana, quase sempre em prosa, com ocasionais observações e devaneios em versos. Até haicais ele cometeu ao refletir sobre a "sétima arte" ou a "décima musa", expressões que, aliás, sempre evitou usar, assim como nunca se identificou como "cinéfilo", francesismo, a seu ver, pernóstico e com similar nacional.

Éramos todos cinemeiros simplesmente, prosaicos fãs de cinema, "esse complemento audiovisual que consola, estimula, distrai, chateia, irrita e fascina", nas palavras do poeta, fiel devoto da mais poderosa (e politeísta) religião laica do século passado. A ida ao cinema era a sua missa dominical. Ia ao cinema principalmente para viver outra vida "sem perder as garantias da nossa". Juntar as duas e corrigir uma com os recursos infinitos da outra era sua mais infalível receita existencial.

Idolatrava mais as estrelas do silencioso do que suas sucessoras na mitologia cinematográfica, por ele injustamente reduzidas à categoria de "mitinhos" para espectadores adolescentes. Às suas favoritas, fez declarações de amor explícitas, ora e vez incitando-as a recusar papéis não condizentes com seu tipo físico ou sua aura, como fez numa crônica de 1971, para o *Jornal do Brasil*, tão logo soube que o italiano Luchino Visconti tentava convencer Greta Garbo a voltar às telas, por ela abandonadas trinta anos antes, no papel da proustiana rainha de Nápoles numa adaptação cinematográfica de *Em busca do tempo perdido*. "Nem sequer recuse, responda com seu majestoso silêncio", recomendou o cronista.

Com frequência imaginava suas musas presentes na vida real, a encher de magia e glamour a insipidez provinciana das Alterosas e até mesmo a cosmopolita paisagem carioca. Sublimou Clara Bow embriagando-se com champanhe num baile do Automóvel Clube do Rio, Eleanor Powell dançando "num lugar feito de nuvens cinzentas", e Romy Schneider dando sopa na mesma avenida Atlântica de Copacabana em que vislumbrou um desfile com os artistas da tela mortos naquele ano, devidamente anunciados por um alto-falante.

Talvez só num livro coubesse tudo o que em verso e prosa escreveu a respeito de Greta Garbo, a suprema deusa do seu devocionário. Definiu-a, em ocasiões diversas, como "mulher-fábula", "mulher enigma", "esfinge", "mito lunar", "ninfa-nenúfar", admirava a renitência com que cultivava sua persona etérea e reclusa ("trancada em si mesma para preservar a intangibilidade do mito"), gostava até de seus "filmes deliquescentes", e chegou a incentivar os colegas de ofício a escrever sobre ela quando estivessem sem assunto. Para protegê-la de qualquer ameaça, criou a Sociedade dos Templários de Greta Garbo, cuja presidência entregou a Manuel Bandeira, cabendo a Stéphane Mallarmé a "presidência metafísica" da entidade, a despeito de o poeta francês ter morrido oito anos antes de Greta Lovisa Gustafsson nascer.

Sua garbolatria desinibiu-se de vez em 1955, com a invenção de uma misteriosa viagem da atriz sueca à capital mineira, ocorrida 26 anos antes. Mais que misteriosa, delirante. Segundo Drummond, em outubro de 1929, Garbo veio "dar com sua angulosa e perturbadora figura" em Belo Horizonte. O poeta Abgar Renault soubera da chegada da atriz, disfarçada de naturalista nórdica, por intermédio de um professor de sueco radicado nos Estados Unidos, e não resistiu à tentação de informar Drummond imediatamente. O cinemeiro de Itabira não apenas ciceroneou a estrela pela cidade e arredores como se esmerou em mantê-la numa redoma, isolada até do círculo mais íntimo de amigos, e ainda a presenteou com um papagaio furtado do Parque da Cidade, que teria aprendido a falar "Hello, Greta!" e imitar a risada da atriz.

"[V]imos descer do carro-dormitório, dentro de um capotão cinza que lhe cobria o queixo, e por trás dos primeiros óculos pretos que uma filha de Eva usou naquelas paragens, um vulto feminino estranho e seco, pisando duro em sapatões de salto baixo" – assim Drummond descreveu a chegada de Garbo à Estação Central de Belo Horizonte. Por trás de seu par de "óculos pretos", ela olhou para ele como a um carregador, e disse: "*I want to be alone.*" Revelou-se, contudo, cordialíssima, acrescentou o cronista.

Drummond admitiu que toda aquela história não passava de uma tremenda lorota na crônica "Sonho modesto", mas o fez levando a brincadeira adiante. Segundo ele, a confissão tornou-se obrigatória apenas depois que o jornalista Pompeu de Sousa tentou persuadi-lo a relembrar o episódio numa entrevista ao *Diário Carioca*, suplementada por fotos, fac-símiles de bilhetes da atriz e outros *souvenirs* igualmente inexistentes.

Em defesa de sua musa suprema, Drummond terçou armas com Vinicius de Moraes, fã de Marlene Dietrich, por causa de um artigo de Vinicius no *Diário Carioca*, que, na opinião de Drummond, menoscabava o mito de Garbo, ousando comparar "uma mulher (a sra. Marlene Dietrich) com uma pura e transcendente abstração (Greta Garbo)". Considerava a atriz de *O anjo azul* um mito puramente exterior, um fenômeno de fotogenia forjado em jogos de luz por um Pigmaleão vienense, chamado Josef von Sternberg.

Além de templário de Garbo, Drummond autodeclarou-se segundo tesoureiro perpétuo da Sociedade dos Amigos de Joan Crawford, xodó de outro poeta mineiro, Emílio Moura, que cuidava do livro de atas da agremiação. É bem provável que Crawford, reconhecida por Drummond como "a única figura ou instituição que passou pela Segunda Guerra Mundial sem perda substancial de prestígio", tenha sido a segunda divindade do seu Olimpo. Deixou-se enfeitiçar por sua "inteligência sensual", sobretudo por seus olhos grandes, meio esbugalhados, pelas sobrancelhas espessas, pela boca longa e úmida, pelo rosto quadrado, que, admitia, não era bonito.

"Mas tudo que amamos verdadeiramente" – ressalvou – "não é bonito, é intenso, e dói". Comparou-a a uma "orquídea, cravo, trescalante", e, esgotado o jardim, a um verso de Baudelaire, a outro de William Blake e, turbinando a hipérbole, a uma equação einsteiniana.

Com Crawford, sublimou uma conversa, a bordo de um navio, mas não a viu pessoalmente em nenhuma das vezes em que a atriz e empresária (herdeira da Pepsi-Cola) visitou o Brasil. Dela se despediu com um poema *in memoriam*, em maio de 1977, preito que não pôde prestar à sua amada Garbo, que viveu mais três anos do que ele. De todo modo, foi com ela na cabeça que Drummond escreveu seu penúltimo poema, em 1987. Àquela altura, nem precisava mais confessar que havia "imaginado, maquinado, vestido e amado" Garbo, mas o fez, para que não pairasse qualquer dúvida a respeito.

Das estrelas que lhe apertaram a mão no plano da fantasia, Catherine Deneuve parece ter sido outra dos que mais vivamente o impressionavam. Supostamente apresentados em Paris, teriam mantido uma breve correspondência, tão platônica quanto fictícia, envolvendo pedras semipreciosas colecionadas pela atriz e abundantes na fazenda de soja que Cyro dos Anjos tinha em Montes Claros, no norte de Minas.

Saudosista, nostálgico, eclético em suas preferências, Drummond era visceralmente contrário à dublagem de filmes estrangeiros, prática que, segundo ele, "serve antes de incentivo à cristalização do analfabetismo, pela preguiça mental". Ao contrário de Vinicius de Moraes, não se meteu na polêmica defesa do cinema mudo frente ao sonoro. Ligou-se mais no confronto entre os filmes em preto e branco e em cores. Nos primeiros, a seu ver, "as coisas feias doem menos, e as bonitas continuam bonitas, com possibilidade de se vestirem com roupagens ainda mais belas, criadas pela nossa fantasia". Achava o cinema em Technicolor "de um cafajestismo que ofende nosso pudor visual" e não recebeu o CinemaScope e outras telas esticadas com chá e simpatia.

Adentrou a década de 1960 remando contra a maré, a torcer o nariz para os figurões da modernidade cinematográfica. Chegou a pedir uma "vacina cultural contra os gênios cinematográficos, tipo Godard, Pasolini,

Antonioni", que, segundo ele, "costumam tirar à gente o gosto de ir ao cinema, devido à genialidade excessiva de suas criações". Nem sequer de Bergman livrou a cara.

Sempre cordial com o cinema brasileiro e atento aos seus eternos problemas de produção e distribuição, qualificou um plano salvacionista elaborado pelo cineasta Alberto Cavalcanti na década de 1950 de "bem-intencionado, mas inábil", pela possibilidade de manter nossa indústria de filmes controlada além da conta pelo governo. Era uma voz permanentemente solidária contra a censura e um entusiasta do que de melhor o cinema brasileiro produziu nas últimas quatro décadas do século passado. Defendeu e celebrou Nelson Pereira dos Santos, Glauber Rocha, Ruy Guerra e, com especial desvelo, Joaquim Pedro de Andrade, autor de *O padre e a moça*, filme de 1966, inspirado num fragmento do poema "O padre, a moça", que a censura tudo fez para proibir em todo o território nacional, por considerá-lo "imoral e anticlerical". Também daquela vez os dois Andrades venceram a parada.

I – SENTIMENTO DE AMOR VISUAL

Imaginei, maquinei, vesti, amei Greta Garbo.

A Sociedade dos amigos de Joan Crawford.

Tenho namoradas
que outros não namoram

C.D.A.

O FENÔMENO GRETA GARBO[1]

Conselho aos cronistas mundanos e a outras pessoas que têm a obrigação diária de encher um palmo de coluna: quando estiverem completamente sem assunto, escrevam sobre Greta Garbo.

Porque Greta Garbo é um assunto sempre novo, ou pelo menos que convencionamos ser sempre novo. Todo mundo gosta de Greta Garbo. E nem todo mundo gosta, por exemplo, de *ice-cream* soda. Portanto, Greta Garbo é muito superior ao *ice-cream* soda.

Oh! Sem comparação. Se me pedissem uma definição dessa estranha e conspícua figura da tela, eu ficaria muito atrapalhado. Entretanto, seria fácil definir Laura La Plante, essa nossa priminha gorda que se enrolou num edredom e apagou as luzes para nos meter medo no corredor; ou Billie Dove, esse lindo frasco de perfume – sem perfume; ou Clara Bow, a menina sapeca que se embriagou com champagne no baile do Automóvel Clube e jogou um pé de sapato no Chico Martins. Mas definir Greta Garbo é difícil. A gente percebe que ela é diferente e em muitos volumes, e que o segundo volume não é a continuação do primeiro. Para compulsá-la, torna-se preciso um índice geral alfabético, e o editor esqueceu-se desse índice.

Meditemos um pouco à beira dessa senhora e concluamos que ela é, em primeiro lugar, feia. Tem um corpo de tábua de passar roupa, depositado sobre dois pés enormes, nº 41 (dizem que Isadora Duncan não os possuía menores). Um rosto que não se recomenda nem pelo brilho dos olhos nem pela correção do nariz nem pela exiguidade da boca. Criatura seca, pobre de curvas, rica de ângulos, e seguramente sem nenhum desses predicados que caracterizam e dão preço às nossas belezas de trópico. Beleza, talvez, para os esquimós, se o belo para o esquimó não fosse uma autêntica esquimó, e

1 *Minas Gerais*, 18 mai. 1930, e *Revista do Arquivo Público Mineiro*, ano XXXV, 1984.

não uma cavalheira comprida e trágica, mórbida, antipática e artificial como a predileta do conceituado ator líbano-americano John Gilbert.

Aí está: acabei xingando Greta Garbo de nomes bem duros para sua vaidadezinha nórdica. Entretanto, eu admiro Greta Garbo e não perco seus filmes deliquescentes, de beijos intraduzíveis em vernáculo, de sugestões freudianas e de outros *drinks* manipulados no balcão romântico-industrial da MGM. Eu e toda gente. Cinema com o rosto escorrido e o olho parado de Greta Garbo no cartaz é cinema cheio. A penumbra da sala enche-se de êxtases e de corações batendo pela sorte da mulher-orquídea, mulher cheia de ossos e intenções, que a gente não sabe se está pelo avesso ou pelo direito, mulher gelada e fatal, mulher do golpe do mistério. E ninguém sabe explicar por que motivo Greta Garbo desarranja tanto a nossa máquina sentimental de sertanejos envernizados.

Eu também não sei, mas agradeço a Greta Garbo o assunto que me deu para este domingo.

OBRIGADO, JOAN[2]

Obrigado, Joan, porque não pudeste vir. Sem ti, o Festival de Cinema será mais belo: porque sentiremos saudades tuas, e o mito permanecerá intacto.

Se viesses, serias recebida pelos príncipes, pelo jovem Guinle e pelos quinhentos casais mais elegantes do Brasil; comerias ostras no Mercado, verias a macumba de Meriti, a Agência Nacional te fotografaria rindo de uma piada do presidente; e tudo se faria segundo os ritos, mas tu mesma, Joan, estarias errando fora do tempo e do espaço.

Do fundo da mocidade perdida, lampejas como a estrela Aldebarã, e és nostalgia e conforto de alma para a Sociedade Internacional dos Homens Maduros, um dos quais te fala. Ficaste numa zona irreal que cada um conserva dentro do peito, à medida que a vida vai imprimindo mudanças externas, de roupa, de pele e de uso. Nesse território passional, tens hoje o mesmo viço juvenil de há 25 anos, quando se revelaram ao mundo teu nariz pouco clássico, tua boca rasgada, teus olhos maiores que tu mesma, e o que havia em ti de inteligência sensual, de animal humano que encarna uma forma diversa de beleza, ou seja, a beleza mesclada de feio e de patético.

Que é o cinema: uma arte, uma distração, um negócio, uma tentativa de vencer o tédio? Seja o que for, o cinema te revelou, e eras orquídea, cravo, trescalante, verso de Baudelaire, dança, prazer de equação einsteiniana, alegria de existir e dor de amar, a grande companheira do anoitecer na província, quando, cessado o expediente nas repartições, e comido o jantar, vamos todos ver desabrochar na penumbra essa corola não classificada nos tratados de botânica, enquanto em volta de ti, na tela, os maus galãs se matavam ou caíam em êxtase pânico.

---

2 *Correio da Manhã*, "Imagens do tempo", 31 jan. 1954.

Eras – e és, no mesmo plano saudosista – um dos mitos do cinema, que os produziu raros e belos: Chaplin, ou o universo sensível; a Garbo, mito lunar; a Falconetti, mito de poucos. Hoje, a grande indústria elabora mitinhos: Marilyn, mitinho rebolado; Silvana, mitinho dos ginasianos com espinhas; Esther, caricatura da mãe d'água. Que venham essas últimas donas, e mais o pessoal que vive de se mostrar em Cannes, Veneza e Montevidéu: diretores geniais, galãs idem, penetras, mocinhas esfogueteadas de França, México e algures. Venham, banhem-se em piscinas da Gávea, bebam cachaça com água de coco, se não fizer muito calor, e o dr. Moses lhes explicará o que os nossos repórteres querem saber: quantos divórcios cada qual já teve, e se é verdade que Zsa apanhou mesmo de Rubirosa – e tudo acabará como acabam os festivais, com alguma zoada e pouco cinema.

Tu, porém, Joan, tu diversa, tu sublime; tu Crawford, fica aí mesmo onde estás, que não queremos ver-te por muito amar-te; porque não suportamos perceber em tua máscara isso que o outro chamava *des ans l'irreparable outrage*; porque não toleraríamos as restrições dos brotos à tua plasticidade, nem o contato do real com o imaginário, de Joan com Joan, ou, falando verdade, de nós mesmos, disponíveis, alvoroçados e juvenis, com os velhotes emburrecidos que somos hoje.

Obrigado, Joan.

THEDA BARA ETC.[3]

Não posso dizer que a morte da sra. Theodosia Goodman seja motivo de tristeza para os de minha geração, porque Theda Bara, afinal, não era amada. Amada era Dorothy Dalton, que tinha covas no rosto, e, quando aparecia em *A chispa de fogo*,[4] ia despertando em cada um de nós, velhos e novos, o desejo de nos incendiarmos em seus braços. Grande Dorothy! Para o paladar de hoje, teria o rosto demasiado lua-cheia, o sorriso ridículo, o olhar inexpressivo ou boboca; mas, para o mundo como era em 1930, essa mulher arrasava quarteirões. Se as modas exteriores mudam cada seis meses, ou cada seis semanas, impondo às mulheres não só outros adornos como até outros modos de ser, e aos homens uma adaptação contínua a sucessivas mulheres que estão latentes numa só, compreende-se que a fotografia de Dorothy Dalton, acaso reproduzida no *Cruzeiro*, desperte uma sensação arqueológica, e a pergunta: "Existe isso?" Não, não existe, como tampouco existem as Marilyns e Gams deste minuto; o que existe, e sempre existiu, é o desejo transeunte, a modelar e colorir novas aparências, que distraem sem imobilizá-lo; e nada mais ridículo que uma aparência arquivada.

Theda Bara tinha o seu público, era "bilheteira", e, no entanto, a primeira revolução popular a que me foi dado assistir, e da qual admito haver participado, se desencadeou porque esse público se recusou a ver por dois mil réis a sua Cleópatra. Por mil e cem, ia-se a uma elegantíssima "sessão Fox" das sextas-feiras, no cinema Odeon de Belo Horizonte, com direito à boa orquestra valorizada pelo grande flautista Flausino Vale, e ao *flirt* na salinha de espera, em torno da gruta artificial e do lago onde nadavam peixinhos. Estudantes, com sacrifício (a vida era muito cara, naquele tempo),

---

3 *Correio da Manhã*, "Imagens antigas", 12 abr. 1955.

4 Título original: *The flame of the Yukon* (1917).

pagavam seiscentos réis. A empresa entendeu que, no caso particular de Theda Bara rainha do Egito, a desvendar boa parte de sua anatomia, os dois mil réis plenamente se justificavam. A massa popular, pensando de outro modo, jogou por terra a frágil grade de metal que protegia a entrada e invadiu a sala. Aos berros, exigíamos o filme, e de graça. Mas o filme não foi exibido, porque a empresa era durinha, e a polícia estava do seu lado. Então a massa popular se retirou para a avenida Afonso Pena e, para fazer alguma coisa, começou a depredar os bondes, que nada tinham a ver com nossas reivindicações, mas era o que estava à mão. Aprendi a custo de Theda Bara duas verdades políticas: 1ª. os movimentos revolucionários jamais alcançam os fins a que se propuseram; 2ª. as instituições não visadas pelos movimentos revolucionários são as únicas que lhes sofrem as consequências. Conservei, por alguns dias, um fragmento de balaústre, em memória daquela noite de devastação. E, como toda gente, vi *Cleópatra* a dois mil réis; não era grande coisa.

Contudo, esta crônica é de saudade, embora não protocolar. Saudades do velho Odeon, que morreu muito antes que Theda Bara; do flautista igualmente morto, e que era também compositor e poeta; da orquestra inteira, que vinte anos depois fui encontrar, algo fantasmal, tocando no Hotel Majestic para hóspedes que não poderiam jamais penetrar sua secreta e intransmissível música; saudades das ruas, dos ares, das nuvens, das figuras, das vozes, dos passos, dos problemas, dos sentimentos de uma era que perdeu de todo a atualidade e não entrou na história, mas que se faz lembrar sub-repticiamente na órbita pessoal, sob pretexto da morte de uma velha atriz; saudade de livros amados, devorados e esquecidos; de revistas onde o comezinho juvenil aparecia impresso, não em grego, mas em luz, aos olhos vaidosos de seu dono; saudades misturadas de Dorothy Dalton, Maeterlinck, William S. Hart, Remy de Gourmont, Tagore, praça da Liberdade, João Guimarães Alves, Café Estrela, visita do rei Alberto, peregrinação pelos cabarés com o poeta e mosqueteiro Batista Santiago, saudades, por que não?, também de Theda Bara, mas, principalmente, incuráveis egoístas que somos todos: de mim por mim.

GARBO: NOVIDADES[5]

Um semanário francês publicou a biografia de Greta Garbo e, embora não conte nada de novo sobre esse fenômeno cinematográfico desconhecido da geração mais moça, atraiu a atenção dos leitores.

A este humilde cronista, a publicação interessou sobretudo porque lhe abriu a urna das recordações; e ainda porque lhe permite desvendar um pequeno segredo velho de 26 anos, e os senhores sabem como os segredos, à força de envelhecer, perdem a significação.

Passado um quarto de século, considero-me desobrigado do compromisso assumido naquela tarde de outono, no Parque Municipal de Belo Horizonte, e revelarei uma página – meia página, se tanto – da vida particular de Greta Garbo.

Está dito na biografia de *Paris Match* que, depois de recusar o papel de *vamp* em *Os homens preferem as loiras*,[6] oferecido por Louis B. Mayer, a extraordinária atriz se fechou em copas, por cinco meses, em seus aposentos do Hotel Miramar, em Santa Mônica, até obter aumento de salário. É falso. Durante esse período, Greta viajou incógnita pela América do Sul, possuída de *taedium vitae*, e foi dar com sua angulosa e perturbadora figura na capital mineira, onde apenas três pessoas lhe conheceram a identidade.

Corria o ano de 1929, e como corria: a luta pela sucessão do presidente Washington Luís assumira desde logo aspecto violento, mas não deixávamos, eu e um grupo de amigos diletos, de frequentar o cineminha local, onde a Garbo, já em pleno fastígio da glória, desbancava todas as "estrelas" do mundo. Certa manhã, pálido e emocionado, o poeta Abgar Renault bateu-me à porta, reclamando cooperação. Uma senhora estrangeira che-

5 *Correio da Manhã*, "Imagens em preto e branco", 22 mai. 1955, e *Fala, amendoeira* (1957).

6 Título original: *Gentlemen prefer blondes* (1953).

garia pelo noturno da Central, às 10 horas (isto é, às 3 da tarde, pois o trem vinha sempre atrasado). Fora-lhe recomendada por um professor sueco, então nos Estados Unidos, com quem Abgar se correspondia a respeito de poetas elisabetanos. Tínhamos de reservar-lhe aposentos no Grande Hotel, do Arcângelo Maletta, e proporcionar-lhe distrações campestres, mas a senhora fazia questão de não travar relações com ninguém, e se ele, Abgar, queria os meus serviços, era em razão de nossa fraterna amizade.

Tomamos providências e, à tardinha, vimos descer do carro-dormitório, dentro de um capotão cinza que lhe cobria o queixo, e por trás dos primeiros óculos pretos que uma filha de Eva usou naquelas paragens, um vulto feminino estranho e seco, pisando duro em sapatões de salto baixo. Mal franziu os lábios para cumprimentar o meu amigo, olhou-me como a um carregador, e disse-nos: "*I want to be alone.*" Depois, manifestou os dentes num largo sorriso, como a explicar: "Mas isso não atinge vocês." E de fato, nos dias que se seguiram, mostrou-se cordialíssima conosco, sempre através dos conhecimentos de inglês de Abgar, já então notáveis.

Não tardei, por iluminação poética, a identificar a misteriosa viajante, que dava grandes passeios pela serra do Curral acima, e um dia se dispôs a ir a pé a Sabará, empresa de que a dissuadimos, horrorizados. Revelei a Abgar minha descoberta e ele, arregalando os olhos, suplicou-me, por tudo quanto fosse sagrado para mim, que não contasse a ninguém. Fiz-lhe a vontade. Os outros amigos ignoraram tudo. Capanema, Emílio Moura, Mílton Campos, João Pinheiro Filho etc. olhavam-nos surpresos ante aquela relação estranha. Explicamos que se tratava de uma naturalista em férias, miss Gustafssom. E a cidade não soube que hospedava pessoa daquela importância. É facílimo enganar uma cidade.

Apenas o Jorge, chofer árabe que nos servia, arranhando vários idiomas, acabou pescando, por uma conversa entre Abgar e a estrangeira, quem era ela. Intimamo-lo a calar-se, sob pena de o denunciarmos como "prestista". Éramos amigos do governo, e este tomara posição contra o dr. Júlio Prestes, candidato à presidência da República. Jorge encolheu-se, talvez por motivos que sempre desaconselham um encontro com a autoridade.

À véspera da partida, nossa amiga levou-nos a jantar no Grande Hotel e – lembro-me perfeitamente – fixou os olhos na mesa vizinha, onde uma família chegada da Bahia abrangia um garotinho de cerca de 2 anos. Greta mirou a testa larga do guri e disse pensativamente: "É poeta." Tive a curiosidade de procurar no livro da gerência o nome da família: Amaral; e do neném: José Augusto. É hoje o poeta e crítico de cinema Van Jafa, que, decerto, ignora esse vaticínio.

Saímos ao entardecer para uma volta no parque, e lá Greta Garbo, mãos nas mãos, pediu-nos que jamais lhe revelássemos a identidade. De resto, ela própria não sabia mais ao certo quem era: as personagens que interpretara se superpunham ao "eu" original. Uma confusão... "Gostaria de ficar entre vocês para sempre, tirando leite das vaquinhas num sítio em Cocais. *That's a dream.*" Furtamos um papagaio do parque e o oferecemos à amiga; reencontro essa ave no texto de *Paris Match*, dizendo: "*Hello, Greta*" e imitando sua risada, entre gutural e cristalina... Como a vida passa! Mas, agora, não posso calar.

SONHO MODESTO[7]

Macunaíma, o "herói" de Mário de Andrade, gabava-se um dia de ter caçado dois veados-mateiros de uma só vez, quando pegara simplesmente dois ratos chamuscados. Como seus irmãos contestassem a proeza, ele "parou assim os olhos" no interlocutor e explicou.

— Eu menti.

Desde domingo, o cronista se sente um pouco na situação de Macunaíma, embora (ou por isso mesmo) ninguém pusesse em dúvida a veracidade da passagem de Greta Garbo por Belo Horizonte. Pelo contrário, o crédito dispensado à narrativa foi unânime, e até cumprimentos recebeu o narrador, por motivos distintos. Louvaram-lhe uns o ter mantido por tantos anos o sigilo assegurado a Greta Garbo e, generosos, não exprobraram o fato de haver rompido esse silêncio, transcorrido um quarto de século. A atriz não pedira reserva por determinado período, e assim devia entender-se que a desejava para sempre; e sem consulta a Garbo, como quebrar o compromisso? "Você foi formidável", disse-me um amigo; "26 anos com um segredo desses na moita!" Aprendi com isso que, para a virtude da discrição, ou de modo geral qualquer virtude, aparecer em seu fulgor, é necessário que faltemos à sua prática. Morresse eu com o meu segredo, ninguém me acharia formidável.

Outros, e esses me comoveram, vieram trazer-me agradecimentos da sua (ou nossa) geração, pelo bem feito a todos com a revelação do episódio. Afinal, de um grupo numeroso de homens que amaram Greta Garbo espiritualmente e na tela, dois, se não a amaram na realidade, pelo menos tiveram esse privilégio de passeá-la incógnita, pelas alamedas de um parque, num crepúsculo de outono mineiro. *Que notre âme depuis ce temps tremble et*

---

7 *Correio da Manhã*, "Imagens antigas", 26 mai. 1955, e *Fala, amendoeira* (1957).

s'étonne – como diz o poeta Verlaine. Tínhamos, Abgar Renault e o cronista, representado nesse passeio a sensibilidade de muitos.

Já me sentia disposto a conceder a Pompeu de Sousa a entrevista solicitada para o *Diário Carioca*, e a ser ilustrada com a ingênua fotografia tirada por um profissional de jardim, com a "estrela" entre os seus dois amigos, e fac-símiles de bilhetes que ela nos escrevera, quando, rebuscando os meus guardados, verifiquei que faltavam bilhetes e foto. E faltavam pela simples e macunaímica razão de que jamais haviam existido.

A essa altura, porém, tornava-se mais fácil provar de diferentes maneiras o *intermezzo* belo-horizontino do que invalidá-lo. O Grande Hotel, em que jantáramos com a amiga, tanto podia ser o do filme do mesmo nome, por ela interpretado, como o venerando hotel da rua da Bahia, do saudoso Maletta. Os elementos de credibilidade e mesmo de convicção eram tão intensos que me surpreendi perguntando, intrigado:

— Onde diabo puseram os papéis que estavam na gaveta de cima? Vai ver que esses capetinhas botaram fogo neles!

Não, não botaram. Lamento desencantar os leitores que acharam não só plausível como até contada "com visível fidelidade" a historinha de Greta Garbo em Minas. Peço desculpas a Abgar Renault pelo incômodo que lhe haja causado o muito afeto em que o tenho, e que me levou a associá-lo a essa aventura imaginária. (Era preciso alguém que falasse inglês, e talvez até sueco, na minha pobre fábula.) Mas tirei uma segunda lição – sempre se tiram algumas, das situações mais insignificantes – e é que, 25 anos depois, tudo pode ser verdade, e é precisamente verdade. O homem guarda certa desconfiança a respeito de fatos ocorridos diante do seu nariz, presumindo que o estejam enganando; mas acredita piamente, por exemplo, no que lhe contarem a respeito de vultos cujo centenário se comemora, e está disposto a admitir qualquer coisa, desde que traga a chancela do tempo. As consequências a tirar desta disposição, no estudo da história, são óbvias: os manuais devem ser lidos e entendidos pelo avesso. Mas o cronista não quis provar absolutamente nada, imaginando que poderia ter conhecido Greta Garbo, por preguiça, aqui mesmo no Brasil. Quis apenas alimentar um modesto sonho de domingo, e "*los sueños, sueños son*".

JOAN[8]

A Sociedade dos Amigos de Joan Crawford, de que este colunista é segundo tesoureiro perpétuo, esteve reunida em assembleia extraordinária para resolver se o filme de nossa amiga, exibido [...][9] Somos muito severos em matéria crawfordiana; já o éramos no período de coexistência com a Sociedade dos Amigos de Greta Garbo, que se dissolveu pela omissão da atriz, e cujos membros, espontaneamente, vieram engrossar nossas fileiras. (Engrossar é exagero; não somos legião nem pretendemos sê-lo; o que nos distingue é o fervor.) Se alguém faz restrições a Joan, não botamos a boca no mundo, tachando o crítico de comunista ou golpista; examinamos suas restrições, em geral infundadas, e reafirmamos nossa fidelidade à estrela.

Algum leitor demasiado jovem sorrirá, talvez, de tal sociedade; e eu lhe direi que feliz será ele se, daqui a vinte anos bem vividos, conservar quaisquer de suas admirações ou interesses de hoje em matéria de arte, letras, ideias políticas ou filosóficas, amor. Cada ano que passa leva na enxurrada um gosto da gente, e não sei de duas pessoas que, mudando de casa, conservem a antiga mobília. Nossa mobília interior, essa é ainda mais variável que tudo, de sorte que se um afeto, um assombro, um visgo permanece ao longo de duas décadas, ou quase, há razão para celebrá-lo; e se o fenômeno ocorre em todo um grupo de indivíduos, confirmando sua autenticidade, impõe-se que a celebração tome aspecto associativo, ainda que mental. Aí estão expostos sumariamente os fundamentos psicológicos e morais da Sociedade dos Amigos da Crawford, que funciona tanto no plano do presente como no da reminiscência, não carecendo de mesa, cadeira e prédio.

---

8 *Correio da Manhã*, "Imagens que ficam", 23 ago. 1955.

9 Por um erro de composição do jornal, o fim desta frase se perdeu.

Joan é talvez a única figura ou instituição que passou pela Segunda Guerra Mundial sem perda substancial de prestígio; a maioria apagou-se ou decaiu. Modernismo, fascismo, livre iniciativa, Liga das Nações, Josephine Baker, libra esterlina... essas coisas e tantas outras, quando Joan apontou, vigoravam no mundo; que é feito delas? Nossa amiga, entretanto, com quase trinta anos de batente no cinema, conserva a classe e o magnetismo da hora inicial. Depois de anos de silêncio, seu reaparecimento para plateias de gosto diverso foi uma surpresa. As novas gerações resmungaram um pouco, mas acabaram admitindo a permanência de Joan.

Agora, a Sociedade estava diante de um fato novo: Joan num *western*, entre mocinhos e tiros, para gozo dos poeiras, ela que jamais abriu mão dos espetaculares vestidos noturnos; Joan fazendo de bicho do mato, sendo tão intrinsecamente orquídea? Afinal, não havia nada de absurdo: o encanto sofisticado de Joan guarda uma partícula de agreste, e há uma ferocidade ambígua na sua máscara de quase-feia-belíssima. Bem podia ter sido feito para ela o luxuoso verso de Blake: *Tiger! Tiger! burning bright*. Refiro-me à personalidade artística, pois na vida real Joan tem um coração latifundiário onde cabem várias crianças adotadas, à falta de filhos próprios. É um amor de pessoa.

Por unanimidade, entendeu-se que os gêneros mais ingratos servem a Joan: seu talento é o mesmo, em todos eles, e a mesma sensação de presença, essa irradiação que dela emana e faz esquecer quaisquer vigarices do diretor, do centrista, do produtor. Não vejam nisso demissão do senso crítico. E se houver... Viva Joan! Tudo estava legal. As pequenas reclamações surgidas foram arquivadas, e da reunião se lavrou esta ata, para constar.

MOÇOS[10]

O caso de um grupo de estudantes que se mobilizou para impedir – e impediu – que certo cinema do Rio cobrasse 30 cruzeiros por um filme de Brigitte Bardot veio mostrar uma vez mais a admirável reserva de energia gratuita da mocidade. Pensaram os jovens que prestavam um serviço ao público, obstando a majoração do preço comum pela exibição de um filme comum. Escapou-lhes que o filme era duplamente comum: porque utilizara os recursos médios empregados para uma produção qualquer, e porque não trazia uma palavra ou sentimento diverso a ninguém, não dizia nada que os outros filmes não houvessem dito, com maior ou menor habilidade, a saber, que sexo é bom negócio. Aquela fita japonesa passada na floresta e junto à parede de um templo abandonado, praticamente sem "*mise-en-scène*", com quatro ou cinco personagens apenas, terá custado uma ninharia, mas quanto vale para o espectador? Se cobrassem 200 cruzeiros pela entrada, ainda seria de graça. Mas admite-se que os rapazes, de caixa baixa, quisessem ver *Rashomon* pelo preço habitual e brigassem por isso, usando o divertido processo de "fila boba". Não. Lutaram para ver, sob tarifa módica, o que BB está farta de mostrar, e que não difere do que milhares de outras BB vêm mostrando desde que o cinema foi inventado (e às vezes deploro que o tenha sido).

Não censuro os jovens, eu que também fiz coisas parecidas, "*au temps de ma jeunesse folle*". Verifico mesmo, por essa continuidade, e por extensão, que os câmbios ocorridos no comportamento da juventude, nos últimos tempos, são de superfície, nem há razões fundadas para condenar a juventude atual, dita transviada. Eu a chamaria de conservadora, pois a ilusão do movimento encobre uma atitude estável de respeito a valores adquiridos. Em 1900, no

10 *Correio da Manhã*, "Imagens do tempo", 10 jul. 1958.

fulgor da "*Belle Époque*", BB se chamava "a bela Otero", era mais fornida de atributos, despertava os mesmos ímpetos. Os menores, com ar de quem calça aos pés a lição dos mais velhos, docilmente a praticam.

Não é impressão de cronista; é a tese de um artigo de Víctor Massuh, de Tübingen, que encontro em um jornal argentino. Enumera ele os sintomas de descrença total, visíveis na gente moça de hoje, e confirmados por inquéritos sociais na Alemanha e na França. Os novos sentem falta de grandeza e dignidade no mundo e nada esperam do futuro; refugiam-se no álcool, na dança frenética, no erotismo. O cineasta Roger Vadim valoriza a pornografia, o teatrólogo Osborne envolve o mundo numa cólera sem objetivo preciso, Bernard Buffet cria na pintura um vazio indiferente à beleza e à alegria; finalmente, essa juventude beira o crime, ao pretender esticar ao máximo o arco de suas vivências.

Protesto e revolta contra os pais? Não. A atitude espiritual é a mesma de seus maiores, observa Massuh: "Nossos jovens desesperados não inovaram nada; repetem passivamente um desafio bastante velho, e suas palavras de solidão e descrença constituem uma retórica que seus pais esgotaram em todas as direções." A angústia da condição humana, sentida a seu modo pelos adolescentes, está exposta em Heidegger há trinta anos e há mais de cem em Kierkegaard; o ódio dos jovens ingleses é menos profundo que a náusea de Sartre. Karl Löwith chega mesmo a dizer que esse tipo de pensamento que reduz o homem à absoluta contingência e precariedade, entregando-o ao acaso, é expressão de uma experiência fundamental que remonta a mais de trezentos anos. A própria delinquência juvenil é reflexo do espírito de delinquência social, de que as armas atômicas são um símbolo bárbaro e fascinante, com a ameaça de morte e aniquilamento como arma política; pois como não tentar aos moços esse jogo com a morte de todos?

Ao lado de tudo isso, o articulista vê na mocidade contemporânea os eternos sinais de grandeza: rapazes franceses que lutam pela liberdade da Argélia, ingleses que pregam a renúncia unilateral às armas atômicas, italianos do sul empenhados em combater a injustiça social. Esses, sim, reagem contra seu tempo; e bem.

PROVOCAÇÃO?[11]

Ao ter conhecimento da próxima vinda de Marlene Dietrich ao Rio, pensei em convocar a Sociedade dos Loucos Mansos Apaixonados de Greta Garbo para uma assembleia geral em que o fato fosse devidamente examinado e se tomassem as deliberações que o momento estaria a exigir. Pensei apenas. Nossa agremiação funciona em local incerto e não sabido, fora do tempo; seus membros não sabem que o são, e a bem dizer não há matéria para ordem do dia. A presença de Marlene entre nós se inclui entre as coisas do cotidiano governado, com uma plausibilidade, uma duração, um rendimento imediato; são coisas factíveis e que se desenrolam à superfície do ser, não afetando nos alicerces. Que tem a ver isto com Greta Garbo e seus fiéis vexilários?

Realmente, quando MD foi transportada para o cinema de Hollywood, espalhou-se que era um valor novo, fadado a substituir Greta Garbo. E por duas ou três vezes se tentou a comparação através de interpretações paralelas: Garbo fez Mata Hari, Dietrich bancou a espiã em *Desonrada*;[12] Garbo foi Cristina da Suécia, Dietrich se coroou Catarina da Rússia. De nada valeu. Garbo permaneceu inabalável, porque não era nem espiã, nem rainha, nem dama das camélias, nem Ana Karenina; era ela mesma, "*o si chère de loin et proche et blanche*", como no verso de Mallarmé, aliás presidente metafísico de nossa sociedade, muito antes que a Garbo nascesse. Ao passo que Marlene, sem querer desfazer em seus talentos, era antes de tudo uma fotogenia a serviço de um bom diretor, Josef von Sternberg, e, depois, não chegou a ser mais do que isso.

A vinda de Marlene ao Brasil não deve pois ser considerada uma provocação aos garagistas que somos e que não saberíamos deixar de ser.

---

11 *Correio da Manhã*, "Imagens e mitos", 16 jul. 1959.

12 Título original: *Dishonored* (1931).

De minha parte, disponho-me a acolhê-la com benevolência, essa benevolência que temos para com as pessoas que há muitos anos atrás tentaram fazer-nos sofrer; na ocasião, podem ter-nos irritado um pouco, ou muito; vinte anos depois, são dados biográficos.

Marlene não me doeu muito, porque minha adesão ao fenômeno Greta Garbo fora total; e logo se viu que o mito esboçado por Marlene, se mito havia, era puramente exterior, baseado em jogos de luz e na tentativa de idealização de um pormenor anatômico. Na Garbo, o mito golfava da personalidade inteira, com a energia sutil de um fluido, independente da boa ou má fortuna das interpretações; mesmo com uma direção infeliz e um "*script*" boboca, restava intacto o mistério da personalidade, que não tinha nada a ver com esses acidentes. E como a Garbo teve a sabedoria de fechar-se em copas ao sentir terminada a cristalização de seu mito, essa lembrança vive pelo mundo afora liberta de qualquer manobra ou esnobismo. Independentemente dela própria, Garbo, que luta ferozmente pelo direito de levar uma vida comum, porém, coitada, jamais poderá tomar sorvete de casquinha na rua como qualquer mortal, pois um bruxedo antigo a envolve. "*What, when drunk, one sees in other woman, one sees in Garbo sober*", disse o jovem crítico Kenneth Tynan, segundo leio no livro de John Bainbridge sobre a Garbo, que o meu colega *in* GG, Marco Aurélio Matos, teve a louvável ideia de oferecer-me com esta dedicatória: "*sub Garbo aeternitatis.*"

Diante disso, dona Marlene, a senhora pode vir, pode vir. Que mal faz?[13]

---

13 Em resposta a esta crônica, na qual Drummond afirma a superioridade da sueca Greta Garbo sobre a alemã Marlene Dietrich, o poeta Vinicius de Moraes publica, no mesmo *Correio da Manhã*, no dia 20 de julho, a crônica intitulada "Provocação? Não, poeta Carlos! (É que outro valor mais alto se alevanta)". Também em tom brincalhão, dizendo-se um dos "fãs incondicionais" de Dietrich, Vinicius conta da noite na qual, em um coquetel na casa da estilista italiana Elsa Schiaparelli, conheceu Greta Garbo e teve dela péssima impressão. Primeiro, "com um olhar de salmão defumado", a sueca menosprezou os elogios a ela dirigidos por Vinicius. Em seguida, cometeu a grosseria de recusar o drinque que era a especialidade da anfitriã e pediu apenas uma dose de vodca pura. Em um dos trechos mais saborosos, Vinicius escreve: "É, poeta Carlos, não adianta. Não adianta a sua pseudobenevolência, que eu aqui traduzo como medo pânico diante do fato de que, em breves dias, deverá pisar a pista do Galeão, no esplendor de seus cinquenta anos, a Divina Alemã. E, enquanto isso, a Fugidia Sueca, dos

seus esconderijos da Côte d'Azur, estará roendo as unhas de despeito, ela cuja beleza não abalança mais ninguém a contratá-la, nem como garoto-propaganda." A tréplica de Drummond está na crônica a seguir, de 23 de julho, intitulada "Ata". Brincadeiras à parte, Marlene Dietrich de fato esteve no Brasil em 1959. Chegou ao Rio de Janeiro no dia 24 de julho, oito dias após o duelo entre os poetas haver começado. Como cantora, fez uma temporada no Golden Room do hotel Copacabana Palace, de 27 de julho até 4 de agosto, acompanhada do ainda jovem e desconhecido pianista Burt Bacharach, que depois viria a ganhar seis prêmios Grammy e um Oscar de melhor canção original. (Para o texto completo da crônica de Vinicius, ver: MORAES, Vinicius. *O cinema de meus olhos*. Org. Carlos Augusto Calil. 3. ed. ampliada. São Paulo: Companhia das Letras, 2015.)

ATA[14]

"Aos 22 dias do mês de julho de 1959, nesta cidade do Rio de Janeiro, reuniu-se no espaço, em sessão extraordinária, o Conselho Supremo da Sociedade dos Templários de Greta Garbo, para examinar a situação criada por declarações do poeta Vinicius de Moraes, em crônica publicada num vespertino e relacionada com altos interesses da instituição. Abertos os trabalhos pelo presidente sr. Manuel Bandeira, fizeram-se ouvir vários conselheiros. Por unanimidade de votos, decidiu o Conselho, interpretando o pensamento da infinita Sociedade:

a) lamentar que o grande poeta Vinicius de Moraes, pela primeira vez na vida, haja perpetrado um ato antipoético, desconhecendo ou menoscabando o mito Greta Garbo, de notória e universal irradiação, reconhecido pelo consenso geral e documentado em bibliografia ampla, não alheia à sua formação de antigo crítico cinematográfico;

b) estranhar que dito vate, ainda recentemente festejado com justiça pela introdução, na dramaturgia brasileira, do mito de Orfeu, revele tamanha insensibilidade à carga poética do único mito feminino criado pelo cinema, qual seja o chamado Greta Garbo;

c) recusar qualquer validade ao paralelo tentando pelo poeta entre duas pessoas físicas, suas maneiras de cruzar as pernas e seus temperamentos, quando comparou sem propósito e sem fundamento crítico uma mulher (a sra. Marlene Dietrich) com uma pura e transcendente abstração (Greta Garbo); a este ensejo, o conselheiro C.D.A. manifestou sua alergia a qualquer espécie de paralelo, seja entre César e Alexandre, seja entre Gonçalves Dias e Castro Alves, Mallarmé e Rimbaud, Castilho e Gilmar, Lott e Jânio Quadros;

---

14 *Correio da Manhã*, "Imagens de fidelidade", 23 jul. 1959.

d) deplorar o pífio resultado do encontro Vinicius-Garbo, em casa de madame Schiaparelli, do qual poderia sair uma 6ª elegia e apenas saiu o enfado viniciano, e lembrar ao poeta que a abordagem aos mitos se faz por métodos especiais, bem conhecidos de sua organização lírica, e não no plano dos cumprimentos. Se lady Mountbatten e um filho do primeiro-ministro inglês MacDonald, por exemplo, não conseguiram trocar palavra com a Garbo, é porque não dispunham dos sortilégios de VM, que sem dúvida não os aplicou na emergência. Já Denis de Rougemont, que conheceu Garbo numa festa de Páscoa russa nos Estados Unidos, conversou calmamente com ela, sentados ambos no chão e trincando doses de vodca; e celebrou depois em livro a alegria humana que ela sabe ter, sem embargo da condição mítica, em ambientes não artificiais. Por outro lado, convenha o poeta em que jamais seria lícito esperar de Garbo-mulher as efusões com que o enlevou a artista de sua dileção no barzinho de Paris;

e) formular afetuoso mas enérgico apelo ao poeta para que, superando simples vivências pessoais, renda tributo àquela que dividiu a história do cinema em duas partes, em duas formas de sentir e interpretar o mistério do animal feminino – antes e depois de Greta Garbo – e que, para além do cinema, se projetou como arquétipo de seu sexo;

f) consignar censura discreta ao conselheiro C.D.A. por haver julgado necessário realçar as glórias e prestígios imarcescíveis da Garbo ao ensejo da vinda ao país, para uma temporada de canto em um de nossos centros elegantes de diversões, da sra. Dietrich (a quem a Sociedade apresenta cordiais boas-vindas), quando evocou o fato, hoje puramente histórico, da tentativa hollywoodiana de substituir o mito garbiano.

O sr. presidente agradeceu a colaboração prestada pelos srs. conselheiros Aníbal Machado, Augusto Meyer, Fernando Sabino, Luís Jardim e Marco Aurélio, consultor jurídico da sociedade, no sentido de colocar o pronunciamento em termos altos, compatíveis com a magnitude do objeto mítico; e para constar, eu, C.D.A., secretário *ad hoc*, lavrei a presente ata, que vai por mim assinada."

JOAN: DIÁLOGO[15]

Indo ontem a bordo do SS Brasil para ver um amigo em trânsito, não tive a menor surpresa quando Joan Crawford se levantou de uma poltrona do salão e veio a mim, com um sorriso de velha amiga. Tanto penetramos na essência de nossos ídolos que acabamos nos tornando seus íntimos. Nós estamos neles, como eles estão em nós. E aquele era um antigo ídolo, cultuado nas aras da mocidade, com toda a unção e vertigem.

— A Sociedade? Como vai a minha Sociedade?

Contei-lhe que a Sociedade dos Amigos de Joan Crawford não se tem reunido por vários motivos, sendo o principal deles a coisa pública, que arrebatou muitos de nossos companheiros. O Capanema está no Tribunal de Contas, o Abgar Renault no Instituto Brasileiro da Universidade de Nova York, o Cyro dos Anjos degredado em Brasília, Milton Campos faz campanha política pelo Brasil afora. Eu mesmo, antigo secretário-geral, fiquei perdido em mares jornalísticos e burocráticos, embora, é claro, mantendo sempre na arca do peito o velho fervor crawfordiano...

— E o Emílio Moura?

Bem, o Emílio Moura continuou-lhe plenamente fiel, em Belo Horizonte, cidade-sede de nossa agremiação, e por isso lhe confiamos a guarda do livro de atas e demais documentos sociais. Joan não precisou esforçar-se para entender que todos estes papéis são metafísicos, e que a única e verdadeira sala de sessões da SAJC é uma sala de cinema liberta do espaço e do tempo, boiando na recordação. Não há arquivo de filmes nem fichas técnicas. Poderíamos consultar os historiadores para saber a data de cada uma de suas películas e o nome de cada diretor, mas pra quê? O importante é a visão cravada no fundo de uma época de vida, são aqueles olhos claros

15 *Correio da Manhã*, "Imagens do tempo", 12 jul. 1960.

e grandes, meio esbugalhados, por baixo das sobrancelhas espessas, o nariz forte, a longa boca úmida, o rosto quadrado, rosto que pensando bem não era bonito, mas tudo que amamos verdadeiramente não é bonito, é intenso, e dói. Na moça moderna que a Crawford encarnava, com sua gula de testar a sensação mais forte, suas farras de alta classe, sua sofisticação, seu poder destrutivo, havia uma pungência que nos tocava. O senso crítico poderia fazer restrições ao melodramático das histórias, mas se a feminilidade da atriz era um valor em si, independente do conteúdo, e este de qualquer modo lhe exaltava a "presença" inolvidável, como resmungar?

Batemos um amistoso papo, Joan antiga e antigo C.D.A.; no presente não nos sentíamos envelhecidos ou superados, porque tudo estava no seu lugar devido, lembrança em estado de lembrança, e o presente funcionando, ela com sua Pepsi-Cola, o cronista sem nenhuma fábrica a não ser de palavras, ambos atentos à vida e dispostos a perguntar se tem mais alguma coisa para ver.

Disse-lhe que quando Clark Gable lhe estalou aquele bofetão no rosto (como era mesmo o nome do filme?) nosso impulso em Minas foi telegrafar para a Metro xingando nomes feios, mas faltava dinheiro. Joan riu e me acusou de traí-la assiduamente com Greta Garbo, eu pigarrei e confessei que em *Grande Hotel*[16] a presença de ambas causara grande perturbação à turma, que não sabia para qual das duas se virar. Chegaram repórteres. Despedi-me, agradecendo-lhe em nome de "*ma jeunesse folle*", tudo o que fora em minha vida e (sem procuração de ninguém, mas certo de interpretar fortes correntes afetivas) na vida de muita gente.

16 Título original: *Grand Hotel* (1932).

ANIVERSÁRIO[17]

Corram outros ao Festival Internacional do Filme, para ver de perto as muitas Cardinales, estrelas em exercício de luminosidade imediata. Eu não. Prefiro quedar-me por aqui, neste cineminha particular do espírito, contemplando "uma vaga estrela da Ursa Maior",[18] que há 24 anos deixou de luzir – e como luz e reluz e centiluz assim mesmo, no nevoeiro!

Não se trata de operação-saudosismo, pois que outro motivo me assiste. Esta contemplação é a forma de comemorar o aniversário da amiga. Amanhã ela faz... digo? não digo? digo: 60 anos. Bem sei que, entre as faltas-de-educação, esta de dizer em público a idade das senhoras é a mais deplorável; a isto se chama hoje de grossura. A dama em questão me perdoaria, sabendo-me seu devoto, e o que há de fidelidade e fervor nesta divulgação, dirigida a outros fiéis igualmente fervorosos: não é inconfidência, é chamado geral. Acontece que ela nem desconfia de minha existência (e somos tão ligados) nem lerá esta notícia votiva. E seus fiéis, meus coparoquianos, me serão gratos por tê-los convocado para o pensamento da estrela, isto é, da amiga.

Sinto que o escrito está meio confuso, e é necessário abrir o jogo, informando que amiga e estrela são uma só pessoa sueca, nascida em 18 de setembro de 1905, chamada Greta Garbo. Décio Vieira Ottoni aí está, dando constância do registro civil; e *Petit dicionnaire du cinema,* de Jean Mitry, também.

Mas é uma velha coroca! dirão os adoradores do tempo, essa invenção de costureiros, que precisam inventar novos corpos para serem usados por

17 *Correio da Manhã*, "Imagens sem tempo", 17 set. 1965.

18 Uma brincadeira com o título do filme *Vagas estrelas da Ursa* (1965), dirigido pelo cineasta italiano Luchino Visconti, com elenco composto por Jean Sorel, Michael Graig e, claro, Claudia Cardinale.

novos vestidos. Que jovem eternidade! retrucaremos nós, pois o fato de completar seis décadas não atinge nem de leve sua vera, indelével fisionomia, essa "beleza que vem de dentro", que nosso companheiro Gilberto Souto viu argutamente em seus olhos, ao inventariar as razões físicas e metafísicas de amar a Garbo – razões independentes até de seus filmes, que estes envelheceram e por isso não me apeteceu ver em recente festival.

Ao contrário, cada ano que passa a Garbo mais se instaura em sua categoria mítica, mais profundo se torna o sortilégio da mulher que sempre foi mais do que o papel que interpretava. O papel é que era uma interpretação fugitiva de tudo que Garbo encarna como ideia platônica em forma inteligível e sensível, por destino e vocação mais do que por intenção ou artifício. Ela é a reminiscência, o velado testemunho de um estado primeiro, em que as harmonias entrelaçavam e compunham um canto único, de que só restam fragmentos, dispersos. Move-se, sorri e fala menos do que é preciso para explicar, mais do que é preciso para nos infundir a nostalgia daquele antes-do-tempo, absoluto, perfeito. Dado que essa nostalgia não basta como chave, chamamos a Garbo de mulher enigma, esfinge, ninfa-nenúfar, beteljosa pálida, orquídea lunar, cidade submersa, ptyx... Palavras, palavras. Não cingem a realidade-essência. Greta Garbo é muito mais do que Greta Garbo, e nada tem a ver com o mito publicitário, que de resto ela abominava, e de que soube se despedir com o mais severo pudor, passando a ser mulher feia, de capote comprido, chapelão e óculos escuros, errante pelas ruas de Nova York, indiferente ao que digam ou pensem das ruínas de sua glória. Essa Garbo oculta em si mesma, tornando-se seu próprio e indevassável capote, no fundo do qual os 60 anos radiam o mesmo inefável e indestrutível fascínio. Amigos, à celebração.

O CARTAZ; O TEMPO[19]

O cronista ia pela rua, e de supetão sentiu um friúme por dentro, como no verso de Mário de Andrade: em sua direção vinha Glória Swanson, coberta de glória. Ele consultou o relógio de pulso e viu que marcava 1925. Não havia dúvida naquele momento, e não estou mentindo neste. Era mesmo a Swanson, o tempo volvido, prestígios antigos e intatos. Não durou muito: só o tempo de verificar que Glória Swanson cintilava no cartaz, e este anunciava um idoso filme ressuscitado em "cinema de arte", que melhor fora chamar de cine-arqueologia.

Quando reparamos em Glória no firmamento cinematográfico, ela já não pulava de banhista nas comédias de pastelão de Mack Sennett. Invadira a galáxia onde luziam soberbas Norma Talmadge, Mary Pickford, Clara Kimball Young, Theda Bara. Chegou meio estabanada, moveu as louras pestanas, assestou em nós os olhos claros, sorriu o sorriso franzido, abafou. Norma, de pescoço de cisne, era de uma lindeza evidente, que pedia adoração beata; a Pickford, com partes de namorada da América, distribuía bons pensamentos burgueses, adoçados com suíta; a Kimball era algo de majestoso e plácido, dava para rainha constitucional; Theda Bara tirava muito proveito do lado infernal que carregam consigo até as minhocas, se bem repararmos no ser vivo, quanto mais no vivo feminino: abraçava como pantera, beijava que nem serpente, sugeria crimes, desfalques, incestos.

Glória desdenhou todos esses ingredientes. Compôs um tipo novo, apenas seu, de graciosa sofisticação, sem excluir a sadia molecagem das comédias primitivas. Fez da frivolidade o seu encanto e, não sendo bonita, conseguiu furtar o público das belezonas. Suas roupas espalhafatosas cheiravam a ridículo, e o magnetismo pessoal tornava-as elegantes. Não

---

19 *Correio da Manhã*, "O cartaz; o tempo", 22 dez. 1968.

seria mulher de infundir paixões, mas trazia aos lábios provincianos dos frequentadores do Cinema Odeon, em Belo Horizonte, um gosto de champanha em festa pré-Patino. Indicava-nos a existência de mulheres dotadas de uma arma particular, que tonteia a vítima e lhe confisca a inteligência, deixando-a maravilhada. As outras eram pieguice ou drama; ela se reservava um artificialismo brilhante, e civilizou-nos bem. Sujeitos atentos à realidade social dirão que esse tipo de cinema valia apenas como documento de uma época fútil e de uma estrutura capitalista em mau estado de conservação. Nós diremos que ele enchia a noite monótona de uma capital de província.

Então, paramos (já não direi "o cronista", nem "eu") diante do cartaz, do tempo e de nossa juventude ali pregada e exposta à nossa contemplação espantada. Não vimos Glória na rua, e sim na tela interior, ultrassilenciosa; e não era ela mas nossa existência pretérita, e nos cumprimentamos com emoção. Como você envelheceu! Como você era jovem! ("Fui-o outrora agora.") Engano, meu chapa, somos uma só e mesma saudade. Vejo que você continua a fazer frases, rapaz. E você não as despreza, velhinho. Sabe que é indecoroso irromper assim dentro da gente, sem aviso prévio, e sem vaga para recebê-lo? Ora, você até devia me agradecer por visitá-lo; na sua idade, as retrospectivas de cinema são máquinas de recuperar o arroz-doce da vida. E que é que você achou de *Macho e fêmea*[20] ontem, isto é, há séculos, no Odeon? Bem, lá estavam aquelas garotas da avenida João Pinheiro, o Pedro Nava, o Milton... Bacana, o filme. Não: dizia-se é "cotuba". Boa maneira de fazer crítica. Não me censure. Não o felicito. E ferrávamos na discussão, quando a própria Glória se desprendeu do cartaz, ou das ruínas de *Sunset Boulevard*, não sei bem, e apazigou-nos: "Não brigue com você mesmo, bobo querido. Contemple-se com ternura em suas imagens anteriores, e aprenda que o tempo não existe, um simples filme basta para vencê-lo – com a condição de você não entrar no cinema."

20 Título original: *Male and female* (1919).

GARBO, A ESTRELA[21]

Até hoje nenhuma estrela brilhou mais do que Greta Garbo – diz a revista, em reportagem que anuncia os próximos 65 anos da amada-das-gentes. Podia dizê-lo sem anunciá-los, pois não há idade civil para mito, mito é intemporal. Eliminei a intenção metafórica e senti toda a força do enunciado: no céu, as estrelas porfiando em luzir com o brilho mais caprichado, e nenhuma luzindo tanto quanto, na Terra, essa mulher sueca chamada a Hollywood para fazer filmes comerciais que a eternizaram. As outras estrelas do passado brilham apenas no arquivo de lembranças pessoais de alguns velhinhos, mas a Garbo resplandece na memória histórica, no folclore da tela, na imaginação geral. Consciente dessa frigidez, ela própria não cede à tentação de repetir-se. Trancada em si mesma, preserva a intangibilidade do mito.

Pois essa mulher-fábula, quem diria, andou incógnita pelo Brasil em 1929, indo parar em Belo Horizonte, sob o meu pastoreio. Suas biografias contam que, naquele ano, esteve enfurnada cinco meses num hotel da Califórnia. Errado. Já desfiz o erro, e hoje renovo o esclarecimento:

"Certa manhã, pálido e emocionado, o poeta Abgar Renault bateu-me à porta, reclamando cooperação. Uma senhora estrangeira chegaria pelo noturno da Central, às 10 horas (isto é, às 3 da tarde, pois o trem vinha sempre atrasado). Fora-lhe recomendada por um professor sueco, então nos Estados Unidos, com quem Abgar se correspondia a respeito de poetas elisabetanos. Tínhamos de reservar-lhe aposentos no Grande Hotel, do Arcângelo Maletta, e proporcionar-lhe distrações campestres, mas a senhora fazia questão de não travar relações com ninguém, e se ele, Abgar, queria os meus serviços, era em razão de nossa fraterna amizade.

---

21 *Jornal do Brasil*, 29 ago. 1970. Texto que reutiliza episódio já narrado em "Garbo: novidades" [p. 35-37].

Tomamos providências e, à tardinha, vimos descer do carro-dormitório, dentro de um capotão cinza que lhe cobria o queixo, e por trás dos primeiros óculos pretos que uma filha de Eva usou naquelas paragens, um vulto feminino estranho e seco, pisando duro em sapatões de salto baixo. Mal franziu os lábios para cumprimentar o meu amigo, olhou-me como a um carregador, e disse-nos: '*I want to be alone.*' Depois, manifestou os dentes num largo sorriso, como a explicar: 'Mas isso não atinge vocês.' E de fato, nos dias que se seguiram, motrou-se cordialíssima conosco, sempre através dos conhecimentos de inglês de Abgar, já então notáveis.

Não tardei, por iluminação poética, a identificar a misteriosa viajante, que dava grandes passeios pela serra do Curral acima, e um dia se dispôs a ir a pé a Sabará, empresa de que a dissuadimos, horrorizados. Revelei a Abgar minha descoberta e ele, arregalando os olhos, suplicou-me, por tudo quanto fosse sagrado para mim, que não contasse a ninguém. Fiz-lhe a vontade. Os outros amigos ignoraram tudo. Capanema, Emílio Moura, Milton Campos, João Pinheiro Filho etc. olhavam-nos surpresos ante aquela relação estranha. Explicamos que se tratava de uma naturalista em férias, miss Gustafsson. E a cidade não soube que hospedava pessoa daquela importância. É facílimo enganar uma cidade.

Apenas o Jorge, chofer árabe que nos servia, arranhando vários idiomas, acabou pescando, por uma conversa entre Abgar e a estrangeira, quem era ela. Intimamo-lo a calar-se, sob pena de o denunciarmos como 'prestista'. Éramos amigos do governo, e este tomara posição contra o dr. Júlio Prestes, candidato à presidência da República. Jorge encolheu-se, talvez por motivos que sempre desaconselham um encontro com a autoridade.

À véspera da partida, nossa amiga levou-nos a jantar no Grande Hotel e – lembro-me perfeitamente – fixou os olhos na mesa vizinha, onde uma família chegada da Bahia abrangia um garotinho de cerca de 2 anos. Greta mirou a testa larga do guri e disse pensativamente: 'É poeta.' Tive a curiosidade de procurar no livro da gerência o nome da família: Amaral; e do neném: José Augusto. É hoje o poeta e crítico de cinema Van Jafa, que, decerto, ignora esse vaticínio.

Saímos ao entardecer para uma volta no parque, e lá Greta Garbo, mãos nas mãos, pediu-nos que jamais lhe revelássemos a identidade. De resto, ela própria não sabia mais ao certo quem era: as personagens que interpretara se superpunham ao seu 'eu' original. Uma confusão… 'Gostaria de ficar com vocês para sempre, tirando leite das vaquinhas num sítio em Cocais. *That's a dream.*' Furtamos um papagaio do parque e o oferecemos à amiga; reencontro essa ave no texto de *Paris Match,* dizendo: 'Hello, Greta' e imitando sua voz, entre gutural e cristalina…"

Quem quiser maiores dados sobre a Garbo em Minas, procure-os em *Fala, amendoeira,* livrinho deste vosso cronista que saiu agora em nova edição pela José Olympio. (Aprendi com os cantores, que exibem na TV os seus LPs; meu som não é genial, mas tem seus babados.)

AO MITO, COM AMOR[22]

Não aceite, amiga. Não *dê bola* para Luchino Visconti, que está cantando de sereia para induzi-la a dar um mau passo: a volta ao cinema. Pelo amor de Deus e de si mesma (já não digo por amor deste seu fiel escudeiro-adjunto do mato-dentro), recuse. Ou antes: nem sequer recuse, responda com o majestoso silêncio. Ele quer fazer de você a rainha de Nápoles do romance de Marcel Proust. Ponho de lado o fato de que Maria Sofia Amélia, irmã da imperatriz da Áustria, é figura episódica em *Em busca do tempo perdido*: aparece apenas duas vezes no salão de madame Verdurin, para nunca mais reaparecer, salvo em alusões. Não é porque sua participação no filme se resumiria a uma ponta que lhe recomendo virar a cara ao italiano. Um minuto de câmera pode tornar-se antológico. Até que a escolha da personagem reservada para você não me parece de todo mau. Quem foi rainha da Suécia faria, brincando, a rainha de Nápoles. (Se bem que, para meu gosto, a única mulher de *Em busca do tempo perdido* digna de você é Oriana, duquesa de Guermantes, esse monstro-orquídea mundano, em quem o narrador concentra simultaneamente seus êxtases de devoto e sua lanterna impiedosa de analista.)

A questão, carina, é que nós, os daquele tempo, nós a amamos porque você foi alguma coisa de muito importante no cinema e nos sonhos da gente para quem o cinema era muito importante (hoje não é mais). E também porque você soube recolher-se a uma solidão exemplar, a tempo de não deteriorar sua imagem e condição de mito. Ficou sendo nossa propriedade intransferível e indeformável, nos guardados da memória. Nem me passa pela cabeça rever os seus filmes nessas melancólicas e grotescas exumações

---

22 *Jornal do Brasil*, 26 fev. 1971.

que a publicidade chama de retrospectivas. Para quê? Para ver o meu vizinho da direita dando risada, e eu sem poder aplicar-lhe umas bolachas bem merecidas no frontispício? Nada envelhece mais do que um grande filme; os ruins não chegam a isso: acabam em duas horas de projeção. As memórias maravilhosas do cinema não estão nas cinematecas; estão no coração da gente. Nem eu preciso de conferir a imagem interna com a externa, você intacta com você evocada numa espécie de sessão espírita. Minha antologia íntima do cinema é perfeita, e nela você habita com uma perenidade que o cinema, arte do fluir e da evanescência, desconhece.

E depois, amiga, se é triste reprisar filmes datados de trinta, quarenta anos, mais triste ainda é reprisar-se a si mesmo. Costumam aparecer por aí fantasmas com os nomes de Joan Crawford e Bette Davis. Claro que não são nem uma nem outra, e é vão o esforço por se encarnarem na pele das duas. Não na pele do corpo, que isso afinal é o de menos, e há velhinhas e velhinhos deliciosos, provando que mocidade não é questão de tempo, e às vezes é mesmo uma conquista do tempo contra o tempo. Mas na pele da alma, se assim me faço compreender, referindo-me a alguma coisa de muito particular e específica, definidor da personalidade de cada um, em seus aspectos mais cristalinos ou mais profundos.

Não nos reapareça, pois, na qualidade de fantasma ou reedição fantasmal de mito. Nada acrescentará à sua glória e a desservirá no peito de uma sociedade não estatuária, mas vigente, que reúne seus amigos de Europa, França e Bahia – talvez uns loucos mansos, você sabe que louco manso merece acatamento e simpatia? Aqui o velhinho tem como uma de suas trezentas divisas esta frase de La Rochefoucauld: *En vieillissant, on devient plus fou et plus sage*. Deixe-nos a parte de *folie*, para que o mito seja sempre cultuado. E nós lhe reservamos a parte de *sagesse*, para você não dar uma de ex-presidente de república disputando mandato de vereador municipal, sob a chefia política dos Visconti. Estamos conversados, amiga?

MARLENE[23]

Agora que terminaram com êxito absoluto as missões Apolo, e já dispomos de informação copiosa sobre a Lua e seus desertos, vamos cuidar da vida?

Vamos. Antes, porém, os nossos comerciais. E também é preciso esclarecer probleminha delicado, em que me envolvo a contragosto: a vera idade de uma dama célebre. Sou do partido arcaico para o qual as mulheres não envelhecem; apenas, a certa hora, recolhem seus encantos ao armário embutido, fecham a porta e jogam a chave pela janela; os encantos continuam lá dentro, pela eternidade. Não entendem assim alguns colegas, e trazem a debate a certidão de nascimento de nossas companheiras de excursão pelo mundo. Jornais especulam:

Em que ano mesmo nasceu Marlene Dietrich?

Para mim, ela não nasceu: apareceu. Portanto, não envelhece nem vai morrer. Cinema é outra vida, ao lado da vida. Falta-me tempo para desenvolver este conceito profundo, que fica à disposição de quem quiser utilizá-lo. Marlene é *O Anjo azul*, é *Expresso de Shangai, Marrocos, Atire a primeira pedra, Mulher satânica,*[24] e mais título que não vou lembrar porque isto não é coluna de cinema. Nem de música, e dispenso-me de transcrever a letra de "Ich bin von Kopf" e "Quand l'amour meurt", de roucas saudades.

Atendendo, porém, ao imperativo jornalístico, eis-me admitindo a existência concreta do mito e consultando minha parca documentação. Afirma Jean Mitry, *Dictionnaire du cinéma*, que Maria Magdalena von Losch, dita Marlene, nasceu em 1902. Antônio Houaiss, pelo *Delta-Larousse*, de que é

---

23 *Jornal do Brasil*, 21 dez. 1972.

24 Títulos originais, respectivamente: *Der blaue engel* (1930), *Shangai Express* (1932), *Morocco* (1930), *Destry rides again* (1939), *The devil is a woman* (1935).

editor, acha a afirmação arriscada, e bota 1902 ou 1904. Se Houaiss hesita, ele que é meu guia e recurso, como decidir? Ouvi dizer que Alvarus, também conhecido por Álvaro Cotrim, foi amigo de infância de Marlene, em Berlim ou em outra qualquer rima, e ele, consultado, me garante:

Nascemos no mesmo dia do mesmo ano, e eu vou fazer 68 agora.

Como nunca se sabe quando Alvarus fala sério, e é possível que ele tenda a economizar dois anos em sua própria conta de cartório, sem abrir mão do privilégio de nascer gêmeo-a-distância de Marlene, seu testemunho deve ser considerado a uma luz crítica. Não resta dúvida de que ambos vieram ao mundo em 27 de dezembro, pois nisto coincidem os registros, mas de que ano? Se Marlene e Alvarus combinaram nascer sob o mesmo signo, ano, mês e dia, e se há quem diga que Marlene é, não de 1904 ou 1902, mas de 1898, deve ser contada a partir deste último ano a idade do nosso excelente caricaturista e seguro analista de arte?

Não sei. Como a de Marlene são os filmes, a idade de Alvarus são os seus trabalhos, que envolvem o julgamento satírico de sua época, e hoje se voltam, no plano literário, para exame de manifestações plásticas e gráficas no campo da pintura e do desenho, com proficiência e agudez: portanto, sem rugas do tempo.

Marlene tem revelado sublime indiferença quanto às investigações sobre sua idade, e faz bem. Suspendi a tempo minhas indagações sobre o tempo pessoal da artista. Tem 70, 74, 68 anos? Mas se a cinemateca nos mostrar *A vênus loura*,[25] de 1932, que valor tem o calendário?

Temos a idade dos nossos sonhos: a nossa, de quando os sonhávamos, e a deles, encarnados em figuras alheias, que mitificamos. Ninguém pode nada contra esta realidade intemporal, se soubermos preservá-la de nossa própria correção física. Nem leis nem certidões nem piadas destroem a imagem interior, gravada amorosamente. E digo isto sobre Marlene com o máximo de isenção, pois minha deusa-e-demônio chamou-se – chama-se – Greta Garbo, e em sua defensão tercei armas jornalísticas com o poeta

---

25 Título original: *Blonde Venus*.

Vinicius de Moraes, em prélio de que saímos ambos vencedores: nenhum convenceu o outro.

Viva Garbo, viva Marlene, viva Alvarus. É preciso viver a idade de nossa imaginação, deixando a outra para as estatísticas.

JOAN CRAWFORD: *In memoriam*[26]

No firmamento apagado
não luciluzem mais estrelas de cinema.
Greta Garbo
passeia incógnita a solidão de sua solitude.
Marlene Dietrich
quebrou a perna mítica de valquíria.
Joan Crawford,
produtora de refrigerantes, o coração a matou.
O cinema é uma fábula de antigamente
(ontem passou a ser antigamente)
contada por arqueólogos de sonho, em estilo didático,
a jovens ouvintes que pensam em outra coisa.
O nome perdura. Também é outra coisa.
Tudo é outra coisa, depois que envelhecemos.
E não há mais deusas e deuses. Há figurinhas
móveis, falantes, coloridas, projetadas
no interior da casa. Não saem nunca mais,
enquanto se esvazia o céu da Grécia
dentro de nós – azul já negro, ou neutra-cor.
Joan, não beberei por ti, à guisa de luto,
nenhum líquido fácil e moderno.
Sorvo tua lembrança
a lentos goles.

---

26 *Discurso de primavera e algumas sombras* (1977).

GARBO E MARLENE[27]

Greta Garbo me escreveu na semana passada, perguntando se a esqueci. Isto porque todos os anos lhe mando um cartão de Natal, que ela agradece com outro, e assim temos mantido acesa a minúscula mas duradoura chama da nossa perene amizade.

Dezembro último, a Garbo não recebeu a minha mensagem. Esperou-a até maio, supondo que se houvesse extraviado, e que o correio, finalmente, a fizesse chegar às suas mãos.

A verdade é que não faltei a essa grata obrigação, mas, não sei por que, em vez de botar no envelope o nome e endereço da minha amiga, escrevi os de Marlene Dietrich, que jamais conheci na vida, a não ser em filme, e cujo endereço figurava numa revista sobre a mesa. Marlene devolveu-me o cartão (em que figurava o nome de Garbo) sem qualquer comentário. E eu, encabuladíssimo, não tive ânimo de encaminhá-lo à verdadeira destinatária, transcorridos meses.

Venho meditando sobre a troca, sem chegar à conclusão alguma. Terei pretendido, subconscientemente, ofender Marlene, revelando-lhe minha preferência pela Garbo? Seria de mau gosto. Estaria, no fundo da minha admiração, substituindo uma por outra? Não posso acreditar. Dar-se-á que procurei fundir as duas estrelas num corpo único, juntando naturezas tão diversas? Van Jafa, que já morreu, poderia ajudar-me a destrinçar o enigma.

---

27 *Jornal do Brasil*, "Contos não classificados", 24 mai. 1979, e *Contos plausíveis* (1981).

O ARTISTA COMO ESPIÃO DA VIDA[28]

— Greta Garbo, quem diria? foi espiã inglesa durante a Segunda Guerra Mundial.

— Se você dissesse que ela foi espiã nazista, eu ficaria chateado o resto da vida e até no outro mundo.

— Mas espiã, meu velho! espiã, essa coisa feia!

— Essa coisa feia que ela fez divinamente interpretando Mata Hari em 1932.

— Mas é diferente. Espiã na arte, uma coisa; espiã na realidade, outra.

— Quem encarnou tão bem uma espiã na tela por força deve ter sido uma espiã muito legal na hora de fazer espionagem de verdade.

— Lá isso não. O desempenho convincente de Mata Hari pode ter sido fruto da direção de George Fitzmaurice.

— Não creio que George Fitzmaurice tenha sido técnico da CIA. Você confessa um xodó pela Garbo e por isso lamento que ela tenha se degradado bancando a espiã durante a guerra, está subestimando o seu talento ao achar que apenas cumpriu as dicas do diretor do filme.

— Quer dizer que a Garbo é uma espiã nata?

— Meu caro, fique sabendo que o artista é um espião da vida. O escritor também. O cientista também. Todo criador é. Eles não fazem mais do que traduzir em criações estéticas ou científicas (que, no fundo, são igualmente estéticas) o resultado da espionagem da vida. Quem não for bom espião do seu tempo não deixará lembrança na Terra. Dito assim, fica meio pernóstico, mas é isso aí. A Garbo nasceu espiã.

— No bom sentido que você confere à espionagem?

---

28 *Jornal do Brasil*, 28 fev. 1980.

— Não existe bom ou mau sentido em arte, mas, se você faz questão de apelar para as categorias morais, eu direi que ela, exercendo atividades secretas durante a guerra, foi espiã altamente moral. Tá satisfeito?

— Não muito. Por Deus que eu não queria ver o nosso ídolo da mocidade às voltas com procedimentos escusos, mesmo para fins corretos.

— Nosso ídolo da mocidade! Então você acha que Greta Garbo ou qualquer outro ídolo da gente devia pautar sua conduta pelo que nós, os idólatras domiciliados nos cafundós do mundo, estabelecêssemos em nosso código particular?

— Não digo assim, mas...

— Tinha graça que ela telefonasse para você, consultando: "Leleco, posso atender a um pedido do Churchill para tomar parte numas *transas* meio enroladas que o momento exige? Depois eu explico direito do que se trata. Por enquanto, caluda! Você não fica zangado comigo, né, Leleco? Diga, Leleco, diga que *tá legal*!"

— Pare de gozação. Eu só estou querendo defender a artista contra essa duplicidade de imagem, que pode comprometê-la no julgamento comum.

— Duplicidade! Você se esquece que o último filme da Garbo se intitula precisamente *Two-faced woman*,[29] dirigido por George Cukor em 1941, ano feio da guerra, com os aliados apanhando de Hitler.

— E daí?

— Daí que ela até não escondeu tanto assim o segredo de sua missão. Aquele não foi um bom filme, porém facilita a análise. Só que ela não tinha dois, tinha mil rostos. Como a nossa Fernanda Montenegro, por exemplo. Multiplicidade na unidade é o traço definidor do artista, principalmente o ator. E isto quer dizer também ambiguidade ao infinito.

— Perdão, você está divagando. A Garbo, ao que parece, não interpretou *mais um* papel na guerra. Pelo menos é o que diz o tal Charles Higham: ela viveu o papel.

— E faz diferença? O artista não vive todas as personagens que encarna quando as transfere para a sua personalidade? O que ele é menos na vida

---

29 Título no Brasil: *Duas vezes meu*.

é exatamente o que ele é na vida, como pessoa com carteira de identidade, registro civil, contribuinte do imposto de renda, essas coisas. Sabe que mais? Greta Garbo foi uma sortuda, representando duas vezes o papel de espiã, uma no cinema, outra no real perigoso. E, quando foi para valer, do lado bom, o lado antinazista. Não é o que disse o Higham?

— O livro dele ainda não saiu, é só publicidade por enquanto. Diz que a nossa amiga ajudou um físico dinamarquês a fugir do domínio alemão.

— Palmas a Garbo.

— E que esse físico foi fabricar a bomba atômica na Inglaterra.

— Bomba que ainda não explodiu, que me conste, ao contrário da norte-americana, que matou tantos inocentes. Não vamos inventar que a Garbo é responsável por Hiroshima, com seus 80 mil mortos, e por Nagasaki, com seus 40 mil. O que há de positivo nessa história é que ela ajudou a destruir o nazismo. Foi o único artista envolvido em espionagem durante a guerra de 1939?

— Não. O mesmo Higham diz que Errol Flynn foi espião do Eixo...

— Não precisa dizer mais nada. Aquele *cara* nunca me enganou!

UM SONHO DE SONHOS[30]

Ingrid Bergman, à meia-luz, não dava para distinguir se era Joana d'Arc a caminho da fogueira ou a mulher fascinante de *Casablanca*, mas os sinos dobravam por sua intenção. Mais longe, Romy Schneider passeava pela avenida Atlântica e seu rosto era velado; procurava talvez o filho perdido, enquanto repórteres em vão tentavam entrevistá-la. Um solo de gaita veio da esquina, e atrás dele vinha Edu, magro e solitário.

O sonho continuava. O alto-falante, cujo som se confundia com o rumor das ondas, anunciou que continuaria o desfile dos mortos do ano, e logo assistimos em silêncio à passagem de Henry Fonda, que trazia à lapela uma inscrição: "*Guerra e paz*". Quis aproximar-me de Elis Regina, que sorria, mas, por mais que se lhe pedisse, não cantava "o que é meu não se divide" estava no país da grande divisão, onde ninguém tem mais nada. E um homem estranho atravessou a pista, fugindo de si mesmo. Disseram-me que era Fassbinder.

Eleanor Powell ensaiava passos de dança num lugar feito de nuvens cinzentas, mas seus movimentos paravam no ar, dava certa aflição aquele esforço inútil. Também a voz parava na garganta de Alberto Cavalcanti, e o som entre brasileiro e francês parecia exprimir uma queixa que recaía sobre nós todos, os culpados e os indiferentes. Não entendi bem o que ele murmurava, mas a seu lado, pequeno e buliçoso, um paraibano exclamou: "Também estou aqui." Era Jackson do Pandeiro.

Assim passei em revista, na noite de ontem, os artistas que se foram, no Brasil e no mundo, e hei de ter esquecido muitos, pois também no sonho a memória repete as deficiências da vigília. Foi a morte de Ingrid Bergman que desencadeou o desfile, mas por que mistério essas figuras se entrelaça-

---

30 *Jornal do Brasil*, 2 set. 1982.

ram em um sonho de madrugada, dissolvendo nacionalidades e gêneros, sou incapaz de decifrá-lo, e deixo aos competentes a explicação. Acordei pensando nesse outro mistério que é a sensação despertada em nós pela morte de artistas que nunca vimos pessoalmente, ou que apenas cruzamos de passagem, e que na realidade conhecemos profundamente pelo cinema, pela televisão, pelo disco.

São mortes sentidas à margem da convenção, do vínculo familial ou amistoso. Nunca nos dirigiram uma palavra direta, não nos escreveram sequer um bilhete e ignoraram nossas vidinhas. Entretanto, ocuparam um espaço em nossa área interior, e os tínhamos como pessoas amigas, de uma categoria especial, a dos amigos que não sabem que o são, mas nós sabemos por eles.

Este poder da arte, em seus diferentes ramos e níveis, faz crer numa fraternidade obscura, que teria unido homens e mulheres por um laço estético, em contraposição a inúmeros fios de contraste que fatalmente os separam pela diversidade de ideias, costumes, interesses econômicos e políticos. Detestamos a Alemanha nazista e nos emocionamos com Beethoven, e o próprio nazista se renderia ao poder irrefutável de suas sinfonias. Uma pátria maior paira sobre as divisões nacionais, identificando um Van Gogh e um Portinari na mesma corrente fervorosa de simpatia. Picasso, imprevisível e polêmico, eleva-se acima das circunstâncias de sua vida, e ao morrer desperta luto universal.

Nem sempre sabemos amar os artistas quando vivos, e muitas vezes lhes cobramos definições e comportamentos que eles não estão dispostos a adotar, ou não são capazes de assumir. Costuma acontecer, mesmo que os desaprovemos, porque não se moldaram à imagem que deles fazíamos. A morte, porém, resgata esses desentendimentos, e é então que percebemos quanto os amávamos até no ato de divergir do que fizeram em algum momento.

Ninguém pagou mais caro do que Ingrid Bergman o direito de seguir seu próprio sentimento em conflito com a noção generalizada de moral vigente. Pagou e não se deixou esmagar. O tempo revelou a fragilidade dos julgamentos convencionais sobre as variações do coração humano, mostrando ironicamente que hoje seria impensável a expulsão de uma comunidade de trabalho pelo "crime antiamericano" da Bergman.

O artista, continuando pessoa, com todas as limitações da natureza, dispõe, entretanto, desse dom magnificente de ser nosso companheiro no que de melhor ele possui. A relação intercomunicante não depende dele nem de nós. Na realidade, é o resultado da criação artística, a obra de arte vivida em materiais ou no corpo humano, que estabelece a corrente comovedora. Meu sonho foi uma antologia de sonhos, sob o véu do desaparecimento. Os artistas mais simples e os mais requintados uniam-se na perspectiva de um sonho individual, feito de sonhos coletivos.

GRETA GARBO NA MINHA VIDA[31]

Os leitores desta coluna sabem que não costumo trazer a público fatos de minha vida particular. Sou forçado hoje a infringir essa regra de natural silêncio, devido à crônica "Atrizes e literatos", publicada por Henrique da Cunha em *O Estado de S. Paulo*.

Insinua o cronista que, na década de 1920, em Belo Horizonte, famosa artista mundial de cinema, incógnita, me distinguira com flerte platônico. E cria certo mistério em torno do assunto.

Ora, não há mistério algum. O caso já foi narrado em meu livro *Fala, amendoeira,* de 1957. Vou repeti-lo para quem não o tenha lido, rompendo assim o véu de conjecturas agora criado.

A atriz famosa chama-se Greta Garbo. Ano: 1929. Nas histórias de cinema se diz que ela, nesse período, viveu recolhida a um hotel em Santa Mônica, EUA. É falso. Certa manhã, o poeta Abgar Renault bateu-me à porta, pedindo que o ajudasse. Uma senhora estrangeira chegaria pelo trem noturno e tínhamos de reservar-lhe aposentos no Grande Hotel. Fora-lhe recomendada por um professor sueco, então nos Estados Unidos, com quem Abgar se correspondia a respeito de poetas elisabetianos. Além disto, era necessário proporcionar à visitante distrações campestres, debaixo de absoluto sigilo, e Abgar queria os meus serviços, em razão de nossa fraterna amizade. Nada de estabelecer relações com ninguém.

Tomamos providências e fomos à estação ferroviária. Desceu do trem um vulto feminino envolto em capotão cinza, pisando duro em sapatos de salto baixo. Óculos pretos, ainda por cima. Franziu os lábios para cumprimentar o meu amigo, olhou-me como a um carregador e disse-nos: "*I want to be alone.*" Depois mostrou os dentes num sorriso, como se dissesse: "Isso não

31 *Jornal do Brasil,* 22 nov. 1982.

atinge vocês." De fato, nos dias seguintes mostrou-se cordialíssima conosco, sempre através dos conhecimentos de inglês de Abgar, já então notáveis.

Não tardei, por iluminação poética, a identificar a misteriosa viajante, que dava grandes passeios pela serra do Curral acima, e um dia nos assustou, querendo ir a pé a Sabará, projeto de que a custo a dissuadimos. Revelei minha descoberta a Abgar e ele, arregalando os olhos, pediu-me, por tudo quanto é sagrado, que não contasse a ninguém. Prometi. Nossos amigos ignoraram tudo: Capanema, Emílio Moura, Milton Campos, João Pinheiro Filho etc. olhavam-nos surpresos ante aquela relação estranha. Explicamos: tratava-se de naturalista estrangeira em férias, miss Gustafsson. E a cidade não percebeu que hospedava Greta Garbo. Não é difícil enganar uma cidade. Políticos que o digam.

Apenas o Jorge, motorista árabe que nos servia, arranhando vários idiomas, acabou pescando, pela conversa entre Abgar e a mulher, quem era ela. Nós o intimamos a calar, sob pena de o denunciarmos como oposicionista ao governo do estado, então em luta política feroz com o governo federal. Ele moitou.

À véspera da partida, nossa amiga levou-nos a jantar ao Grande Hotel e – lembro-me como se fosse hoje – fixou os olhos na mesa vizinha, onde uma família baiana abrangia um garoto de cerca de 2 anos. Greta mirou a larga testa do menino e disse, pensativa: "Poeta." Fui procurar no livro da gerência o nome da família: Amaral, e o do neném: José Augusto. Ele seria o poeta e crítico de cinema Van Jafa, hoje falecido, e ardente admirador da artista.

Saímos ao entardecer para uma volta no parque municipal, e aí Garbo, prendendo-nos as mãos, rogou que jamais lhe revelássemos a identidade. Seu desejo era que nunca se falasse dela como pessoa. O resto, publicidade dos filmes, era coisa de empresa. De resto, ela própria às vezes tinha dúvidas sobre quem era: as personagens interpretadas sobrepunham-se ao eu original. Uma confusão… Fugia dos outros ou fugia de si mesma?

Disse mais: "Gostaria de ficar entre vocês para sempre, tirando leite das vaquinhas num sítio em Cocais. Um sonho…" Furtamos um papagaio do parque e o oferecemos à amiga. Reencontrei essa ave num trecho da biografia de Garbo publicada há tempos em *Paris Match*, dizendo: *Hello, Greta* e imitando sua risada, entre gutural e cristalina. A atriz viajou e nunca mais nos deu notícia. É a vida.

Não houve o flerte a que se refere Henrique da Cunha. Quem dera! Houve camaradagem simples, sem intimidade. Garbo falava pouco, gostava mais das paisagens do que dos homens, e nunca posou de mito. Transcorrido tanto tempo, não vi inconveniente em relatar sua passagem por Minas Gerais. É tudo.

*

P.S. – Infelizmente não é tudo. Divulgado esse lance desconhecido da vida de Greta Garbo, fui procurado por Pompeu de Sousa, que me pediu que desenvolvesse a informação em entrevista para o *Diário Carioca*. Naturalmente com fotos de Kodak, fac-símiles de bilhetes da Garbo etc. Tive de confessar a esse meu querido colega que a viagem de Greta Garbo à capital mineira se realizara apenas na minha imaginação. Eis aí toda a verdade, isto é, a mentira do que se passou em 1929.

NÃO VENHA, CATHERINE[32]

Catherine Deneuve, Deus sabe que fiz tudo para impedir que ela viesse ao Brasil neste momento. Esforço baldado. Apesar de meus pedidos insistentes, até nervosos, para que desistisse, anuncia-se a sua próxima chegada ao Rio de Janeiro.

Fico sem saber que atitude tomarei diante dessa desobediência formal às minhas recomendações. Reconheço que Catherine, por trás da infinita doçura de seu rosto, é um temperamento forte, que desafia o risco e se compraz em enfrentá-lo. Conheço-a desde a minha viagem a Paris em 1978. O seu caso com Marcello Mastroianni ficara no passado. Então, Catherine interessava-se por pedras semipreciosas do norte de Minas Gerais – dessas fantasias de artista, que vêm e que passam. Fui-lhe apresentado por Albicoco, atual representante da Gaumont no Rio de Janeiro, e, ciente de que colecionava esses minerais, ofereci-me para arranjar-lhe algumas amostras interessantes. Obtive-as por gentilezas de Cyro dos Anjos, cuja fazenda de soja em Montes Claros é famosa por suas jazidas de turmalinas e águas-marinhas.

O presente encantou a atriz, que logo manifestou por mim um sentimento que não chamarei de amor, porque amor não era, mas estava próximo da adoração. Eu não compreendi bem o que se passava no seu espírito, mas confesso que fiquei profundamente lisonjeado. Quem não ficaria? Data daí uma relação afetiva, isenta de passionalidade erótica, mas de alto conteúdo espiritual. E assinalada por grande número de cartas.

Envolvido como estou na campanha da sucessão presidencial, como candidato do PIPB (Partido da Ioga Pacifista Brasileira), que visa sobrepor-se aos conflitos ideológicos e de interesses partidários, suscitados pelo

---

32 *Jornal do Brasil*, 25 ago. 1984.

confronto Tancredo-Maluf, há dois meses que não escrevo a Catherine. Mas não deixei de telefonar-lhe, comunicando os meus passos políticos e pedindo-lhe que concentrasse energias mentais em favor da nossa causa. Respondeu-me que avaliava bem a situação e que achava imprescindível estar a meu lado neste momento agitado de campanha.

O que gastei para convencê-la, pelo DDD, de que sua atuação a distância, através de fluidos, seria mais benéfica do que a sua presença aqui no teatro dos acontecimentos, não posso avaliar, mas tenho certeza de que a conta da Telerj, em setembro, será uma loucura. Não importa, um candidato não pode retrair-se diante de mesquinhas considerações financeiras, como o demonstra, por exemplo, o meu competidor Maluf, que, notoriamente desprovido de recursos, está empenhando os móveis de sua modesta residência para fazer face às despesas de propaganda, que deviam correr por conta do PDS, mas não correm, porque este partido, praticamente dono do país, é famoso pela sovinice.

A situação é a seguinte. Catherine insiste em vir assessorar-me, e eu tenho medo de vê-la circulando em Brasília, para aliciar votos no Colégio Eleitoral, pois sua beleza e charme são tais que ninguém mais cuidará da minha candidatura, e são capazes até de promover a reforma urgente da Constituição para elegê-la presidente, liquidando a mim, Tancredo e Maluf. Além, é claro, de provocar enfartes nos membros do Colégio, mais sensíveis ao milagre feminino de sua personalidade.

A notícia divulgada pelos meios de comunicação, de que Catherine vem lançar joias no Brasil, por iniciativa de Jacques Carcassonne, é puro artifício de que a minha amiga lançou mão para despistar. Ela está determinada a vir para fim exclusivamente político, convicta de que me prestará grande serviço. Eu penso o contrário, e não sei o que fazer.

Meu assessor João Brandão é de parecer que Catherine está realmente disposta a fazer profusa distribuição de colares, brincos e anéis entre os componentes do Colégio, e daí a versão divulgada pela imprensa, com a ressalva: não venderá esses adereços, e sim obsequiará com eles a senhoras e filhas dos políticos. Dado o padrão de moralidade que pretendo manter durante a campanha, isto seria para mim extremamente inconfortável e, mesmo, importaria na minha derrota.

Minha doce amiga entende que por mim deverá fazer tudo e mais alguma coisa, mas eu sou de opinião que não posso exigir dela tamanho sacrifício, pois que ela tem filmagens contratadas em Berlim, Tóquio e Tel Aviv – tanto mais quanto seu esforço generoso poderá significar a ruína da minha candidatura. No momento, examino a possibilidade de enviar João Brandão a Paris, a fim de convencê-la de qualquer modo a renunciar ao projeto. Mas receio que o meu colaborador se deixe fascinar pelos seus cetinosos cabelos louros e acabe trabalhando contra meus interesses políticos, que são afinal os da pátria.

Por último, e tal seja o rumo dos acontecimentos, estou inclinado a abrir mão de minha candidatura, reconhecendo que os elevados propósitos do Partido da Ioga Pacifista Brasileira não resistam ao impacto da beleza incomparável de uma mulher. E eu poderei lastimar, como Antero de Quental.

Conheci a beleza que não morre
e fiquei triste…

OS 27 FILMES DE GRETA GARBO[33]

27, tem certeza? Não importa.
Para mim são 24. Lembra-me bem.
Conto um por um, de 1926
a 1941, de vida contínua.
De minha vida. De *The torrent* a *Two-faced woman*.[34]
Entre os dois, um abismo
onde aprisionei, para meu gozo, Greta Garbo.
Ou ela me aprisionou?
Será que não houve nada disso?
Alucinação, apenas?
O tempo é imperscrutável. São tudo visões.
Greta Garbo, somente uma visão, e eu sou outra.
Neste sentido nos confundimos,
realizamos a unidade da miragem.
É assim que ela perdura
no passado irretratável e continua no presente,
esfinge andrógina que ri
e não se deixa decifrar.
Contei-os todos: 24 filmes americanos. Meus.
Não me interessam diretores.
Monta Bell, Fred Niblo, Clarence Brown,
nem penso em Edmund Goulding, para mim não existem
Victor Sjöström, Sidney Franklin, John S. Robertson.
Esqueço Jacques Feyder, esqueço Robert Z. Leonard,

---

33 *Farewell* (1996).

34 Títulos no Brasil: *Laranjais em flor* (1926) e *Duas vezes meu* (1941).

de que me serve George Fitzmaurice, não careço
de Rouben Mamoulian e Richard Bolesławski,
para o inferno com George Cukor,
e com ele Lubitsch!
Dela quiseram fazer uma ninfa obediente,
autômato de impulsos programados.
Foram vencidos.
E que farei de seus galãs? Tenho pena
de meros circunstantes entulhando
a rota de alva solidão.
Não vou sequer nomeá-los. Sombras-sombras
que um dia tremularam... se apagando.

Todo o espaço é ocupado por Greta Garbo.
Na mínima tela dos olhos, na imensa
perspectiva do jovem de 24 anos, e de 24 filmes
a desfilarem até o espectador beirando 40 anos,
que já tem suas razões de descrer e deslembrar
e não deslembra. Sempre a seu lado Greta Garbo.
Caminhamos juntos. Não nos falamos. Não é importante.
Súdito da rainha Cristina, atento à voz de contralto
de Anna Christie, espião da espiã Mata Hari,
disfarço-me de *groom* no Grande Hotel
para conferi-la na intimidade sem véus de bailarina.

Não julgo seus adultérios burgueses
nem me revolta sua morte espatifada contra a árvore
ou sob as rodas da locomotiva.
Sou seu espelho, seu destino.
Faço-me o que ela deseja. *As you desire me.*[35]

35 Referência ao filme que, no Brasil, estreou nos cinemas com o título *Como me queres* (1932).

E aprofundo a lição de Pirandello
na ambiguidade do cinema. Que é um filme?
Que é a realidade do real
ou da ficção?
Que é personagem de uma história
mostrada no escuro, sempre variável,
sempre hipótese,
na caleidoscópica identidade da intérprete?

Como posso acreditar em Greta Garbo
nas peles que elegeu
sem nunca se oferecer de todo para mim,
para ninguém?
Enganou-me todo o tempo. Não era mito
como eu pedia. Escorregando entre os dedos
que tentavam fixá-la,
Marguerite Gauthier, Lillie Sterling,
Susan Lenox, Rita Cavallini,
Arden Stuart,
Marie Walewska, água, água, múrmura água
deslizante,
máscaras tapando a grande máscara
para sempre invisível.
A vera Greta Garbo não fez os filmes
que lhe atribui minha saudade.
Tudo se passou em pensamento.
Mentem os livros, mentem os arquivos
da ex-poderosa Metro Goldwin Mayer.

Agora estou sozinho com a memória
de que um dia, não importa em sonho,
imaginei, maquinei, vesti, amei Greta Garbo.
E esse dia durou 15 anos.

E nada se passou além do sonho
diante do qual, em torno ao qual, silencioso,
fatalizado,
fui apenas *voyeur*.

RETROLÂMPAGO DE AMOR VISUAL[36]

Namoradas mortas
tenho mais de cem:
Barbara La Marr
e Louise Fazenda,
tenho Theda Bara
e Olive Borden,
Bessie Barriscale
e Virginia Valli.
Tenho Marion Davies,
tenho Clara Bow,
tenho Alice Calhoun,
tenho Betty Compson,
tenho Nancy Carroll,
e Norma Talmadge
e Anita Stewart,
e Mildred Harris
e Lya de Putti
que se suicidou,
como Lupe Velez.
Tenho Nazimova,
Mae Murray, Mae Marsch
e ainda Mae Busch
e Edna Purviance,
Ruth Roland, Ruth
Chatterton, Julia Faye,

---

36 *Jornal do Brasil*, 15 fev. 1975, e *Discurso de primavera e algumas sombras* (1978).

tenho Ethel Clayton,
tenho Kathlyn Williams,
tenho Gladys Brockwell
morta num desastre.
Eis Anna May Wong
com Alice Joyce
e Constance Bennett.
Tenho Agnes Ayres
e Elissa Landi,
tenho Mary Bryan
e Dorothy Gish
e Alice Brady
e Renée Adorée.
Guardo bem o nome
de Marie Prévost
e de Phyllis Haver,
o de Mabel Normand,
o de Fanny Ward,
o de Helen Costello,
o de Pearl White.
E de Alma Rubens
nunca mais me esqueço.
Lembro Nita Naldi,
Pauline Frederick,
Geraldine Farrar,
Clara Kimball Young,
lembro Elsie Ferguson
distantes, distantes.
E lembro Ann Sheridan
e Kay Francis lembro
e Carole Lombard
morta no avião
como Linda Darnell

morta no incêndio.
Tenho namoradas
que outros não namoram,
como ZaSu Pitts,
Maria Ouspenskaya
e Marie Dressler.
Namoradas mortas?
Tenho mais de mil.
E das sem notícias
tenho outras tantas.
Onde se esconderam
Aileen Pringle, Viola
Dana, Louise Brooks?
Não sei onde foram
nem Pauline Starke
nem Blanche Sweet
nem Madge Bellamy
nem Gloria Stuart.
Ainda sinto falta
de Corinne Griffith,
de Louise Glaum
e de Anita Page,
de Olga Petrova
e de Mary Philbin,
de Virginia Pearson,
e Mary Miles Minter,
de Claudette Colbert
e Karen Morley,
de Irene Castle
e de Billie Dove.
Que é de Irene Rich,
onde vai Kay Johnson?
Ah, Dorothy Dalton

e Leatrice Joy!
May Mac Avoy
e Dorothy Mackaill,
Eleonor Boardman
e Alice Terry,
Margaret Livingstone
e Claire Windsor,
a todas recordo
e sumiram todas.
Sumiu Lila Lee,
sumiu Lois Wilson.
Florence Vidor
nunca mais voltou.
Sumiu Colleen Moore.
Nunca mais voltou
Madlaine Traverse.
Nunca mais voltaram
Madeleine Carrol
e Bebé Daniels
e Evelyn Brent.
Quem dará notícia
de Carmel Myers?
De June Caprice
e de Estelle Taylor?
de Betty Blythe,
de Priscilla Dean?
Onde, Shirley Mason?
Ann Dvorak, onde?
Onde Pola Negri
e Laura La Plante?
Quem viu Esther Ralston,
Arlette Marchal,
também Vilma Banky?

Ai, namoradas
desaparecidas
tenho não sei quantas.
Obrigado, Alex
Viany, escusa
de contar-me certo
o fim que levaram.
Melhor não saber,
ou fazer que não.
Em frente da tela
branca para os outros,
para mim repleta
de signos e signos
tão indestrutíveis
que nem meu cansaço
de velho olhador
logra dissipá-los,
sem timbre nostálgico,
atual e sempre,
mantenho a leitura
deste sentimento
de amor visual.

II – CINEMA BRASIL

o Brasil inteiro, de namoro com o cinema.

E ao cinema brasileiro?
Tudo.

C.D.A.

O CINEMA DE PERTO[1]

Que esperavam que fosse o Festival de Cinema em São Paulo? Um modelo de ordem e suntuosidade como a coroação da rainha, em Londres? Os jornalistas foram desconsiderados? Não havia lugar para os críticos? Hollywood despachou um número excessivo de velhotas, ao lado de algumas carinhas apenas bonitas e sem classe? Anselmo Duarte não teve sua glória apreciada como convinha? Errol Flynn encheu demasiadamente o chifre? Que esperavam?

O cinema é uma nova religião, mas falta-lhe a liturgia. A tela infunde-nos grandes êxtases e terrores, uns e outros não transportáveis para fora do recinto em que se operam. Espalha-se apenas a lembrança deles, e só a atmosfera mágica da sala escura tem poder de invocar e convocar os mitos cinematográficos. No Hotel Comodoro, d. Jeannette MacDonald, que rouxinolou para a geração do embaixador Negrão de Lima e a fez dançar valsas vienenses na pista da imaginação, é simplesmente uma dama para lá de outoniça, que bem poderia ser visitadora social. O sr. Michel Simon padece de um vício incurável: é que já conhecíamos por aqui e estimávamos o escritor do mesmo nome, e entre dois feios preferimos o mais simpático. De cada artista presente ao festival podemos exprimir uma queixa. A maior de todas é que, tendo vindo uns quantos, deixaram de vir outros tantos, talvez os de nossa preferência, e fica sempre faltando uma Hepburn, um Bogart, ou aquela menininha e aquele menininho patéticos que brincavam de fazer cemitério no mais lírico filme francês que já vimos; felizmente os dois não vieram, porque o festival de cinema não é lugar para crianças, mas a gente deplora, a gente gosta de deplorar e queixar-se. Fica faltando por exemplo John Barrymore. Morreu há muito tempo; mesmo assim, que pena! Bebia melhor do que Errol Flynn, e seu pileque lembraria Hamlet ou Orestes.

---

1 *Correio da Manhã*, "Imagens do festival", 27 fev. 1954.

Religião sem ritos, pois seus sacerdotes oficiam a distância, porque são abstrações mesmo quando a terceira dimensão nos atira ao rosto a ilusão de sua carne, o cinema só pode desapontar, quando materializado e servido a olho nu, como nos servem os vereadores. Cada vez que nos mostrem Ingrid Bergman numa postura doméstica, dando de mamar a seu último bambino ou cerzindo as meias de Rossellini, essa ninfa monumental decai um pouco em nossa admiração. E se ela exibe no asfalto paulistano suas sandálias nº 30 e muitos, talvez ainda com o selo do imposto de consumo na sala, então adeus imaginações suecas, e noites de Walpurgis, e *intermezzos* em que a envolvíamos e sobre ela faziam baixar um grave e lunar esplendor.

Sobretudo, o festival de São Paulo esteve mal organizado, ótimo. Assim foi mais brasileiro, sem deixar de ser essa coisa internacional e meio confusa que a publicidade arranja para colocar melhor seus produtos e não obras de arte. O filme que atravessa a fronteira do comércio para se converter em criação artística é a monstruosidade rara, e não tem nada a ver com cinema, que é em essência distração e negócio. Mas a arte é tão poderosa que mesmo do negócio e do divertimento extrai às vezes sua flor – seu *edelweiss,* para lembrar a flor mais alta, que não viceja nos hotéis e nos *sets* deste planeta.

Viva o festival. Muita gente esperou que a estrela vésper baixasse sob as espécies carnais de sua preferida. Não baixou. Uns ganharam dinheiro, outros pescoções. O poeta Vinicius fez o que pôde na Europa para mandar--nos o melhor, que não houve. Uma senhorita perdeu seus fabulosos anéis, e quase que acreditamos nisso. De cinema, quase nada. Vamos a outro festival.

LEI DE CINEMA[2]

O colapso da Vera Cruz[3] recolocou a sorte do cinema nacional nas mãos do governo, que é nosso "papai grande"; este, agindo com o habitual discernimento, entrou logo a imaginar soluções. Assim, a Superintendência da Moeda e do Crédito, órgão cultural, propôs que se criasse no Ministério da Educação uma comissão técnica de cinema; e o Instituto Nacional de Cinema Educativo, entidade bancária, sugeriu por sua vez que se garantissem divisas para importação de filme virgem e se aumentasse o preço das entradas.

Onde andará, a essa altura, o projeto do Instituto Nacional de Cinema, elaborado pela boa vontade canhestra mas visível de Alberto Cavalcanti? Passeia ou dorme pelo Congresso, e já ninguém fala nele. Este projeto não era bom; na Câmara, a Comissão Especial de Cinema, Rádio e Teatro deu-lhe um substitutivo. Mas se há uma lei em perspectiva, e lei ambiciosa, que regula o complexo produção-distribuição-exibição, fica-se na dúvida se vale a pena, para resolver o caso comercial da Vera Cruz, proceder a estudos mais apurados sobre a matéria, na esfera do Executivo.

Aos olhos de um simples frequentador de cinema, sujeito que é multidão e afinal merece ser ouvido, o plano Cavalcanti e seu substitutivo pecam por

2 *Correio da Manhã*, "Imagens do tempo", 23 mar. 1954.

3 Vera Cruz foi a mais importante companhia cinematográfica brasileira entre os anos 1949 a 1954, responsável por inúmeras produções. Foi fundada em São Bernardo do Campo por Franco Zampari, empresário e produtor italiano, e por Francisco Matarazzo, famoso industrial, banqueiro e filantropo ítalo-brasileiro. O auge da companhia foi marcado por importantes acontecimentos, como a circulação de seus filmes no exterior e a conquista de prêmios nos maiores festivais de cinema do mundo, como Cannes e Veneza. Sofreu, contudo, um rápido declínio, endividando-se. Ao final de 1954, o Banco do Estado de São Paulo assumiu o controle da companhia, quando comprou suas ações. Sob novo comando, a empresa resistiu até o fim dos anos 1950, produzindo filmes menores.

um vício original de concepção. A criação de mais um órgão administrativo para imprimir orientação a um setor da indústria e assegurar-lhe desenvolvimento revela mentalidade de dirigismo econômico, que vem tendo aplicações desastrosas entre nós. De ordinário, tais "orientações" malogram ou perturbam o desenvolvimento da atividade que se aspira a beneficiar.

Não é fácil admitir que se consiga com um órgão desses, como pretende o texto parlamentar, garantir a estabilidade econômica de um setor de produção, que depende da situação econômica geral e de fatores incontroláveis pelo mesmo órgão. Justifica-se a mesma reserva quanto à possibilidade de vir tal organismo a determinar afluência de capitais para a indústria cinematográfica. Pois sim.

Um dos aspectos mais graves da iniciativa é, porém, o critério de "conveniência pública", ligado à pretensão de instituir "padrões técnicos e artísticos de cinematografias", aventado para a censura cinematográfica. Aí estará nas mãos do governo uma arma de alcance imprevisível. Como se determinará essa conveniência? Não há critérios insuscetíveis de interpretação maliciosa. E quem a determina? Em última análise, agentes do poder público. Tal conveniência corre pois o risco de converter-se, na prática, em conveniência dos detentores eventuais do poder.

A censura deve ser discreta e ater-se àquilo que for manifestamente torpe ou repugnante, fugindo completamente às questões de gosto artístico e evitando as interpretações de natureza política. Há leis penais que punem a calúnia, a injúria, o agravo aos costumes, os atentados à segurança do Estado, os crimes e infrações em geral, todos os nossos pecados, faltas e pensamentos malignos, e até os inocentes. Tais leis são tão numerosas que a única defesa do cidadão contra elas ainda é o fato de sua aplicação competir a um corpo regular de magistrados: não convém investir da mesma atribuição a um corpo de censores. Salvemos nosso cineminha.

PROTEGER DEMAIS[4]

Telefona um leitor: "O projeto do Instituto de Cinema será assim tão ruim como o senhor diz?..." Amigo leitor, não há nada completamente ruim entre o céu e a terra, nada, nem os projetos de lei. O substitutivo da Câmara – atualmente no Senado – institui, por exemplo, cursos de formação e aperfeiçoamento para artistas, diretores e técnicos, e esta é, talvez, sua melhor inspiração. Também recomenda que se examinem os cinemas, antes da inauguração, para ver se funcionam bem e se o espectador não corre risco de morrer pisoteado em instante de pânico. Este último cuidado deve figurar no código de obras municipais, mas a cada momento se abrem casas inconfortáveis ou mortíferas.

Em compensação, cogita-se fiscalizar o direito autoral no cinema, atividade que poderá muito bem ser exercida pelos próprios interessados, como vêm fazendo autores teatrais e compositores, através de associações especializadas e livres. Manda-se promover e fiscalizar a cobrança de taxas e impostos de cinema, quando o melhor seria investir nesse encargo o exército de agentes fiscais e arrecadadores da União e dos estados, que há por aí, e não criar novos órgãos. Converte-se a atual "taxa para educação popular" em "taxa de censura cinematográfica", o que é psicologicamente antipático, e socialmente ainda mais. Cria-se um novo imposto de selo, "para educação popular", e seu produto é reservado a subvencionar produtores cinematográficos.

A concepção oficial de "amparo" é sempre a de dar dinheiro – e em geral a quem já o possui. Se vamos subvencionar empresas que tiveram bastante pecúnia para gastá-la no preparo de película de longa-metragem, por que não estender o favor, por exemplo, às grandes tiragens de livros nacionais?

---

4 *Correio da Manhã*, "Imagens do tempo", 24 mar. 1954.

A odiosa imposição do filme nacional no substitutivo é feita menos ao exibidor do que ao público. Amanhã se proibirá simplesmente a apresentação de qualquer película estrangeira – porque o Lima Barreto vale o John Ford, e Michele Morgan não tem mais classe do que Marisa Prado. Talvez se aplique a medida ao teatro, por analogia. E por que não estendê-la aos livros, impondo a venda de um volume tupiniquim por oito Gallimards? Quando o Estado se mete na vida dos cidadãos, tudo é possível.

Pune-se o produtor que alugar mais barato os seus filmes. Exemplo típico da mentalidade de que é preciso a todo transe defender o produtor contra o consumidor.

Fixa-se a percentagem dos prêmios a serem concedidos ao produtor, ao diretor, ao fotógrafo, ao centrista e ao técnico de som, mas não se estabelece nenhum critério para os prêmios ao artista, ao autor do argumento, ao autor da partitura e ao figurinista.

Haveria muito que anotar, mas a atenção do leitor, como o espaço, é reduzida. Resta a impressão: Querem o governo e o Congresso proteger o cinema brasileiro? Criem-se cursos, distribuam-se bolsas de estudo, estabeleçam-se prêmios, facilite-se crédito bancário sem favoritismo, evite-se a criação de novas taxas e impostos sobre diversões. Tudo isso pode ser feito com simplicidade, por meio de umas poucas medidas legislativas na órbita do Ministério da Educação. Não se interfira, porém, no processo econômico e na atividade industrial, para atrapalhar ainda mais. A indústria brasileira de cinema se desenvolverá à medida que for imprimindo melhor qualidade a seus produtos. O favor público atrairá novos capitais e, não havendo excesso de controle oficial, faremos um bom cinema. Até lá, o que se pede é isto: deixem o futebol e o cinema ao povo, e ele não será de todo infeliz.

CINEMA POR DECRETO[5]

Tenho ouvido poucos comentários ao projeto de um instituto nacional de cinema, apresentado ao governo pela comissão designada para estudar e remodelar o velho projeto de Alberto Cavalcanti. É natural: todo projeto de lei é meio enfadonho; se a gente mal repara nas mil e mil leis em vigor, como vai tomar conhecimento das que ainda sonham no ovo? Além disso, o período neobarroco em que vivemos é de tanta festa que não dá jeito nem gosto para assuntar essas coisas.

Contudo, dei-me à pachorra de excursionar os olhos pelo substitutivo da comissão, e não volto entusiasmado da viagem. O plano, bem-intencionado mas inábil, de Cavalcanti, não podia vingar; será que o novo plano é mais sábio? A primeira observação que ele sugere é que se vai situar mal o futuro órgão, no Ministério da Educação e Cultura. Sua finalidade é francamente a de estimular a indústria cinematográfica brasileira; dos 19 itens de seu programa, 11 tratam de interesses econômicos: financiamento da produção; importação e exportação de filmes; patentes e marcas comerciais; direitos autorais etc.; 6 versam, mal ou bem, matéria cultural, e 2, matéria não específica. É caso, presume-se, de Ministério do Trabalho, Indústria e Comércio. Seria mais razoável que se passasse a este o Instituto – se instituto deve existir – os assuntos da órbita da educação afetos, no conselho previsto, a um representante do Ministério respectivo.

Mas conseguirá mesmo um órgão burocrático a mais estimular o cinema nacional como indústria? Não falemos mal, previamente, de um conselho deliberativo constituído de presidente e 14 membros gratificados por 120 sessões anuais, e de um conselho fiscal de 5 membros, gratificados por 48 sessões. Um entendido em administração explicou-me

5 *Correio da Manhã*, "Imagens e planos", 16 abr. 1957.

que o conselho assim avultado é menos perigoso do que um conselho mirim, onde os interesses econômicos de determinado grupo acabariam por prevalecer; constituído por *tout le monde et son père*, inclusive um jornalista, o mal é menor.

Curioso que o instituto vá não apenas estudar, fiscalizar, incentivar, mas também produzir documentários "de alto nível técnico e artístico", e apresentá-los no país e no estrangeiro, tirando daí parte dos fundos com que se manter. Estimular concorrendo? E como ao instituto caberá velar pela exibição obrigatória do filme nacional, os seus se beneficiarão com dupla obrigatoriedade. O Estado produtor de cinema: boa bola!

Mantida, na aparência, a obrigação de se exibir 1 filme nacional por 8 estrangeiros. Na prática, o instituto poderá vir a exigir 8 nacionais por 1 estrangeiro, se entender que a produção indígena aumentou suficientemente durante o ano. Prevendo também a hipótese contrária, o projeto determina a reprise, à falta de filme novo. Mas que estes iriam proliferar, não tenhamos dúvida. A produção aumentaria assustadoramente – e a má qualidade também. É que o instituto disporia de uma chave mágica: financiamento. Cobrando a peso de ouro o certificado de censura do filme estrangeiro, esse órgão abriria no Banco do Brasil uma conta gorda para alimentar a seu bel-prazer a picaretagem cinematográfica nacional. Este seria o resultado prático da lei. Vale a pena criar um órgão assim, para tirar de todo ao povo o prazer de ir ao cinema, ou para incutir-lhe o gosto do mau cinema, subvencionado oficialmente?

Pensando melhor, não é no Ministério do Trabalho que deve ficar esse tal I.N.C. É em lugar nenhum.

INTIMIDADE[6]

Quinta-feira à tarde, chovia tristemente e o sr. Jânio Quadros fizera uma das suas, dessa vez abusando um pouco de recursos teatrais do século XIX; resolvi fugir dele e da chuva recolhendo-me a uma das cadeiras quebradas do auditório do Ministério da Educação para ver o filme de Joaquim Pedro de Andrade sobre Gilberto Freyre e Manuel Bandeira.

Foram alguns minutos – trata-se de um breve documentário –, mas valeu a pena e limpou a alma. As imagens do filme acordaram outras, internas, e todas se ajustaram tão bem que só posso agradecer a Joaquim Pedro pelo resultado.

O jornal, o rádio e a TV invadem todos os dias a intimidade do ser humano que lhes pareça conter uma notícia, e apresentam-no ao público em condições bem chinfrins. O que era o à-vontade do cidadão fica parecendo exibição de trastes, roupas e modos coloquiais de ser. Com o resguardo, foi-se a graça das quatro paredes, o que há de puro e incapturável na solidão.

Pois Joaquim Pedro, diretor e roteirista, conseguiu mostrar-nos a solidão de dois homens ilustres e não nos facultou a menor impressão de ridículo ou vulgaridade. Selecionou imagens domésticas – o sociólogo tomando café com a senhora, ou provando o peixe na cozinha; o poeta calçando as meias – e em nenhum momento se fica com vontade de fechar os olhos para não ver os dois "grandes" surpreendidos em ocasião inábil.

Com arte sutil – sobretudo com sensibilidade, gosto, tato, boa linguagem cinematográfica –, ele traduz em expressões plásticas o temperamento, o caráter do ensaísta de Apipucos e do poeta de Pasárgada, como que ilustrando os estudos de um e os versos de outro. Estabelece um saboroso contraste, tanto mais perfeito quanto não é evidenciado, mas sugerido,

---

6 *Correio da Manhã*, "Imagens filmadas", 29 nov. 1959.

entre as maneiras de ser de dois pernambucanos tão diversos e tão ligados; e desse contraste extrai uma harmonia, pela captação do traço poético que, aproximando os dois, nos leva, sem artifício, da mansão senhora do Recife ao apartamento no Castelo: bastou para isso, como elemento de ligação, a imagem de Freyre, na rede, lendo o livro de Bandeira.

Mas o que devo principalmente a Joaquim Pedro, na tarde chuvinhosa de loucura política, foi esse segundo "tempo" do seu documentário, com a figura matinal do poeta sobraçando o litro de leite comprado no bar da esquina, e caminhando lenta e dignamente; não conduzia o Santo Graal, num cenário alegórico; era mesmo o litro de leite, junto ao pátio sujo do edifício, à sombra das enormes e frias paredes de cimento; e que limpeza na brancura de visão, branco de leite sobre branco de vida e de destino poético! Tão simples, tão despojado de bens fungíveis ia o poeta caminhando sozinho e no entanto cercado invisivelmente por todos os que se comoveram um dia com os seus versos, os que através dele descobriram e amaram a poesia. Essa a imagem interior que eu guardava de Bandeira e que de repente vi colhida no filmezinho primoroso de Joaquim Pedro de Andrade e Sérgio Montagna (produtor), realizado para o Instituto Nacional do Livro.

O PAGADOR E A FLOR[7]

O que há de gostoso nos campeonatos e prêmios internacionais que nossos patrícios conquistam lá fora é que, com eles, nos consideramos todos pessoalmente campeões e premiados. Não foi Anselmo Duarte quem ganhou a Palma de Ouro em Cannes. Foi este vosso criado, foram vocês todos. O Anselmo apenas fez de conta, ou nos representou. Na rua, as pessoas que encontrei estavam orgulhosas de si mesmas, era como se tivessem bolado, financiado, dirigido, interpretado e fotografado *O pagador de promessas*. E não foi realmente assim? Pouco importa que não fizéssemos muita fé no filmezinho "de amadores", como o qualificou o próprio Duarte. A verdade é que ele resultou de um aprofundamento da nossa consciência brasileira, da atenção com que começamos a reparar em nossa maneira de ser, sofrer, acreditar, pedir, reclamar, viver. E é na medida em que nos descobrimos como tema e como personagens que temos chance de ser contemplados pelos outros e nos universalizarmos. Mas o tom está muito sobre o grandíloquo, e prefiro voltar à euforia pura do começo: fui, fomos premiados em Cannes, também fazemos cinema, não vamos apenas a ele, e deixem-nos saborear este picolé de glória, que dele andamos bem precisados.

E se quisermos ver outra coisa bonita, ela está ali no Jardim Botânico, florescendo por alguns dias. É o próprio mês de maio que lá se encontra em espécie física. São sessenta maios distintos, qual mais requintado e precioso. Maio-laranja, maio-rosa, maio-carmesim, maio-salmão, maio-violeta, e toda a gama de entretons que se pode extrair desses padrões, pelas astúcias da hibridação. E há até o mais-do-que-raro maio-branco, aparentemente tão simples, e resultando da síntese de todos esses coloridos caprichos botânicos.

---

7 *Correio da Manhã*, "Imagens da hora", 25 mai 1962.

Para encurtar conversa, direi que se trata da belíssima flor-de-seda, ou flor-de-maio, que só floresce nesta quadra do ano, e que até não alterou seus hábitos, não se corrompeu, não se oficializou. Isto se deve à sua origem cactácea; mas a flor-de-seda partiu a antipatia do cacto para atingir a elegância de um verso de Mallarmé, e rivaliza com a orquídea. Cedeu apenas à habilidade dos jardineiros, desdobrando-se em matizes que há vinte anos não eram conhecidos. Contam que o alemão Oto Woll, trabalhando no Jardim Botânico, operou essas mágicas. Mas eu penso nas donas de casa de uma cidade do interior, aí por volta de 1915, a cultivarem ritualmente os seus vasos de flor-de-seda, e esperando maio para que eles revelassem os seus segredos. Sem polinização artificial, por obra do acaso, ou da intuitiva ciência dessas mulheres, o certo é que muita vez surgiram maravilhosas tonalidades que para minha cunhada Isa eram mais uma prova da existência de Deus, pois à alma devota e jardineira não é necessário um prodígio como testemunho, basta uma flor. E aqui revelo também o meu segredo mínimo: estas flores requintadas de *Zygocactus* ou *Epiphyllum truncatus* são maio para todo mundo, mas para este antigo mineiro são um maio diverso e privativo, ligado a eflúvios da serra, do núcleo familiar, do ser infantil, do fundo do fundo de tudo. São flores, são pensamentos perdidos, são visões, alumbramentos?...

O PARQUE[8]

Quando me telefonaram dizendo que fosse ver na exibição especial o filme dos meninos de Jacarepaguá, tomei a coisa na brincadeira e prometi a mim mesmo não ir: já brincamos tanto, em tantos assuntos sérios, por que brincar também de cinema?

Então o filme, de sabido, apareceu lá em casa, levado pela televisão, e fez-se assistir durante 15 minutos e 37 segundos. Não contei no relógio esse tempo, que dá pra gente bocejar muito, e vira eternidade se uma coisa nos entedia. O jornal é que demarcou o período de projeção, pois na realidade, vendo se sucederem as imagens de *O parque*, fui sendo conquistado pelo que via, e o tempo que senti passar foi o tempo emocional e humano da história do filme.

História bem simples, saída da imaginação de uma garota de 15 anos, mas que daria um conto admirável de Marques Rebelo, uma grande página de Rachel de Queiroz ou de algum outro mestre literário. Um menino vê chegar o parque de diversões e não tem dinheiro para frequentá-lo. Faz tudo por obter uns cobres; vai ao ponto de vender seu passarinho de estimação. Quando se aproxima do local, com o dinheiro no bolso, o parque já foi desmontado. Só lhe resta olhar com melancolia as marcas das estacas no chão, os cavalos do carrossel jogados em terra e o triste pontinho de notas que não servirão para nada. Perdeu o passarinho e não teve o parque.

O filme... Para avaliar o filme é preciso saber como nasceu e foi feito. Uma professora inteligente, Maria José Alvarez, reparou no interesse pedagógico de ensinar cinema a seus alunos do Colégio Estadual Brigadeiro Schorcht. O cinema é hoje uma parte da vida de todos nós. Levá-lo à escola, não apenas para ser contemplado, mas para ser vivido, é despertar

8 *Correio da Manhã*, "Imagens imprevistas", 31 jul. 1964.

estímulos, criar espírito de colaboração, entusiasmar, dinamizar. E foi o que aconteceu. Um curso experimental de cinema foi dado em três meses por profissionais. A equipe de alunos discutiu argumentos, compôs roteiro técnico, estabeleceu plano de produção, selecionou intérpretes. A filmagem aconteceu nas férias de julho do ano passado, a céu aberto, nas estradas e ruas de Jacarepaguá. O ator principal é um garoto de 11 anos. O diretor de fotografia tem 17. O desenho de apresentação é de uma garota de 15. Os atores trabalham também na parte técnica. E o filme, sem intuito comercial, é claro, e sem pretensão de obra de arte, é uma dessas felizes criações do talento natural a que não faltou vontade de aprender e de fazer, mostrando o que se pode esperar da juventude em imaginação e trabalho, em poesia aplicada à vida.

Porque é um ato de poesia, *O parque,* e vê-lo é ter contato com algo de puro e de vivo, que quer manifestar-se, e que o consegue através do caminho mais imprevisto: crianças fazendo cinema, com seriedade e intuição, com sensibilidade e poder de comover-nos. O menino que não entrou no parque entra em nossa alma.

VOZ PROIBIDA[9]

Venho trazer minha voz de simples frequentador de cinema, em defesa das vozes de artistas estrangeiros nos filmes a que assistimos. Querem traduzir obrigatoriamente essas vozes para o português, de modo a que nunca mais, a não ser nos cineminhas chamados de arte, vez por outra, possamos ouvi-las saindo de suas respectivas bocas. Estarão proibidos de falar, e nós proibidos de escutar, pois o que ouviremos é o que eles não dizem, mas que atores registrados no Ministério do Trabalho dirão por eles, num monótono faz de conta.

O projeto de lei aprovado pela Comissão de Justiça da Câmara dos Deputados, mas ainda pendente de votação em plenário, tira a esses artistas um elemento fundamental da expressão dramática, convertendo-os em bonecos manejados pelo ventríloquo; e a nós, tira todo o prazer de ver um filme não nacional, descaracterizado e deturpado de tal sorte que deixa de ser estrangeiro e não adquire o caráter nacional; fica um monstrinho.

Já sabemos o que são esses filmes. São os sinistros enlatados da televisão. Mas os telespectadores, via de regra, distinguem-se pela mentalidade resignada e, se lhes falta esse conformismo, podem girar o botão ou desligar o aparelho. Já o frequentador de cinema, que paga caro para ver e ouvir, digamos, Audrey Hepburn numa sala raramente confortável, e apenas a vê, sem reconhecê-la, pois sua voz mudou completamente e os lábios se movem para uma estranha dicção que mal se ajusta ao movimento, em linguagem brasileira postiça – esse frequentador infeliz tem o direito de mandar ao diabo o legislador que lhe confisca uma das liberdades mais elementares – a liberdade de escolher o gênero e a forma autêntica de seu divertimento.

---

9 *Correio da Manhã*, “Imagens na tela”, 3 set. 1965.

Não há nacionalismo que justifique tal falsificação. Em que nos prejudica o diálogo cinematográfico em línguas estrangeiras, quando cada vez mais se utilizam entre nós os métodos audiovisuais para aprendizagem dessas línguas, que enriquecem nossa formação cultural e ampliam nossa comunicação com o mundo? A dublagem (palavra que em si já é contrafação léxica) serve antes de incentivo à cristalização do analfabetismo, pela preguiça mental.

E a quem beneficia? Aos laboratórios, em prejuízo do público, como se a finalidade do cinema fosse chatear ao maior número para dar dinheiro a alguns. Favorece a mediocridade das traduções locais mecânicas, bitoladas, a que o duplo se vê compelido. E, aparentando servi-lo, faz um grande mal ao ator brasileiro de cinema, que encontrará na dublagem o trabalho ancilar, anônimo, menor e menos remunerado que o trabalho integral, ao vivo, no filme brasileiro. Este sofreria mais uma forma de concorrência, diante das massas, com o filme estrangeiro totalmente condicionado ao gosto dos que pedem pouco porque o Estado, recusando-lhes educação estética, não os habilitam a pretender mais.

Portanto, é projeto errado, esse; afeta o interesse nacional sob capa de protegê-lo, já não falando no atentado que inflige ao pacífico interesse dos cinemeiros. Se for convertido em lei, não me admira nada que amanhã um deputado petebista proponha a dublagem de voz dos artistas líricos ou dramáticos estrangeiros, no Theatro Municipal. Eles mexerão braços e pernas, abrirão a boca, mas a voz sairá do nosso pessoal, convenientemente postado nos bastidores, sob o olhar burocrático de um inspetor do Ministério do Trabalho, nível 17.

CINEMAS[10]

Deus é testemunha de que não contribuí em nada para a concordata de duas empresas exibidoras de filmes na Guanabara: jamais lhes faltei com a minha dupla presença nas poltronas do fundo da sala, de preferência no balcão. Em época que se perde na escuridão dos tempos, o amigo Vivaldi (não o "Padre Rosso", mas o primeiro proprietário do Cinema Rex) distinguiu-me com um "permanente" que era um desafio: meu local de trabalho ficava no 16º andar, o cinema no andar térreo; a tentação era descer e trocar o trabalho pelo ópio cinematográfico, mas quase nunca isso foi possível. Acabado o "permanente", coloquei-me na posição de frequentador pagante, na qual me conservo. Assim, posso afirmar, sem nuvem na consciência, que nunca deixei de pagar aos exibidos o que eles me pediam, embora nem sempre me dessem em troca um entretenimento razoável.

Fico triste com o que aconteceu aos srs. Lívio Bruni e Severiano Ribeiro. Se eles fossem proprietários de fábrica de pregos ou de colchões, sentiria menos. O dono de cinema participa um tanto da natureza do cinema; seu negócio é um espetáculo mágico que continuou mágico mesmo depois de absolutamente banalizado. Vai-se ao cinema para viver outra vida sem perder as garantias da nossa; juntam-se as duas e corrige-se uma com os recursos infinitos da outra. Por isso, olhei sempre com simpatia bilheterias, porteiros, vaga-lumes e gerentes de cinema, como olho sempre com interesse para cartazes e letreiros da fachada, e para os anúncios ilustrados da penúltima página do jornal. Já não saberia compreender a vida sem esse complemento audiovisual que consola, estimula, distrai, chateia, irrita e fascina.

Passo em revista as razões alegadas para o insucesso financeiro dos exibidores: restrição de crédito bancário, incidência exagerada de impostos e

---

10 *Correio da Manhã*, "Imagens em crise", 1º jun. 1966.

taxas, concorrência da televisão. Tudo isso é fácil de comprovar, sendo que o peso de impostos e taxas, descarregado diretamente sobre o frequentador, torna o preço de uma entrada de cinema proibitivo para a maioria das pessoas que gostam de cinema. A concorrência da televisão me parece menos grave: ninguém que aprecia realmente o espetáculo cinematográfico deixa de ir ao cinema para ficar em casa torturando a vista nas versões mutiladas, dubladas e entrecortadas de anúncios, de filmes em grande parte de há vinte anos passados, quando não são feitos especialmente, e com especial indigência de espírito, para o consumidor doméstico.

Não haverá outra causa para o relativo afastamento dos cinemeiros, que ultimamente deixaram de lotar até as escadas das casas de exibição? Creio que sim. O frequentador paga cada dia mais e tem cada dia menos. Filmes estrangeiros de qualidade são exibidos em Buenos Aires meses e até um ano antes que no Rio; em seu lugar, repetem-se velharias que fazem levantar a poeira dos arquivos, criando alergia ao cinema. Há dias, tive o prazer histórico de rever, num complemento de atualidades, a rainha da Inglaterra e o presidente dos Estados Unidos inaugurando um canal no Canadá; e o presidente era... Eisenhower. As cópias não raro são detestáveis, o ar-condicionado costuma entrar em férias, o balcão só abre quando não cabe mais ninguém lá embaixo, Copacabana já não merece grandes lançamentos – e por aí afora. É de perder o gosto.

Isto não impede que se lamente a concordata. Como lamentável é também o remédio para a crise, proposto pelo presidente de um sindicato de exibidores em São Paulo: acabar com a obrigatoriedade dos filmes nacionais e com os direitos de autor. Por que não acabar logo com o cinema brasileiro e com os autores?

Por mim, não sou doutor na matéria, entendo chãmente que os cinemas voltarão a encher e a dar lucro mostrando bons filmes em boas condições técnicas e de conforto. E não seria mau que o fisco diminuísse sua parte de leão no preço do ingresso.

O PADRE E A MOÇA[11]

Vejo que *O padre e a moça*, depois de queimados vivos no interior de uma gruta, estão ameaçados de nova fogueira, esta ateada por pessoas zelosas da moral pública e dos valores da religião. E isso me entristece. Não por mim que os cantei em verso, depois de os ver referidos em prosa por uma publicação técnica do Museu Nacional. Nem por Joaquim Pedro de Andrade, que os levou para o cinema, num filme que recebeu prêmio oficial no Estado da Guanabara e foi exibido no Rio de Janeiro em meio ao interesse e à compreensão do público, sem o menor escândalo. Entristeço-me, que pena! porque as obras de arte – e este filme é uma – continuam entre nós na dependência e à mercê de grupos ou pessoas capazes de influir em sua livre circulação, com prejuízo incalculável para o desenvolvimento cultural do país.

Quem conhece o raro e consciente Joaquim Pedro sabe que ele seria incapaz de fazer um filme obsceno ou ofensivo a qualquer credo religioso. Antes de mais nada, seu bom gosto lhe travaria essa intenção. Suas realizações anteriores – *Couro de gato, O poeta do Castelo, Garrincha, alegria do povo* – atestam outras preocupações. Por que Joaquim Pedro negaria de uma hora para outra seu senso artístico, sua concepção severa da cinematografia?

Não pretendo, porém, defender *O padre e a moça* passando atestado de bom comportamento ao cineasta. O filme defende-se por si mesmo, pela dignidade, pela poesia, pelo sentimento humano, pelo desapego a qualquer intuito escandaloso ou panfletário. É, inicial e fundamentalmente, uma criação artística, e constitui um esforço de compreensão e apresentação, em termos estéticos, de um caso psicológico de intensa dramaticidade, conflito não inventado pelo diretor nem pelo autor do poema, pois dera nome a

---

11 *Correio da Manhã*, "Imagens perseguidas", 5 jun. 1966.

uma gruta na Bahia e se insere na problemática humana de qualquer tempo ou lugar, saindo da vida para a literatura e a arte.

Uma entidade oficial financiou a produção, depois de examinar-lhe o argumento; uma comissão oficial de peritos em cinema a premiou; o diretor do Festival Internacional de Berlim encantou-se com ela e pediu uma cópia para levá-la àquele certame. O público do Rio, que não é cego nem tendencioso, viu e julgou a obra. Tudo isso, é claro, depois que o serviço de Censura do Departamento Federal de Segurança Pública, órgão que deve saber o que faz, viu e liberou o filme para maiores de 18 anos.

Por que, agora, proibir para o Brasil aquilo que foi oferecido à Guanabara? Por que determinadas pessoas, que não assistiram ao filme, o tacham de imoral e anticlerical? Nesse caso, feche-se por inútil o Serviço Federal de Censura e cometa-se a essas pessoas o cuidado de zelar pelas diversões públicas ao sabor de seus conceitos e preconceitos. Não teria cabimento manter um órgão sem autoridade para exercer sua missão específica ou que abrisse mão dela para desmentir-se a si mesmo, condenando hoje o que ontem aprovara.

Este é o problema da censura, na circunstância: prezar-se a si mesma, não cedendo a pressões descabidas. E, se ceder, terá prestado um desserviço a valores culturais realmente muito mais ameaçados do que os valores ético-religiosos em cuja defesa se quer injustamente proibir um filme que foi aplaudido pelos que o viram, e agora é atacado pelos que o não viram.

IMPRÓPRIO PARA MINEIRO[12]

— Ah, o senhor é de Minas – observou o porteiro, depois de examinar-lhe a carteira de identidade. — Então não pode entrar. Este filme é impróprio para mineiros.

E assim, João Brandão foi barrado à porta do cinema no Grajaú, quando se dispunha a passar duas horas vendo figuras na tela. Não se surpreendeu, porque tudo pode acontecer, e geralmente tudo acontece, com exceção de duas ou três coisas. Preferiu contornar a proibição, invocando uma atenuante:

— É, de fato eu reconheço que sou mineiro, não posso negar. Mas escute aqui: não resido em Minas Gerais. Será que o filme não é impróprio somente para os mineiros em exercício por lá?

O porteiro abanou a cabeça. Não entrava nessas indagações. João desenvolveu o pensamento:

— De certo a Censura está velando pela boa formação dos mineiros que acabaram de nascer, e estão sujeitos a tentações, digamos, até 14, 18 anos. Mesmo que pretenda proteger também os mineirões maduros, como no meu caso, há de ser dentro do ambiente de Minas, das tradições mineiras, que a Censura deseja preservar. Fora de Minas, ela quer preservar o quê?

Mas o empregado não se dobrou a esses sofismas. E como João insistisse:

— Sabe de uma coisa? É melhor o senhor falar com o gerente.

O gerente procurou ser afável:

— Por que o amigo não vem ver o programa de *Tom e Jerry*, na matinê de domingo? A Censura liberou os desenhos, para mineiros de qualquer idade. Venha cedo, compre uns chicletes e esqueça as dores da semana. Este filme de hoje, é impossível.

---

12 *Correio da Manhã*, "Imagens censuradas", 19 jun. 1966.

— Se eu fosse cearense, podia entrar?

— Cearense pode.

— E gaúcho?

— Gaúcho também pode.

— Sergipano?

— Sergipano pode, amazonense pode, francês pode, turco pode, vietnamita pode – foi dizendo o gerente, e não era com mau humor, era com a serenidade de quem cumpre o dever e obedece à lei.

— Quer dizer que, se eu me naturalizasse turco, podia...

O gerente encarou-o:

— O senhor faz tanta questão de assistir a filmes impróprios para mineiros, a ponto de trocar de nacionalidade?

— Questão não faço. Pergunto por curiosidade.

— Então eu lhe satisfaço a curiosidade. Estou com as instruções da Censura no bolso e vou ler para o senhor: "Art. 109, § 7º. Os mineiros, ora colocados expressamente sob a tutela espiritual do Serviço Nacional de Censura, não se eximirão a essa tutela, mesmo que renunciem à cidadania, para o que se firmarão os necessários convênios internacionais."

— É, não tem saída não. Estamos no mato sem cachorro. Mas por que a proibição vigora fora de Minas?

— Não sabe? Porque havia mineiros que saíam de lá para verem os filmes proibidos, onde eles não são proibidos, isto é, no resto do Brasil. E não eram poucos viajantes. O trânsito ficava congestionado nas rodovias, aviões lotados com dois meses de antecedência, uma confusão. Mineiro é fogo, cavalheiro.

— E de quem partiu a ideia de proibir certos filmes aos mineiros?

— Partiu de uns tantos mineiros.

João Brandão desistiu de compreender, consultou o relógio, resolveu:

— Vou à opereta!

DIAMANTES NA CÂMARA[13]

Nosso prezado amigo deputado José Bonifácio não permitiu que cenas de um filme de roubo de diamantes fossem tomadas no Palácio Tiradentes, hoje nominalmente vazio, mas na realidade guardando uma boa fatia da Câmara transferida para Brasília, e talvez até a alma do Parlamento. Deve ter feito bem, pois parlamento é parlamento e, mesmo desocupado, precisa manter certa gravidade. Por outro lado, nem sempre os parlamentares sabem mantê-la, e até que um bom filme com Claudia Cardinale, arrastando o presidente da Câmara a depor o presidente da República ou o plenário a declarar guerra à Venezuela, com as galerias aplaudindo de pé, faria um sucesso bárbaro, a que os deputados não seriam insensíveis, já que ninguém é de ferro.

Como está, é que o Palácio Tiradentes deixa certa tristeza no passante. Ele é e não é mais sede da Câmara. Parece estar esperando que a Câmara se farte de Brasília, ou que circunstâncias deploráveis forcem a vir buscar asilo justamente aqui, na boca do lobo. E tem assim um ar de residência de fantasmas, fantasma ele próprio. Há mesmo uns telefones melancólicos, no catálogo da Guanabara, criando a ilusão de um líder do Governo e de um líder da minoria a funcionarem ali junto à Igreja de São José (igualmente fechada há anos, por uma briga entre a Cúria e os mesários da Irmandade); e uma chefia de plenário, uma sala de distribuição de som, que som?, comissão parlamentar de inquérito, serviços de secretaria, patrimônio e portaria, tudo cheirando a assombração, no dia claro.

Já que não se aproveitou essa casa meio estrambótica, mas ampla, na instalação melhor de serviços públicos apertados, ou de instituições privadas de interesse social, culturais e de assistência, um diretor italiano de cinema

---

13 *Correio da Manhã*, "Imagem filmada", 11 jan. 1967.

se lembrou de localizar ali uma firma negociadora de diamantes, que seria vítima de um roubo espetacular, com bastante suspense. Nenhuma alusão, no argumento, a fatos políticos da atualidade ou do passado. Só por excesso de malícia alguém identificaria os diamantes roubados com as liberdades e direitos que certos textos legais, votados a galope, subtraem ao cidadão. Nem a morte violenta de algum personagem, no filme, recorda de longe sequer o sacrifício do Tiradentes, em passado remoto preso ali na Cadeia Velha que deu lugar ao atual palácio.

Negativo. Segundo José Bonifácio, através de um filme desses, "ladrões e palácio passam a se associar", e lá se vai a tradição da casa. Se fosse um filme histórico, que marcasse a beleza da instituição parlamentar, a majestade do sistema representativo, então a Câmara teria entrada franca, e o palácio funcionaria como *set* natural. Respeito as nobres razões. Mas eu, se fosse o Zezinho, arriscava. Abria o palácio ao homem, com a condição de fazer obra de qualidade, em que os diamantes fossem afinal recuperados por obra e graça de um deputado ou grupo de deputados, desses que pelejam pelo bem e pela justiça até nos filmes. Então a imagem do palácio ficaria ligada à imagem de diamantes salvos, diamantes que, com um pouco de boa vontade, seriam mais do que simples diamantes, pois assumiriam valor e cintilação de símbolos. E o Palácio Tiradentes teria prestado mais um serviço à Nação. Mas, como disse: negativo. O diretor do filme terá de descobrir outro palácio para a filmagem.

RAZÕES DO CENSOR[14]

Li a portaria nº 16, do Chefe do Serviço de Censura de Diversões Públicas do Departamento de Polícia Federal, que proibiu a exibição do filme *Terra em transe*, de Glauber Rocha, e não me dei por satisfeito com as razões apontadas nesse papel para justificar o ato.

Preliminarmente, devo dizer que não vi o filme e sobre ele não emito opinião. Admito que ele viesse a ser fulminado pela Censura, já que esta existe em virtude de lei, e como tal é aceita por produtores, diretores e exibidores de filmes. O papel da Censura, esse "mal necessário" (chapa que não endosso, tão boba como seria a do "bem desnecessário"), não há de ser meramente deixar passar tudo que se projete diante dos olhos censórios. Vamos admitir, pois, que *Terra em transe* merecesse condenação oficial. Baseada em quê?

O primeiro considerando refere-se ao voto "da maioria absoluta dos censores federais", o que não é uma razão, é uma norma, uma condição formal. Seria absurdo que a proibição se fundasse no voto da minoria. Mas a falta de unanimidade já nos alerta sobre a natureza discutível da decisão. Houve um, ou mais de um, censor que formulou razões opostas às que fundamentaram a decisão.

No segundo considerando, aponta-se "o modo irreverente com que é tratada (no filme) a relação da Igreja com o Estado". A irreverência é declarada, assim, atitude proibida, por agentes de um governo que vem procurando criar uma imagem de amenidade e compreensão, em contraste com o fero semblante do governo anterior. A Igreja, por sua vez, dilata cada dia mais a tolerância de sua postura diante do século. Não estará a Censura defendendo um princípio demasiado rígido, de veneração beata ao poder espiritual, sem que este lhe houvesse encomendado o sermão?

---

14 *Correio da Manhã*, "Imagens proibidas", 21 abr. 1967.

Terceira alegação: o filme "contém mensagem ideológica contrária aos padrões de valores coletivamente aceitos no país". Esta afirmativa atinge a gravidade pela vagueza. Vivemos falando nesses valores e nesses padrões, sem nos darmos ao trabalho de caracterizá-los e de confrontá-los com a prática que deles faz a nossa coletividade. Quais são e como vigoram nos diferentes meios e classes do país? Quem os instituiu ou codificou, quem apurou a aceitação coletiva deles, e em que medida? Constituem um modo-de-ser nacional, um imperativo da Constituição? A Censura arrisca-se a um infinito debate, que não conduziria a nada, muito menos à proscrição de um filme com base em tais abstrações.

"Prática de violências como fórmula de solução de problemas sociais" é a quarta razão. Passemos de leve por ela, para evitar que um documentário da Revolução de Março, produzido pela Agência Nacional, venha a ser exibido depois de *Terra em transe*.

E há uma quinta, "a sequência de libertinagem e práticas lésbicas inseridas no filme". Não fazendo à Censura a injúria de supor que ela protege comercialmente o cinema italiano, francês e sueco, permitindo em seus filmes a desenvoltura que repele nos filmes brasileiros, parece-me envolver esse item a confissão melancólica de nosso subdesenvolvimento cultural: não podemos nos conceder o luxo do realismo nativo; para nos regalarmos (os maiores de 18 anos) com manifestações desse tipo, é necessário importá-las da Europa, que se requinta na especialidade: qualquer sala de exibições, por aí, o comprova.

Finalmente, e como se não bastassem tantas razões, a fita desobedeceu a "várias alíneas" do artigo tal do decreto tal, de 1946. Os decretos são pequenas leis marotas, feitas à sombra das leis normais, votadas pelo Congresso; traduzem o capricho ou o interesse eventual de um governante. Torna-se difícil a um cineasta não infringir a alínea tal (não citada); o difícil é observá-la.

Filme maldito? Ou talvez, no prejulgamento oficial, "autor maldito"?

INDECISÃO DO MÉIER[15]

Teus dois cinemas, um ao pé do outro, por que não se afastam
para não criar, todas as noites, o problema da opção
e evitar a humilde perplexidade dos moradores?
Ambos com a melhor artista e a bilheteira mais bela,
que tortura lançam no Méier!

15 *Sentimento do mundo* (1940).

DUBLAGEM 100%[16]

Nisso de dublagem de filmes, João Brandão é radical: ou se dubla tudo, ou nada. Não basta ouvir atores ingleses, alemães e suecos falando em carioca, mineiro ou nordestino, o que sempre nos deixa em dúvida se nós é que os estamos gozando, ou se são eles que nos gozam a nós. É preciso traduzir o próprio artista e, com ele, o argumentista, o roteirista, o figurinista, o fotógrafo, o cenógrafo, o técnico de som, o técnico de montagem, o compositor, o diretor, o produtor. Então sim, o filme será irretocável, próprio para analfabetos de 4 a 94 anos, e haverá pleno emprego nacional nesse ramo da indústria.

— Explica isso melhor, João.

— Cada filme, chegando ao Brasil, vai imediatamente para a Dublebrás, começando por dar emprego a um bom número de cidadãos que a indústria nacional ainda não absorveu. Na Dublebrás, será exibido em sessão secreta, para que os candidatos à dublagem total não perturbem a cuca dos funcionários. Visto e analisado o filme, publica-se edital convocando os candidatos a se apresentarem munidos da documentação indispensável (identidade, título eleitoral, certificado de reservista, imposto de renda, folha corrida, ideológica etc.; por mais que a TV esnobe os documentos essenciais, eles continuam essencialíssimos). Vencidos os prazos legais, será feita a escolha da equipe de dublagem, pelo sistema de pontos e pespontos.

— Que babado é esse?

— Ponto é óbvio: merecimento. No pesponto, a linha passa duas vezes pelo mesmo orifício, ou seja, a comissão julgadora conta um ponto como se fosse dois, quando a simpatia o exigir; a simpatia ou o que for. Aí começa a dublagem, em estúdios construídos especialmente para esse fim.

— Mas é outro filme!

---

16 *Correio da Manhã*, 27 jun. 1969.

— É o mesmo, rigorosamente traduzido. Ah, disso faço questão. Pierre Brasseur será Pedro Cervejeiro, ou Pedro Cerveja, para simplificar. Não se pode admitir que seja Pedro Brahma ou Pedro Antártica; isso desvirtuaria o nobre fim da dublagem. Mas em certos casos haverá adaptações: Alfred Hitchcock, por exemplo, não sei ainda se o chamaremos de Alfredo Atchim Coque ou Alfredo Itche Côco. Tenho que consultar o mestre Nascentes sobre a melhor transcrição verbal do espirro em brasileiro.

— João, meu chapa, você...

— Deixe-me falar. As estórias passadas em Lisieux acontecerão em Aparecida Paulista. O bistrô de Paris ficará ali adiante, em Ipanema. Koenigsberg, medievo e universitária, passa a chamar-se Ouro Preto. A Guerra de Secessão tanto pode encarnar na Guerra do Paraguai como na Revolução Paulista de 1932, dependendo da sensibilidade do diretor João Vau, traduzido de John Ford.

— Mas...

— Estou com a palavra. Traduziremos a toutinegra por sabiá-laranjeira, e a quercia, de Tasso, pelo tamarindo de Augusto dos Anjos. Para traduzir as ruínas de Pompeia, creio que basta uma rua do centro, em regime de obras completas, aqui no Rio.

— Talvez.

— O filme estrangeiro totalmente dublado dispensará o exaustivo esforço de criação, no cinema brasileiro. Nem será preciso fazer filmes nacionais, com o sabor e o jeito peculiares. Pra quê? Itália, Polônia, Turquia, Tanzânia nos mandarão seus produtos e nos limitaremos a traduzi-los. Sem prejuízo para ninguém. Trabalharemos até mais, na infinita dublagem. É verdade que deixaremos de exportar as criações de Glauber Rocha e outros, mas, em compensação, que economia escolar! Sim, aboliremos os cursos de línguas e mesmo o de alfabetização de massas. O dublado integral resolve, com a educação pelo ouvido. Apenas...

— O quê?

— Não sei é como dublar os filmes em português de Portugal, nem como fazer para dublar a palavra dublagem, que, no tocante a vernáculo, não é lá essas coisas.

DUBLAGEM 100%[17]

Brasília (Do observador especial deste colunista) – O projeto do deputado Leo Simões, que institui a dublagem obrigatória dos filmes estrangeiros, continua sendo objeto de comentários e opiniões contraditórias. Há os que o aprovam integralmente, e há os que o consideram inaceitável, no todo ou em parte. Um deputado da Arena, cujo nome não estou autorizado a divulgar, partidário 100% da dublagem, dá neste momento a última demão a um projeto aditivo, que no seu entender complementará a iniciativa do seu colega de Parlamento, fortalecendo a preservação de elementos da cultura brasileira ameaçados pela absorção de obras e produtos diversos de origem estrangeira, de natureza desnacionalizante. As medidas constantes desse novo projeto pretendem, ainda, trazer grandes benefícios à mão de obra nativa, a ser utilizada sob todas as formas e feitios. Num esforço de reportagem, consegui copiar os termos, ainda sujeitos à arte final, do trabalho do deputado arenista:

"Art. 1º – Nenhum livro ou periódico escrito em língua estrangeira poderá ser posto à venda no território nacional, antes de ser dublado.

§ 1º – A dublagem se fará mediante tradução *verbo ad verbum*, devendo a cada palavra estrangeira corresponder outra da língua nacional, tanto quanto possível com o mesmo número de letras, para evitar encarecimento do custo do serviço pela tendência à verbosidade.

§ 2º – Os nomes próprios estrangeiros serão igualmente dublados, de modo que possam ser assimilados facilmente por qualquer leitor, como nos exemplos a seguir: Pierre Corneille, Pedro Gralha; Jean Racine, João Raíz; Piero della Francesca, Pedro da Francisca; Stefan Zweig, Estevão Ramos;

---

17 *Jornal do Brasil*, 12 ago. 1972.

Raymond Poincaré, Raimundo Ponto Quadrado; Mark Twain, Marco Par, ou Marco-ao-Par; Theodor Storm, Teodoro Tempestade.

§ 3º – As gravuras ou ilustrações de qualquer espécie, integrantes dos livros ou periódicos mencionados neste artigo, serão igualmente submetidas a processo de dublagem, substituindo-se paisagens e aspectos de localidades, ou os tipos humanos estrangeiros, por outros de feição caracteristicamente brasileira.

Art. 2º – Os discos falados ou cantados em língua estrangeira serão dublados de modo idêntico ao prescrito para livros e periódicos.

§ 1º – Os artistas estrangeiros que se apresentarem no Brasil e não estiverem capacitados para articular suas falas ou canções no idioma nacional deverão fazer-se acompanhar por artistas brasileiros, permanecendo aqueles de boca aberta, mas sem emitir som, enquanto estes procederão à dublagem ao vivo, com a mão discretamente sobre os lábios.

§ 2º – É vedado a artistas brasileiros gravar ou apresentar em audições públicas, inclusive no rádio e na televisão, textos estrangeiros falados ou musicados no idioma original.

Art. 3º – As esculturas, pinturas, gravuras, tapeçarias e demais obras de arte estrangeira, que representarem motivos, temas ou concepções alheias ao complexo cultural brasileiro, só poderão ser comercializadas no país depois de dubladas e adaptadas a concepções, temas e motivos tipicamente nacionais.

Art. 4º – As embalagens ou etiquetas de produtos estrangeiros como sabonetes, perfumes, cigarros, chocolates, vinhos, *lingerie*, objetos de copa e cozinha e tudo mais que imaginar se possa e seria fastidioso enumerar serão também dubladas conforme o figurino exposto, ao desembarcarem no país.

Art. 5º – Fica proibida a realização de conferências científicas, literárias e outras, em idiomas estrangeiros.

Art. 6º – No prazo de noventa dias, o Poder Executivo promoverá o fechamento dos cursos de línguas estrangeiras no território nacional e recolherá os exemplares existentes de obras de autores brasileiros escritas em outros idiomas, como sejam *Pensées Detachées et Souvenirs*, de Joaquim Nabuco; *Formation Historique de la Nacionalité Brésilienne*, de Oliveira Lima;

Pauvre Lyre, de Alphonsus de Guimarães; *Mon Coeur Balance en Leur Âmes,* de Oswald de Andrade e Guilherme de Almeida; *Poèmes et Chansons,* de Pontes de Miranda; *Rassenbildung und Rassenpolitik in Brasilien,* de Jorge de Lima.

Art. 7º – Revogam-se as disposições em francês, inglês, alemão, russo, chinês etc."

O LEITOR ESCREVE[18]

Ontem, e não sou de exagerar, assisti a uma conferência sobre a vírgula nos *Lusíadas,* fui a três exposições de arte de vanguarda, compareci a dois *cocks* de lançamento de livros multidimensionais, não faltei à estreia de uma ópera *pop* numa cobertura de Ipanema, e cochilei na pré-estreia de um filme documental sobre a vida sexual dos marcianos; nos intervalos, jantei em casa de amigos no Leblon e passei de raspão por outros programas sociais. A estação está demais. Depois disto, não acho justo exigir de mim mesmo que escreva. Cedo a coluna a leitores que me distinguem com suas cartas e, no máximo, respondo sucintamente a cada um.

Ágios Thersites von Warmsee Templado, saído da *Ilíada* com escalas pelos dicionários, chama atenção "para um pequeno descuido cometido na crônica 'Dublagem 100%'":

"Tal descuido – que não teria nenhuma importância em tempos normais – refere-se à tradução dada para o nome do sr. Theodor Stern,[19] o qual me parece que não quer dizer Teodoro Estrela (se o dito for de origem germânica) ou Teodoro Popa, Teodoro Ré, Teodoro Traseiro, Teodoro Cauda (se for de origem anglo-saxônica e tomando na acepção de substantivo; como adjetivo, Stern significa: austero, severo, áspero, duro, carrancudo, inflexível), a menos que meu *Langenscheidt* de bolso e o meu Osvaldo Serpa (edição do MEC) estejam errados.

Repito: isso não teria importância nenhuma; em vista, porém, da tal lei (de dublagem total) estar em cogitação e existir o perigo (nunca se sabe) de, uma vez aprovada, ter efeito retroativo, sobretudo no delicado item da

---

18 *Jornal do Brasil,* 19 ago. 1972.

19 Fingindo corrigir-se, C.D.A. dá continuidade à brincadeira com o nome de Theodor Storm, iniciada em uma das crônicas intituladas "Dublagem 100%" [p. 118-120].

tradução de nomes, eu recomendaria uma imediata retratação pública e, a título de atenuante, a criação de comissões especiais, uma para cada idioma, com uns duzentos funcionários efetivos, entre gramáticos, linguistas, paleógrafos, arqueólogos e faxineiros, fora o pessoal da administração. Se a comissão cobrar taxa de expediente proporcional às dificuldades de cada nome, eu, como estrangeiro pobre, considero-me, desde já, deportado."

Tem razão, Ágios: tradução errada. Há sempre um diabinho farsista colaborando nas crônicas e nos projetos de lei. Ele ditou Theodor Stern, quando devia ser Theodor Storm, escritor alemão do século XIX popularizado pela novela *O homem do cavalo branco*; veja na *Delta Larousse*. Boa ideia, a de comissões especializadas em dublagem, desde que os especialistas tenham nomes de pura brasilidade, como Acaiaba, Sinimbu, Potitiquia, Ijucapirama etc. Pena que a Câmara não possa ter a iniciativa de criação de cargos, que envolvem despesa. Mas os candidatos devem mexer-se, e talvez consigam.

Edu Linhares: "O cronista falou em Curupira, protetor das árvores. Se o negócio é mito brasileiro, então fale também no Saci-Pererê, que o Ziraldo está lançando em livro de encantos mil: *A Turma do Pererê*. Esse Pererê em quadrinhos protege os garotos contra a burrificação geral a que a aldeia de consumo quer condená-los. Não se trata de dublar histórias e personagens estrangeiras, é criação original, com imaginação esperta, graça e muito atrativo visual. Sei que o senhor é velhinho, mas a Turma do Pererê remoçará sua cuca pelo menos cinquenta anos."

Edu, o Ziraldo não carece de badalação, ele é mesmo acima de fora de série.

Carlos Eduardo da Rocha, do Conselho Estadual de Cultura da Bahia: "Aprovado um voto de congratulações pelo artigo 'Museu: fantasia?' que sugere a criação de museus literários."

Ótimo. E que tal se a Bahia desse o exemplo, criando o primeiro museu-arquivo desse tipo? Para dar ideia da falta que faz um órgão assim, basta lembrar que quem quiser estudar os dezessete apógrafos de Gregório de Matos e morar na Bahia, terra onde o poeta nasceu, precisa vir ao Rio de Janeiro ou... tomar avião para Évora e Washington, se não se contentar com cópias de cópias e fotocópias de cópias na Guanabara.

VAN JAFA E SUA PERSONAGEM[20]

Van Jafa e eu admirávamos o hipopótamo. Ele falava em publicar um livro intitulado *O hipopótamo e a rosa*; eu via no hipopótamo um imenso nenúfar, emergindo d'água. Tínhamos também em comum o culto a Greta Garbo. À base dessas afinidades, e de sermos colegas na redação do *Correio da Manhã*, a gente se entendia bastante, embora seguíssemos caminhos diferentes.

Greta Garbo nos aproximou ainda mais do que o hipopótamo. Inventei certa vez uma história passada em Belo Horizonte, com a nossa deusa hóspede do Grande Hotel e identificando em um menino de testa larga o futuro poeta. O menino era Van Jafa. A alegria que provoquei no meu amigo com essa mentira inocente foi uma recompensa para o mentiroso. Creio que, a partir dessa ocasião, ele terá passado a sentir-se retrospectivamente afilhado espiritual da Garbo, no salão de jantar do hotel, com o indicador da estrela apontando na direção de seu destino.

A partir daí, também sentiu-se obrigado a me presentear com fotos de Greta Garbo que ele obtinha na agência Metro. Confessei-lhe um dia, vexado, que não era inteiramente fiel à grande dama, pois amava ainda Joan Crawford de antigo amor. Não sei se aprovou estar repartindo de sentimento, mas passou a ofertar-me retratos das duas. Um dia empurrou-me à força para o estúdio de Stefan Rosenbauer, exigindo que me deixasse fotografar. Para mandar a Garbo com dedicatória? Fiquei pensando. Não. Ele queria apenas exercer sobre o companheiro o dom da amizade compulsiva, que em sua natureza assumiu forma de entusiasmo. Fazia tudo entusiasmado. Por isso, talvez, assustasse à primeira vista.

Curvado sobre a mesa de confeitaria, quem me estendia um papel com jeito severo, sem dizer palavra? Seria mandado de prisão, intimação

---

20 *Jornal do Brasil*, 5 jul. 1975.

judicial, coisa assim? Passei rapidamente em revista meus possíveis crimes e contravenções; não achava qualquer falta passível de condenação legal. Isso durou segundos, pois verifiquei logo que o papel era um poema, e seu autor, o trepidante Van Jafa, queria desse modo apresentar sua poesia antes de sua pessoa.

Ele procurava na medida do possível (e o possível, no caso, é tão limitado!) desempenhar o papel de poeta, na execução, a que se via condenado, de miúdas rotinas de dependência. Da poesia, que não comporta exteriorizações vibrantes, pois sua função social ainda é muito limitada, especialmente no Brasil, passou ao teatro, que lhe abria perspectivas de ação poética, melhor diria, de exuberância vital. Lançou e promoveu artistas, dirigiu, organizou, criticou espetáculos, sempre com entusiasmo. Se era lícito discordar de seus critérios estéticos, por outro lado seria injusto pôr em dúvida a paixão, o lirismo que aplicava nessas atividades derramadas.

Era baiano e não parecia, culturalmente, baiano, lembrando antes um desenraizado a caminho de algum reino suntuoso e mirabolante. Seu nome não era Van Jafa, e todos o conheciam como Van Jafa. Impôs ao meio seu pseudônimo, como quem quer fundar-se a si mesmo, omitindo a existência de um anterior José Augusto Faria do Amaral, que não correspondia ao mito por ele concebido e posto em circulação. Não quer isso dizer que tivesse dupla personalidade. Apenas a mais autêntica, por autoconvicção, seria a de Van Jafa, que constituía um esforço de criação pessoal, uma personagem transportada da imaginação para a vida.

Se não alcançou êxito duradouro na projeção da personagem, essa é outra história. O mito requer tarefas contínuas de revisão e aperfeiçoamento, e as possibilidades oferecidas a Van Jafa nesse sentido não estavam à altura da sua criatividade. Contou Yan Michalski que, perdendo a seção de teatro no *Correio da Manhã*, ele perdeu também a corte de interessados na dinâmica de suas atividades, e mergulhou no isolamento. A solidão não foi feita para criaturas como Van Jafa, autor de um livro de versos a que deu o título de *Menino ou anjo*. Acho que ele gostaria de ser, cumulativamente, um e outro, fugindo à opção. Morreu quando comprava um tucano de cerâmica, ele que decerto não aceitaria manter prisioneiro um tucano de verdade. Há talvez neste fim o símbolo da procura ansiosa e frustrada de uma realidade magnificente, que se confundisse com o ideal.

PELO SIM, PELO NÃO[21]

Ou o Governo do Estado do Rio instala imediatamente o Museu Carmen Miranda, ou não sei o que pode acontecer no país. O provável é que Laviola mobilize seu Fã-Clube Carmen Miranda, instituição emergente de camadas profundas da sensibilidade popular brasileira, e marche com ele sobre o Rio de Janeiro, instalando à força o suspirado museu. Se houver resistência, pior para as autoridades.

Tonson Laviola, na casa dos 30, funcionário do Senado em Brasília, não pensa, não cuida, não ama, não sofre, não vive, não guerreia a não ser em função da maior glória de sua dama. Uma dama falecida há vinte anos, mas viva, cantante e dançante no seu culto, contagiando a milhares de brasileiros. Seu exército passional de mirandistas cobre o território nacional e expande-se pelo estrangeiro. Liza Minnelli incorporou-se às suas fileiras. O general Golbery, distinguido com o emblema da Pequena Notável, oferecido por Laviola, agradeceu em carta, e, se não é membro inscrito, certamente encara com simpatia benévola a organização.

Laviola está com força total. Claro que seus planos não incluem subversão da ordem, mas quem pode conter o ímpeto das massas que se dispõem a agir por um ideal unânime? Laviola, condutor de massas, espírito pacífico, pode ser arrastado pela dinâmica dos acontecimentos a uma posição revolucionária, de consequências imprevisíveis, isto é, previsíveis à luz da prudência. Quem não tem balangandãs não vai ao bonfim, mas quem tem um exército compacto às suas ordens, sabe-se lá até onde irá?

Os fãs de Carmen foram treinados por Laviola para manterem acesa em todo o país a lâmpada votiva que ilumina sua memória. Impressionante a correspondência do rapaz. Ele se comunica diariamente com a multidão

21 *Jornal do Brasil*, 18 dez. 1975.

carmista ou pré-carmista, sequiosa de obter biografia, discografia e filmografia da cantora. Laviola manda. Pedem-lhe fotos. Laviola manda. Por sua vez, Laviola pede a todos que lhe enviem o que tiverem sobre Carmen, a cada aniversário da estrela morta, assim mantida viva, conhecida, amada, imitada e jamais suplantada.

Mulheres, homens e crianças do Brasil escrevem a Laviola: "Lamento muito que quando Carmen morreu eu estava apenas com 9 meses de vida." "Sou fã de coração de Carmen, apesar de ela ter morrido antes de eu ter nascido." "Em junho irei ao Rio visitar o túmulo dela pela segunda vez." "Nosso grupo escolar já tem 36 *slides* de Carmen, e este ano vamos apresentar 72." Certas fãs, além do retrato de Carmen, querem o de Laviola. Não sei se ele atende; sei que se elegeria fácil deputado ou que fosse, e o nome de Carmen teria sido seu grande eleitor. Mas o que ele deseja é ver o esquecido Museu de Carmen funcionando, as gerações novas conhecendo, e a geração madura remirando as vestes e adereços baianos, as sandálias, as fotos, a lembrança de Carmen fixada em objetos-fetiche.

O próprio Laviola, ao reviver o fato antigo, supre pela contemplação a falta de contato direto com a artista, que ele só terá conhecido com olhos e ouvidos de criança. Por isso mesmo, sua curtição é mais comovedora. Interpreta ou inspira a nostalgia de outros, que acompanharam a carreira da portuguesinha carioca em sua fase mais tipicamente brasileira, anterior ao período norte-americano, que de certo modo a deformou, sem contudo anular a sua natureza carioquíssima. Laviola sente por nós, gente de outra era musical, o que devíamos sentir, mas cadê tempo? cadê memória de espectador, sempre volúvel?

Existirem pessoas como ele, empenhadas em amar uma sombra e em fazê-la amar do grande número, é coisa que se faz pensar na necessidade de sonho acordado, persistente no ser humano em potencial. Anunciaram e garantiram que o mundo ia se acabar, mas não sei não: acho que os Laviolas fazem força para que isso deixe de acontecer, e essa arma de aparência ingênua, o fã-clube, concentra energias, entusiasmos e fidelidade que formam, afinal, a corrente de vida.

Como ia dizendo, pelo sim, pelo não, acho bom a Fundação Estadual de Museus abrir logo as portas desse minimuseu de Carmen.

GABRIELA EM PARATI[22]

Ainda não tive tempo de ir a Parati e dar uma espiada na filmagem de *Gabriela*, que é a atração do momento. Meu amigo João Brandão foi e voltou. Viu Sônia Braga descalça e Marcello Mastroianni enchapelado, a multidão em volta, sentiu o desejo geral de participar do filme. Se Bruno Barreto e os produtores deixassem, todo mundo entraria na jogada, diluído na comparsaria ou mesmo substituindo Gabriela e Nacib se fosse o caso.

— Que é que Gabriela tem que eu não tenho? – perguntava a moça morena mastigando hambúrguer e, para começar, mostrou as pernas de bom formato. Os assistentes reconheceram de fato, no item pernas, ela nada ficava a dever à atriz, mas não tinham elementos para avaliar suas outras qualidades, e abstiveram-se de opinar sobre o seu talento interpretativo.

A moça não parecia disposta a negar o mérito de Sônia Braga, apenas formulava o sonho de ser também Sônia Braga, pelo menos naquele lugar e hora. Os candidatos a Nacib, que certamente os havia, eram menos explícitos. Ninguém se comparou a ele, mas era evidente que todos topariam dar uma de turco, não só para fazer o tumultuado jogo do amor com Gabriela como também para curtir os instantes de glória do cinema. Ser espectro é pouco; ser espectador-ator, representando e vendo-se representar, é a fantasia que o ator profissional não pode viver, porque a consciência do ofício não lhe permite sair fora de sua personagem.

Os moradores de Parati de certo modo já se acostumaram com a novidade da filmagem, e consideram Marcello e Sônia pessoas de casa, que a gente encontra por aí e são cumprimentadas com um *oi* habitual. Mas chama sempre pessoas do Rio e de São Paulo, curiosas de ver o espetáculo – o filme dentro (ou fora) do filme. O comércio tira partido disto, a prefeitura está satisfeita, e Parati é uma cidade feliz.

---

22 *Jornal do Brasil*, 8 jun. 1982.

Por artes industriais de ilusão, foi transformada em Ilhéus, mas sua identidade histórica resiste, e há mesmo quem ache que Ilhéus é que foi absorvida por Parati, e Jorge Amado, pai literário de Gabriela, batizado na Igreja de Santa Rita, brincou com os moleques entre as ruínas do Forte Defensor Perpétuo.

Alguns se impacientam com a lentidão da filmagem e não admitem que uma cena insignificante seja repetida tantas vezes. Queriam ver o filme pronto por milagre, levando ao mundo as casas, o mar, a atmosfera de Parati, cartão de visita inesquecível. Já outros estimariam que Gabriela jamais acabasse de ser filmada, como atração turística e alegria do comércio. Ouviram falar que Mastroianni deve regressar à Europa daqui a dias, e não compreendem como é que Nacib vai embora deixando o filme apenas começado. É aí que se acende mais, na cabeça de alguns, o desejo de assumir-lhe o papel.

O historiador – há sempre um historiador em Parati – acha tudo isso uma palhaçada. Para ele, cidades históricas, tomadas pelo IPHAN-Pró-Memória, são cidades honradamente históricas, e não é admissível que sejam invadidas por um pelotão de técnicos de cinema comercial, incumbidos de preparar a edição de uma história erótica. Amanhã ou depois – profetiza – aparece por aqui uma turma estrangeira filmando a Xica da Silva ou, quem sabe, a Manon Lescaut. Se a ordem é fazer cinema, inventem por favor uma estouvada dos tempos coloniais, nascida nesta mui formosa vila, e preserve-se a vera imagem de Parati!

Claro que não lhe deram ouvidos, e se Sônia Braga sair a passeio no intervalo do trabalho, e lhe der um sorriso aberto de quem não tem culpa de ser baiana de ocasião, o velho ranzinza se transformará no mais exaltado apologista do filme. Em Parati, como no resto da Terra, os homens são iguais.

E assim a vida em Parati é atualmente a mesma de sempre e outra, novidadosa, com a ficção fazendo às vezes de realidade, como quem diz: "Eu sou a verdadeira realidade, no instante em que me produzo. Não há que duvidar de minha existência concreta, pois aí estão os artistas, os técnicos, os administradores e os aparelhos. A presença de Gabriela é inegável, o amor de Nacib está visível na pessoa física do intérprete. O mais é passado, que só se presentificará de novo se este ou outro Bruno Barreto decidir convertê-lo em cinema."

Mas esta fala é imaginária, da cuca de João Brandão, o que foi a Parati, viu, gostou e veio me contar o que resumo toscamente nestas linhas. Ele conclui que Soninha, se fosse candidata a prefeita ou deputada, hoje ganharia disparado por lá. Até para governadora, quem sabe?

LEILA[23]

Este nome anda no coração dos moços, que dele fazem uma celebração da vida. Paradoxalmente, a celebração se realiza em torno da morte. Leila Diniz, pulverizada há dez anos num desastre de aviação, vai sendo lembrada com entusiasmo pelos que a conheceram e pelos que dela ouviram contar e se impressionaram com a sua personalidade. Hoje, Leila caminha para mito, e temos de reconhecer que há mitos fecundos.

Leitores que figuram no segundo grupo desejam que eu reedite as palavras com que me referi à sua breve e fascinante passagem pelo mundo. Será uma forma de reviver a emoção de 1972, no momento em que, segundo a melhor lição dessa mulher radiante, a tristeza de sua perda se converte num hino às forças da vida. Aí vai:

"Leila Diniz – sobre as convenções esfarinhadas mas recalcitrantes, sobre as hipocrisias seculares e medulares: o riso aberto, a linguagem desimpedida, a festa matinal do corpo, a revelação da vida.

Leila Diniz – o nome acetinado de cartão-postal, o sobrenome de cristal tinindo e partindo-se, como se parte, mil estilhas cintilantes, o avião no espaço – para sempre.

Para sempre – o ritmo da alegria, samba carioca no imprevisto da professorinha ensinando a crianças, a adultos, ao povo todo, a arte de ser sem esconder o ser.

Leila para sempre Diniz, feliz na lembrança gravada: moça que sem discurso nem requerimento soltou as mulheres de 20 anos presas ao tronco de uma especial escravidão."

---

23 *Jornal do Brasil*, "Mirante", 26 jun. 1982.

FERNANDA MONTENEGRO[24]

Não se sabe o que mais admirar em Fernanda Montenegro: se a excelência da atriz ou a consciência, que ela amadureceu, do papel do ator no mundo. A primeira qualidade, por ser notória, dispensa argumentação. Da segunda, em que nem todos podem ter reparado, absorvidos como ficam pela riqueza do jogo cênico da artista, dá testemunho a palestra que Fernanda proferiu este ano, na Casa das Artes de Laranjeiras no Rio de Janeiro.

O número 97 de *Cadernos de Teatro*, publicação de O Tablado, que vem dando base teórica e crítica à formação de novos atores brasileiros, estampa a fala de nossa excepcional Fernanda. Poucas vezes terei tido, na leitura de textos sobre a filosofia do teatro, impressão tão forte como a deixada por suas palavras, em três páginas lapidares. Percebe-se que a autora não se preocupa somente em elevar ao mais alto nível sua arte de representar, pois insiste igualmente em meditar sobre o sentido, a função, a dignidade, a expressão social da condição de ator em qualquer tempo e lugar.

É uma aula emocionante, um alerta cordial à mocidade que sonha em dedicar-se ao teatro. Fernanda adverte-a, citando a frase de Camus: "O ator reina no domínio do mortal. De todas as glórias do mundo, sabemos que a sua é a mais efêmera. E é também o ator quem mais percebe que tudo deve morrer um dia." Compara-se ao viajante, no trânsito infindável entre personagens e situações – "o ansioso viajante das almas".

Deve o artista sofrer com esse caráter passageiro de sua criação? Fernanda responde que não, na medida em que "nosso ofício é a nossa festa; é o nosso sentido da vida; é o nosso prêmio".

O aspirante às glórias do palco há de sentir-se confortado ao ouvir que, apesar de toda a precariedade do seu ofício, o ator se congrega numa espécie

---

24 *Jornal do Brasil*, 10 nov. 1983.

de igreja de duração infinita, pois ele aprendeu de um ator que aprendeu de outro, e assim sucessivamente. A eternidade da experiência suplanta a limitação de vida de cada um.

O ator não é trabalhador profissional mais qualificado do que outros, não produz coisas imediatamente úteis, como o padeiro, o advogado, ou mesmo o escritor, o pintor, o músico. Ele é, digamos, um visionário, um louco, mas, paradoxalmente, seu trabalho tem como base "a lucidez, a realidade, a natureza mesma". Isso implica deveres de preparação, talento e coragem – ou seja, uma "loucura criativa" que, Fernanda, com a cabeça bem no lugar, exige dos candidatos à cena.

Tratando mais objetivamente dos assuntos do teatro brasileiro, a palestra insurge-se contra o falso critério que estabelece graus de brasilidade para os nossos atores. E diz, lucidamente: "Acho estúpido quando ouço muitas vezes a idiotice de que este ator é mais brasileiro, no seu estilo, do que aquele outro. Acho um insulto à nossa história subterrânea e sofrida. O teatro no Brasil é amplo e irrestrito. Todas as influências aqui se fazem presentes de uma forma rica, vária e brasileiramente amalgamada. Desde quando, por exemplo, Walmor Chagas é menos brasileiro que Grande Otelo? Cacilda Becker menos brasileira do que Dercy Gonçalves? Marília Pera mais brasileira do que Lélia Abramo? Ou Bibi Ferreira (que se formou de atriz na Inglaterra) é menos brasileira por isso do que eu? Paulo Autran é menos brasileiro do que Louzadinha ou Nelson Xavier, só porque tem um diploma de advogado e sobrenome francês?"

A lição que se desprende das palavras incisivas de Fernanda Montenegro é que o aspirante a ator deve preparar-se o mais conscientemente possível para o ofício, muito embora ele não ofereça perspectivas de duração. O preparo há de ser "orgânico, sem divisões e subdivisões". A busca é de individualidade, e não de individualismo. Ela entende que, num país em abertura, com a possibilidade de discutir, o ator procura "alcançar novamente uma identidade". Aspira-se a "uma posição menos divisionista, menos sectária, menos preconceituosa".

O artista é um provedor – *pourvoyeur de plaisir*, como dizia Louis Jouvet? É mais alguma coisa do que isto. Em duas ou três horas de espetáculo, ele "vai até o fim do caminho de saída que o homem da plateia gasta a vida toda a percorrer". Vive, assim, um papel tríplice: sem deixar de ser ele mesmo, é ao mesmo tempo a personagem interpretada e o espectador que nela mira o seu próprio destino.

Dá conforto ver que nossos artistas têm nesta admirável figura de comediante um exemplo de como a classe pode meditar sobre seus problemas e obrigações, iluminando-se de descobertas e julgamentos. Esta é a força do teatro brasileiro, que indaga, procura, experimenta, diversifica-se e ganha seriedade intelectual sem perder o viço das coisas naturais. Fazendo rir, fazendo chorar, empolgando e seduzindo o público até forçá-lo a buscar também o significado da vida, nossa Fernanda Montenegro tem a sabedoria do talento curtido na ação.

OS CINEMAS ESTÃO ACABANDO[25]

Esse Rio de Janeiro! O homem passou em frente ao Cinema Rian. Em seu lugar havia um canteiro de obras. Na avenida Copacabana, Posto 6, o homem passou pelo Cinema Caruso. Não havia Caruso. Havia um negro buraco, à espera do canteiro de obras. Aí alguém lhe disse: "O banco comprou."

Assim, pois, desaparecem os cinemas, depois de terem desaparecido, ou quase, os frequentadores de cinema. Estes ficaram em casa, vendo figuras pela televisão, primeiro porque é mais seguro, evita assaltos; segundo porque é mais barato; e terceiro porque o cinema convencional saiu de moda.

Só por isso? Quem já viveu bastante aceita os motivos e ajunta-lhes outro, que é o motivo dos motivos, e a verdade das verdades: tudo passa. Passam as civilizações, os impérios e os cinemas. A televisão não fique impando de orgulho e suficiente, julgando-se eterna. Não é. O homem conheceu inúmeras formas de lazer e divertimento, e conhecerá outras. Daí a dizer que a imaginação criadora do homem é inesgotável, há certa distância. Cansando-se de seus brinquedos, procura outros, que por sua vez o cansam.

É a sede econômica do lucro incessante e maior, dirão os especialistas de mercado. Se uma forma de ganho passa a render menos, cria-se outra. O cinema já era. Desloca-se o jogo de imagens para dentro de casa, e providencia-se um supermercado, um *shopping center*, um negócio que dê mais.

Render mais para quê? Para nos tornar mais felizes, mais confortáveis, mais satisfeitos com a vida, ou simplesmente para render? Render então é um fim, um ideal? E render é a única atividade do homem, que não passa, enquanto ele mesmo vai ficando mais velho, menos capaz de saborear a alegria do seu lucro, menos homem enfim?

---

25 *Jornal do Brasil*, 19 jan. 1984.

É, os cinemas acabam. Acabam igrejas, tribunais, museus, escolas, vivendas encantadoras onde se curte o prazer de existir, ler, conversar, amar, dormir. Acabam e cedem lugar a novas construções, que por sua vez... Dou-lhes trint'anos e essas novas formas estarão caducas. Onde a igrejinha do Posto 6 em Copacabana, em que era gostoso assistir à Missa do Galo? Virou fortaleza, hoje mais decorativa do que funcional. Onde o alegre restaurante-bar Mère Louise, das imediações? Onde o Cassino Altântico (cintilante de fichas e "façam jogo, meus senhores", com seu cineminha simpático), que sucedeu a Mère Louise? Onde o Cine Metro Copacabana, todo hollywoodesco? E os outros cineminhas de bairro? Foram sumindo, com seus cinemeiros, e outras atividades comerciais se instalaram onde a gente se encontrava com as deusas da "arte muda" e da "arte falada", registrando e arquivando tópicos de memória que ficaram pertencendo à biografia de cada um. Para sempre – um sempre relativo, escravizado também ao contínuo escoamento de pessoas e de coisas por elas amadas.

A gente amava um cinema de bairro pela soma de emoções que ele oferecia, como se o filme tivesse sido elaborado ali e então. A lembrança do artista ficava trancada com o nome da casa. Mesmo porque, em geral, certos filmes, de certas marcas, só eram exibidos em tal cinema, e ninguém era bastante infiel para se deslocar de bairro em busca de outro filme, de outra fase, do mesmo artista. Havia mesmo preferências decididas ora pela Metro Goldwin Meyer, ora pela Fox, ora pela Columbia, ora pela RKO. E os cinemas, presos a contratos especiais, exibiam só as produções de cada marca. Se um artista bem-amado trocava de *studio*, o frequentador também trocava de cinema, acompanhando. Cinema era importante, muito.

Daí surgiu a forte relação cinema-espectador, que imperou dezenas de anos para também se diluir. Os nomes de produtora perderam o interesse. A MGM é caricatura do que foi nos áureos tempos, a WB [Warner Brothers] diversificou-se a tal ponto que já não se sabe se é fábrica de filmes ou fábrica de tudo. O espectador deixou-se ficar em casa, vendo filmes dublados, que a princípio lhe doíam como dor no canino e hoje são deglutidos sem ninguém se dar conta da falsa voz de Ursula Andress.

O Caruso e o Rian, quem da velha ou das novas gerações não incorporou um pouco do que os dois lhe doaram em sensação perdurável, dessas que ficam depositadas num desvão da memória e súbito reaparecem, lustrosas e vivas como no instante remoto? Então nos insurgimos contra o desaparecimento dessas casas; que em certo grau se ligaram à nossa vida, e acabaram antes que nós acabássemos – uma injustiça, pelo menos uma irregularidade. Quem não sentiu a perda de um cinema frequentado durante anos tem memória nublada ou coração de pedra.

FRASE DO DIA

De Oscar Wilde, em *Obra completa*: "Os fantoches têm inúmeras vantagens. Nunca discutem."

MANAUS E A HISTÓRIA DE UM CINEMA[26]

Cinema já é história, no Brasil como no mundo. De Meliès, com *Viagem à lua* (1902),[27] a Nicholas Meyer e seu atual *O dia seguinte*,[28] sucederam-se muitas guerras e o tempo deixou sua marca. O cinema passou da lanterna mágica à supersofisticada técnica dos "efeitos especiais", e gerações de cineastas souberam fazer de um simples divertimento uma arte própria, com princípios teóricos e fundamentação estética.

Mas se os filmes são lembrados, raramente os cinemas que os exibiram logram sair da penumbra que caracteriza as salas de projeção e lembrança escorregadia dos frequentadores. Salvo, é claro, a "memória sentimental" de uns tantos, que ligam a recordação do filme à do recinto que os mostrou. Mas os cinemas, como foi lembrado há pouco nesta coluna, vão desaparecendo, e resta saber o que ficará deles na memória individual e na coletiva.

Que eu saiba, até agora não se publicara livro algum para contar a história de uma casa cinematográfica brasileira. Essas casas nascem, vivem e morrem como as pessoas, mas a morte é sem ruído. E o que delas ficou na vida do povo, a soma de prazer e emoção que elas criavam, desaparecem também. Quem se lembra de sentar para escrever o relato da vida e morte de um cinema?

Eis que, para evitar precisamente que um cinema querido do povo desapareça, surge um pequeno livro contando a história do velho Guarany, de Manaus. Seus autores, Selda Vale da Costa e Narciso Júlio Freire Lobo, esclarecem: "Esta publicação não possui fins lucrativos e seu objetivo é fortalecer a luta pela preservação do Cine Guarany e estimular a reflexão

26 *Jornal do Brasil*, 31 jan. 1984.

27 Título original: *Le voyage dans la Lune* (1902).

28 Título original: *The day after* (1982).

em torno do cinema no Brasil. A renda proveniente de sua venda será revertida nesse sentido." E ajuntam: "Escrita a quatro mãos, esta publicação é assumidamente sentimental. Angústia, raiva e satisfação acompanharam este trabalho. É o primeiro rebento de uma reação triangular: nós, o cinema e Manaus."

Vale a pena percorrer o livrinho para encontrar nele um dos "retratos parciais" do Brasil no começo do século. O cinema entrava com todo o seu poder de sonho na vida do país. Em Manaus entrou com força maior. O Amazonas vivia ainda os dias de magnificência da era da borracha, embora já se observassem os primeiros sinais da derrota econômica do produto brasileiro no mercado mundial. O Clube dos Terríveis, o High Life, o Chalé-Jardim, a Pensão da Mulata eram focos de prazer em que se gastava o dinheiro fácil da prosperidade. Então, em 21 de maio de 1907, inaugura-se o Casino Julieta, casa de espetáculos que exibia os filmes da Gaumont e da Pathé Frères, esses mesmos filmes que iriam percorrer o Brasil inteiro, chegando até minhas bibocas natais, ainda sem luz elétrica, mas providas de luz de carbureto (hoje, diz-se carboneto). E era uma glória: o Brasil inteiro, de namoro com o cinema.

Em 1921, como tudo muda, o Casino Julieta (nome da filha do arquiteto que projetara o prédio) muda de nome. É agora o Teatro-Cine Alcazar. E em 1938 passa a chamar-se, para todos os efeitos e lembranças, o Cine Guarany. A tradição manteve-se através das transformações. Manaus ama o seu velho cinema, embora surjam outros na cidade. Agora, querem demolir o prédio, e há a grita generalizada por sua conservação. Os autores do livro reclamam:

"Coleções importantes de jornais, assim como grande parte do material cinematográfico de Silvino Santos, encontram-se fora do Brasil. E que dizer da expropriação das culturas indígenas? Pois é, agora querem levar o nosso Cine Guarany!"

O Guarany, não. Selda e Narciso apresentam rico documentário de sua história, que é um pouco da história cultural do país. Reproduz velhos programas e fala da tentativa de fazer cinema em Manaus. Os brasileiros do começo do século gostarão de saber que em 1912, no Rio como em São Paulo e em Manaus, havia sessões de cinema divididas em três partes, as duas primeiras com cinco filmes, e a última com quatro. Esses filmes eram assim anunciados: "Frádiabolo" (drama), "No país dos faraós" (drama artístico a cores), "O jantar perdido" (drama de miséria), "Alfinetes para chapéu" (cômica), "O castigo do samurai" (primeira fita japonesa), "A criada sem-vergonha" (natural), "Sogra fazendo mudança do genro" (cômica).

A princípio casa elitista, o Guarany foi se afeiçoando aos novos tempos e tornou-se cinema do povão. Em 1955, atraía espectadores oferecendo brindes: pacotes de maisena e garrafas de Martini, fogão esmaltado, corridas de automóvel, bola de futebol, papagaios de papel, pó de arroz, leite de rosas...

Hoje, ele está resistindo às investidas imobiliárias, mas até quando? As cidades não sabem o desenvolvimento sem a desfiguração. Todo progresso, ou que se presume tal, custa um pouco da alma urbana. O Cine Guarany merece continuar, mas o seu metro quadrado de terreno está pedindo lucro e mais lucro. O livrinho de Selda e Narciso é um grito, a começar pelo título: *Hoje tem Guarany*! Será escutado?

FRASE DO DIA

De George Orwell, em *1984*: "Para guardar segredo é preciso escondê-lo até da própria consciência."

A OUTRA FACE[29]

O cômico, um enigma. Oscarito era sério
e agora faz chorar seus amigos diletos.
Se vive acaso numa estrela, está se rindo
dessa combinação de contrastes secretos.

---

29 *Viola de bolso* (1952).

III – AS OPINIÕES DO CAMUNDONGO MICKEY

Antigamente, os ratos não eram amados.[1] A higiene perseguia-os como transmissores de moléstias feias. Os meninos preparavam armadilhas para pegá-los. Não tinham direito ao queijo de cada dia. E não tinham reputação. Viviam incógnitos, caceteados. Um dia, certo moralista de mau humor, vendo um cavalheiro distraído, cujas mãos costumavam errar de bolso, tirando do paletó do vizinho pequenas recordações – geralmente carteiras e relógios –, declarou-lhe com severidade: "O sr. é uma ratazana." O nome pegou. Os ratos, coitados!, ficaram desmoralizadíssimos.

Hoje eles estão no cinema e ninguém mais fala mal deles. Um artista domina todos em Hollywood, apaixona-se pela Garbo, faz cócegas em Marlene, arremeda a voz de Novarro, vive todas as personagens, e não se cansa, não envelhece, não passa da moda. Esse artista é um ratinho. Legiões de astros ficaram para trás. Hoje, quem se lembra de William Farnum? E quem não conhece o Camundongo Mickey? Entre tantas personalidades que cessaram de existir, por um capricho do público ou dos produtores, esta é afinal a que tem existência mais positiva, posto que resulte apenas de alguns riscos sobre um papel. Mickey saltou para fora do tinteiro de Walt Disney e, hoje, quem apalpa o braço de Norma Shearer – com licença, é claro, de

1 Sem título, *Minas Gerais*, 15 mai. 1934. "As opiniões do camundongo Mickey" era o título de uma coluna que Drummond assinava com o pseudônimo do famoso personagem, criado, em 1928, por Walt Disney e Ub Iwerks. Os títulos incluídos no sumário foram atribuídos por esta edição a cada um dos fragmentos a seguir, de modo a facilitar a orientação do leitor.

seu marido, Irving Thalberg – não terá maior sensação de coisa humana e vivente do que ao espiar, na tela esticada do Cine Brasil, as cabriolas do ratinho assanhado. É esse ratinho assanhado que, numa de suas múltiplas projeções intelectuais, vai encher esse palmo de coluna do *Minas*. Os leitores terão aqui, diariamente, as opiniões de um camundongo. Camundongo não tem opinião? Não tinha naquele tempo em que nossa bisavó punha óculos para contar a história de João mais Maria. Hoje, João mais Maria contam eles mesmos a sua história num filme colorido e com boa música. Deixem o ratinho opinar sobre a Crawford e outros abismos que estão diante do homem moderno. Ele falará bem dos filmes de Myrna Loy e mal dos filmes italianos. Mentirá às vezes, recomendando tal filme em lugar de outro, mas só para experimentar o leitor. Contará histórias de Jimmy Durante e – se o provocarem – dirá a idade certa de Alice Brady, mais os juros.

Mas isto só em último caso...

*

Naquele tempo – recorda-se? – jogávamos golfinho.[2] Na Escola de Aperfeiçoamento, estudava a primeira turma de alunas. A República Nova estava começando. Os *talkies* também. Não há muito tempo, não. Mas a nossa incurável capacidade de fazer recuar no tempo os acontecimentos e reduzi-los a matérias para saudade – a nossa perdoável mania, se acha melhor, exumou agora aquela noite como uma noite do *bon vieux temps*. Cinema Avenida. Première de *Alvorada do amor*.[3] Os dentes maravilhosos de Jeanette MacDonald. Sua voz de câmera. Seu encanto (ainda não se havia inventado o *glamour*, o *it* já passara de moda). A alegria de Chevalier, esse bom caixeiro-viajante que traz na valise as melhores pilhérias do ano. As ruidosas, movimentadas, imprevistas, dessa coisa nova para a cidade: um filme-opereta. E cá fora, na entrada, aquela onda humana que se esmagava a si mesma, os homens terríveis de bengala, as mulheres gordas, as moças

2 Sem título, *Minas Gerais*, 17 mai. 1934.

3 Título original: *The love parade* (1929).

nervosas, as crianças impacientes, o calor, os empurrões, os tiros quase... Quer reviver tudo isso? Pois vá hoje à *matinée* do Brasil, onde estarão – pela última vez – Maurice, Jeanette e o filme inesquecível. Lá estarei eu também, com meus bigodes. E peço-lhe que vá com um vestido azul. Azul era o seu vestido naquela noite.

*

Primeira de *A humanidade marcha*,[4] ontem, no [Cine] Brasil.[5] O filme fora anunciado como réplica de *Cavalgada*.[6] Mervyn LeRoy, trabalhando o tema americano, fizera algo como Frank Lloyd, trabalhando o tema inglês: uma história em que a evolução social emerge da crônica de uma família através de algumas gerações. A verdade é que o celuloide da Warner First resultou diverso em intensidade emotiva. Um diretor não copiou o outro; daí, duas obras-primas. *A humanidade marcha* é um trabalho forte, e grava-se na memória. Admirável, a atuação de Paul Muni, em quem o grande bruto de *Scarface* não permitia enxergarmos a flexibilidade de um temperamento que neste filme se nos revela em seus matizes mais delicados. Se a interpretação que ele dá ao jovem pioneiro é cheia de saúde e vivacidade, a sua compreensão do velho fabricante de carnes em conserva culmina em valor psicológico. O tipo que ele nos oferece, nas últimas fases do filme, tem a rispidez e os espinhos de um Clemenceau. Notáveis, ainda, as duas máscaras de Aline MacMahon, que como bisavó é particularmente interessante. Guy Kibbee, sempre bem aparecido, vive um tipo do Oeste, disfarçando o tipo inconfundível com uns bigodes. Mary Astor tem um odioso papel, vivido com firmeza de traços. Alguns rostos adolescentes ornamentam todo o filme, que vale a pena ver. O final trágico, na escada, talvez pudesse ser dispensado. Em todo caso, não percam.

---

4 Título original: *The world changes* (1933).

5 Sem título, *Minas Gerais*, 19 mai. 1934.

6 Título original: *Cavalcade* (1933).

*

Enquanto não vem Greta Garbo, o Cine Brasil oferece-nos aperitivos;[7] e entre os aperitivos, ofereceu-nos ontem Joan Blondell. Tivemos assim, na tela esticada, a figurinha deliciosa, a quem a gente quer bem, com essa maneira de ser que não chega a ser amor (não compliquemos a vida), mas que vai além da amizade. Entre o amor e a amizade, Joan sorri, olha-nos brasileiramente, e a onda de ternura que ameaçava invadir-nos com esse olhar quebra-se no cais: porque Joan falou, e a voz americana que o *talkie* registra não dá para perturbar, não. Por isso guardamos o amor para Joan Crawford, a fulgurante, deixamos a amizade para Sylvia Sydney, a simpática, e pomos Joan Blondell no meio, onde outrora estava a virtude, lugar portanto vago nos tempos que correm. Aí Joan fica muito bem, com a sua graça maliciosa, o seu corpo em flor e as mil e uma bondades específicas que não convém detalhar aqui. Nós não queremos ser amiguinhos de você, Joan, pois já Aristóteles dizia que não há amizade; também não queremos ser apaixonados de você, pois não há tempo; mas queremos sempre cultivar pela sua frágil e maravilhosa pessoa esse sentimento complexo, intermédio, agridoce, mais doce que agro... Ah, é verdade, esquecia-me de recomendar ao leitor, no jornal da Fox de ontem, um portentoso vestido negro, para baile, estreado no meio-inverno da Califórnia: é o que há.

*

Não é possível fazer o elogio de *Rainha Christina*.[8] Ele já foi feito ontem, por alguns dos nomes mais em evidência nos nossos círculos intelectuais e sociais, que assistiram à *preview* do grande filme da Metro. São opiniões valiosas e que eu prefiro transcrever, em lugar de servir-lhe as opiniões do camundongo.

---

7 Sem título, *Minas Gerais*, 24 mai. 1934.

8 Sem título, *Minas Gerais*, 25 mai. 1934.

O meu discreto amigo Luiz de Bessa admira em Garbo o poder de ressurreição de um temperamento real, para o qual Descartes e Molière existiam. Vê-se na película "uma época e uma alma". "Esplendor e surpresa, emoção e grandiosidade", eis o que o nosso prezado Newton Prates encontra na cinta[9] MGM. Guilhermino César, repousando por um minuto de suas viagens com Guido Marlière, no Rio Doce, confessa que esse celuloide lhe deixou "uma impressão de grandeza". Ary Theo declara-se inibido de opinar, tal a sua emoção.

Há outros julgamentos que também me parecem altamente expressivos. "Não há palavras que possam descrever esse filme", diz-nos a senhorinha Leila Prates. No que é confirmada pela senhorinha Nally Bournier, que observa "a reconstituição da corte da Suécia no apogeu de sua glória, sob o reinado firme e inteligente da filha de Gustavo Adolfo". Quanto à senhorinha Maria José Colen, não esconde a sua admiração: "Rainha Cristina! Nada mais recomendável aos temperamentos latinos!" Esse o lindo filme que hoje veremos e em que arte, romance, espírito e beleza se reúnem, para nosso prazer e nossa turbação.

*

Saindo do Cine Brasil, ontem, eu não pensava em Rouben Mamoulian e Greta Garbo, mas em Stendhal e na duquesa de Sanseverina.[10] Porque, afinal, *Queen Christina*[11] é um filme stendhaliano, e a Garbo, no papel da rainha sueca, é um desses seres que o autor da *Chartreuse* chamava, com admiração, de corações italianos. Não há, é certo, nenhuma semelhança formal entre os amores da duquesa de Milão e os da rainha nórdica. Mas o mesmo ardor de vida, a mesma impetuosidade sentimental procurando torcer os acontecimentos e afeiçoá-los a uma realidade interior, a mesma

---

9 "Cinta" era então um sinônimo usado para "fita" ou, simplesmente, "filme".

10 Sem título, *Minas Gerais*, 26 mai. 1934. Referência a uma das protagonistas do romance *A cartuxa de Parma*, de Stendhal.

11 Título no Brasil: *Rainha Christina* (1933).

ausência de hipocrisia e de limitações sociais... Essa rainha Cristina tem o contorno, a nitidez e a efervescência de uma personagem de Stendhal. Rainha dos suecos, dos godos e dos vândalos... Rainha de todos nós, também. Os grandes filmes são sempre objeto de discussão interminável. Não é possível estabelecer unanimidade de opinião sobre eles, embora sejam geralmente exaltados. Cada um gosta à sua maneira, e recolhe do conjunto o aspecto ou a tonalidade que melhor se ajuste à sua visão pessoal. Em *Rainha Christina*, não. O filme é extraordinário de ponta a ponta, e ninguém saberia dividi-lo em sequências para escolher esta em prejuízo daquela. A noite de amor na hospedaria vale a cena da abdicação, ou a partida no navio, ou qualquer outra do conjunto maravilhoso. Assim também o *cast*. Nunca John Gilbert animou tão bem uma criatura de romance como na pele desse embaixador espanhol, tão stendhaliano também. É impossível deixar de amar esse filme como um dos mais lindos espetáculos que o cinema já ofereceu à sensibilidade moderna.

*

Em Pernambuco vai ser publicado um livro inacreditável: *As imagens de King Vidor*.[12] Digo inacreditável porque a literatura brasileira de cinema está ainda por nascer, e não parece ter pressa de realizar essa dolorosa operação. Assim, um ensaio sobre King Vidor e além do mais um ensaio bem-pensado há de causar surpresa aos fãs inteligentes. Seu autor é Evaldo Coutinho, gente nova do Capiberibe, ligado ao grupo de revista *Momento*, que é o *team* mais moço do pensamento moderno no Brasil. Como Evaldo Coutinho compreende os problemas da estética cinematográfica, estas palavras dele, colhidas ao acaso, bastam para tranquilizar-nos: "O maior valor da técnica cinematográfica é o seu poder de subentendimento. Não o seu extraordinário poder de direta, mas o de expressão indireta. A amplitude do cinema está em sugerir e não em retratar. Em nenhuma outra forma de arte é tão urgente a colaboração entre o realizador e a plateia. O cineasta

---

12 Sem título, *Minas Gerais*, 29 mai. 1934.

expõe imagens que se prolongam, nem sempre em outras imagens, mas na faculdade captadora do público. As imagens mais intelectuais necessitam que o observador e a obra colaborem a cada momento, que o autor e espectador comunguem em torno da mesma linguagem. Nisto reside a grandeza estética do cinema: empregar, mais do que em qualquer outra forma de expressão, como comparsa, o elemento que parece mais estranho e desconexo. As verdadeiras obras cinematográficas são as que passam a viver depois de assistidas. O espectador legítimo – colaborador de imagens – é o que acrescenta um tanto do seu modo de sentir e de pensar ao que as reticências das imagens solicitam." Ideias justas, e que despertam o nosso interesse pelo livro que o jovem pernambucano vai editar.

*

Lilian Harvey vai aparecer, logo à noite, numa fita americana.[13] Eu gosto de Lilian porque ela é a personificação da graça, com o enlevo ideal de suas linhas flexíveis. No fundo, talvez prefira Betty Boop, porque ela me permite imaginar, pelo menos, que a sua voz é um eco da divindade.

Às vezes, enquanto Betty Boop está cantando, fabrico o corpo que a possui, sob o disfarce do boneco animado: será um elefante que engoliu um rouxinol? Ou Betty Boop incorporou-se a uma criatura admirável, que tem voz e tudo o mais? Lilian tem esse defeito: não se pode desvairar diante dela. Encarna um setor de beleza e, como todas as coisas perfeitas, absorve a vida em derredor. Outra coisa, em que a técnica francesa se mostrou mais humanizada do que a técnica americana. Numa fita francesa, a peça está enredada de forma a que a vida se distribua igualmente entre todos os componentes da filmagem. Já na América, domina o princípio do preço do contrato. Uma artista que custa caro aparece sozinha, haja quem houver ao lado dela, ainda que seja Guy Kibbee. Vamos ver, hoje, como Lilian Harvey, em

---

13 Sem título, *Minas Gerais*, 1º jun. 1934.

qualquer técnica, é a rainha da graça e do movimento. Sozinha, ou acompanhada – e, neste filme, não mal acompanhada –, aparecerá distintamente, porque tem personalidade artística acentuada e definida. Mas, apesar de todas estas considerações judiciosas, eu, por mim, prefiro Boop.

*

Short.[14] Sexta-feira da semana passada, o cavalheiro apaixonado por Greta Garbo comprou entrada para a primeira sessão do Brasil. Mas assistiu também à segunda e no dia seguinte voltou. Domingo, o cavalheiro era visto na *matinée*, entre crianças de colo e moças na idade do amor, e à noite, nas duas sessões, lá estava entre os últimos admiradores da rainha Cristina. Segunda-feira o cavalheiro andou como louco à procura do filme, que havia desaparecido do cartaz, e na terça descobriu-o (duas sessões) no Avenida. Quarta no Democrata e quinta no América, à razão diária de duas sessões, o cavalheiro ficou conhecido da empresa. De modo que na sexta-feira, às 19 horas, quando ele apareceu na porta do Floresta, o gerente foi-lhe dizendo, com familiaridade: "Pode entrar, doutor. Sua Majestade está lá dentro."

O cavalheiro entrou taciturno, taciturno assistiu às duas sessões. E, quando o filme ia acabar – Greta Garbo, imóvel na proa do Duque, com os olhos perdidos em não sei que nevoentos intermúndios, despedia-se ao mesmo tempo da Suécia e de Belo Horizonte –, o cavalheiro subiu bruscamente na cadeira, sacou do bolso um enorme lenço de assoar, agitou os braços, murmurou: "Uma casa sobre um penhasco... à beira-mar..." Socorridas as senhoras que desmaiaram, e voltada a calma aos espíritos, o dr. Lopes Rodrigues, chamado a pedido da empresa, examinou o cavalheiro e declarou que infelizmente não tinha mais jeito não.

*

---

14 Sem título, *Minas Gerais*, 2 jun. 1934.

O gato e o violino; chegou ao Rio o casal Jascha Heifetz-Florence Vidor.[15] Ele, o maior violinista da Europa, França e Bahia; ela, a antiga "mulher-orquídea" dos filmes mudos da Paramount. Desta vez, não foi o gato que estragou o violino, mas o violino que engoliu o gato: a notoriedade recente de Jascha Heifetz dissipou o velho prestígio da *partenaire* de Menjou. Hoje, ela é apenas mrs. Heifetz. Para quem não gosta de música é pouco, menos ainda para quem gosta de cinema e não se consola da morte dos ídolos. Mrs. Heifetz declarou aos jornalistas que não quer saber de Hollywood. Só o marido lhe interessa. Esse ponto de vista, que é afinal o de todas as senhoras casadas do mundo, completa a nossa desilusão. Que é um marido? Quanto vale um marido? O da antiga mrs. Vidor pode valer muito, mas para nós só existe em função do violino, e não é indispensável que os violinos se casem. O essencial é que sejam bem tocados. Que pena, mrs. Heifetz, a senhora não se lembrar mais de que fez o *Quarteto de amor*,[16] e que ser mulher-orquídea vale mais do que ser a esposa de um bom arco. Anotemos mais essa melancolia e consolemo-nos com o gato Jeanette MacDonald, que vem aí depois do *petit chat* Lilian Harvey e do ultragato Kay Francis.

*

Creio que foi Joseph Conrad, cavalheiro polaco que, já quarentão, não sabia em que língua revelaria seu pensamento, optando pelo inglês, quem pôs em moda os embarcadiços malucos.[17] Os indivíduos de tormento e tempestade são hoje figuras desejáveis em boas rodas literárias e não é demais que invadam o cinema.

A nave do terror[18] é um desses motivos, como uma nota nova: são os passageiros as almas penadas, ao invés do capitão do barco. Um sujeito, que delibera matar a todos, para refugiar-se numa ilha do Pacífico, absurdo

15 Sem título, *Minas Gerais*, 5 jun. 1934.
16 Título original: *The magnificent flirt* (1928).
17 Sem título, *Minas Gerais*, 6 jun. 1934.
18 Título original: *Terror aboard* (1933), dirigido por Paul Sloane.

que se completa com outro de um sujeito aviador atirar-se do aparelho e tudo o mais ao mar, para ver a mocinha.

Apreciam-se vários modos de matar, inclusive com uma geladeira, não sendo própria maneira a de lançar a geladeira sobre alguém.

Mas, por mais perigosa que seja a gente que domine a fita, o americano, que é um excelente otimista, não compreende enredo sem graça e pôs Charles Ruggles como criado burro e azarento.

Numa fita americana o herói vencerá, haja o que houver, de maneira que, por mais diabólico que seja o personagem, acabará mal. Este da fita, depois de matar a Deus e o mundo, incendiar o *yatch*, salta n'água, à vista de terra. Quase que escapa. Se chega em terra, a fita pediria naturalização alemã ou russa. Mas vem um tubarão eficaz – N.R.A. – e dá um jeito nele, para a fita acabar.

*

Perguntaram a Oswald de Andrade para onde vai o Brasil.[19] Ele respondeu: "Para a Rússia, de *Jahu.*" Bert Wheeler e Robert Woolsey, humoristas muito estimados na Norte-América, resolveram fazer uma viagem mais simples, que resultou mais complicada: dos Estados Unidos a Genebra, em missão diplomática. No caminho, há algumas bolas que podem ser registradas, e entre elas a técnica mais recente de despachar um criado. "Vá-se embora!", diz-lhe o passageiro irritado. Ele vai, pela janela. A janela dá para o mar.

Outra *gag* faz lembrar o citado Oswald de Andrade. Há um chinês contratado para vilão. Em certo momento, ele esquece as suas responsabilidades e vai fazer uma boa ação. Mas é chamado à ordem e observa, tristemente: "Mas não se pode ser herói nem uma vez?"

O filme é da RKO. O diretor, William A. Seiter. Se gostam de Bert Wheeler e Robert Woolsey (meu primo Antenor não perde as conferên-

---

19 Sem título, *Minas Gerais,* 7 jun. 1934.

cias do comandante Thompson), podem ir.[20] Se não gostam, podem ir da mesma maneira. Há uns bailados regularmente despidos, e o baile e o nu governam o mundo.

*

Se o sentido da vida moderna está nesta tremenda americanização, que nos assola impiedosamente, destruindo todos os mitos da nossa cultura, *Cavaleiros da triste figura*[21] é uma fita que ninguém deve perder.[22]

Pois dificilmente se consegue deformar tão deliciosamente a melhor das alegrias do ideal – o pobre Dom Quixote – nem desmoralizar o bom senso de Sancho Pança.

O americano só compreende, no cinema, aquele humorismo brutal de anacronismos ruidosos, diante dos quais a massa estoura de riso e sai satisfeita da vida.

Slim Summerville é um vaqueiro sentimental, que vende seu rancho (Villapato 102 – Montana) por 1 milhão de dólares, e vai ver a namorada, numa festa medieval, um castelo de nobreza londrina. Mas vai vestido de vaqueiro, com aquela cara especial de desiludido.

Os *trucs* são feitos com certa displicência. O produtor quis fazer rir. E o conseguiu, pelo menos de mim.

*

O domingo cinematográfico estará satisfatório para qualquer fã.[23] Quem gostar do magro e do gordo, com sua graça infinita – esses dois cavalheiros são dois gêmeos de burrice – tê-los-á hoje à vontade, no Cine Brasil.

---

20 C.D.A. refere-se ao filme *Diplomaniacs* (no Brasil, *A liga das mulheres*), dirigido por William A. Seiter e lançado em 1933.

21 Título original: *Horse play* (1933).

22 Sem título, *Minas Gerais*, 8 jun. 1934.

23 Sem título, *Minas Gerais*, 10 jun. 1934.

Já os que apreciarem um gênero sério, de arte mais compenetrada das coisas complexas da natureza humana, terão em Edward G. Robinson, na *Sorte negra,*[24] uma hora bem-aproveitada.

Mas essas são as grandes fitas. No cinema, como no romance, a digressão é mais interessante que o enredo, e nesta opinião estou luzidamente acompanhado. Aí está por que, de todas as fitas de hoje, preferirei *Três leitõezinhos,* desenhos animados. Porventura vai nisso um pouco de vaidade de autor, que prefere sempre as próprias obras.

Mas, diga-me cá a leitora, que anda na rua à tardinha, se não é uma surpresa agradável ouvir uma canção quieta, suave, infantil, cantada em espanhol pelos meus três leitõezinhos.

É uma sinfonia singular, a que se misturam vagamente algo de Concerto Sinfônico e 10% de exilados argentinos, com o castelhano inesperado de que povoaram, alegremente, nossas ruas nacionalistas.

*

A melhor história de jornalismo que já vi no cinema foi a de George Bancroft, que manda bater uma chapa do adultério da esposa e, depois de publicada a notícia, mata o sedutor.[25] Preso, funda um jornalzinho na cadeia.

Depois, tivemos Edward G. Robinson, numa película forte, e hoje teremos Paul Muni, no cartaz do Brasil, dando-nos mais uma lição de reportagem americana.

Nunca se deve perder um filme de Paul Muni. O de hoje, *made* Mervyn LeRoy, tem uma história divertida de redação, com uns matizes policiais, que são do gosto universal. Paul Muni faz um bom diretor, isto é, um homem que dirige o jornal com os nervos e o corpo todo. Há um momento em que, para atrapalhar, ele copia o fotógrafo do *Correio Mineiro*. Mas tudo acaba bem, e podemos apreciar ainda a nossa colega Many – perdão!

---

24 Título original: *Dark hazard* (1934).

25 Sem título, *Minas Gerais,* 12 jun. 1934. C.D.A. refere-se ao filme *Scandal Sheet* (no Brasil, *Página de escândalo),* dirigido por John Cromwell e lançado em 1931.

Glenda Farrell – cujo tipo de repórter ornamenta a redação, a história e todo o salão do cinema Brasil.

Um bom filme deve sempre conter um pensamento ou uma ação útil. *Olá, Nellie!*[26] tem o seu. Com os pés em cima da mesa, e o cachimbo na boca, Paul Muni diz para Glenda Farrell: "O amor é uma grande coisa. Experimente antes de envelhecer." Estendo o conselho a todas as minhas leitoras.

*

Não está no meu temperamento de rato graduado fazer psicologia coletiva à custa de canções baratas de café-concerto, mas veja o leitor certas coisas como coincidem e nos fazem pensar, com ares de Ortega y Gasset.[27] Há uma canção francesa, não direi de onde, de medo de escandalizar, que declara:

L'homme que j'aime
Il n'est pas beau...
C'est pas costaud,
Mais je l'aime,
Quand même.

Enquanto a correspondente americana se exprime:

The man I love
Is a strong man
The man I love...

Aí está como é fácil fazer-se rato e psicólogo, embora mais rato do que psicólogo. A mulher francesa gosta, e não se importa se o sujeito é forte ou barbudo; o que talvez seja carência de homens na França. As mulheres francesas fazem tricô e cuidam de cachorrinhos. E é onde se devia citar a César, a propósito de cães e de mulheres. Mas eu não citarei; quem quiser que leia o seu Plutarco, se o tem.

---

26 Título original: *Hi, Nellie* (1934).
27 Sem título, *Minas Gerais,* 13 jun. 1934.

Já a americana, pouco se lhe dá se o homem tem circunvoluções na matéria da cabeça; que ele seja forte, musculoso e bem brigão.

As mulheres de U.S.A., além disso, têm o instinto da predominância e espera-se mesmo que o matriarcado volte a funcionar por lá, ainda nesta centúria.

Postos na seriedade desta reflexão, meta-se a leitora dentro de um capote – as noites estão frias – e vá assistir a *Treinando homens*[28] no Cinema Glória.

Naturalmente que a fita não presta, como técnica, mas tem, como as fábulas, uma moral aproveitável: o homem deve ser bruto e meter o braço; a mulher, depois, lhe cuidará das equimoses.

Se nos brota uma saia a bombordo, façamos ginástica.

Antigamente, a gente fazia um soneto.

Charles Farrell, como mestre de musculatura, está longe de ser o Charlie de Janet Gaynor, a deliciosa sentimental, que até nem parecia americana. É um artista embaraçado no cenário. E Winnie Gibson está bem, ombreando com ZaSu Pitts. Mas podia estar melhor.

*

Não fui ao embarque do meu amigo Abgar Renault pela razão muito simples de que ele viajou de automóvel.[29] Mas fiquei pensando que, com a sua mudança para o Rio, a cidade perdeu um fã autêntico, ou seja, uma pessoa para quem a realidade cinematográfica existe, e que decompõe sabiamente essa realidade. Quando não gosta do filme, o fã encontra jeito de gostar de uma figurante qualquer, ou de um fiapo de música, ou de um *close up*. E se o filme não presta de todo, ele repara na plateia – e na plateia, graças a Deus, há sempre um decalque musical de Loretta Young ou de Elizabeth Allan, que repousa os cansados olhos.

---

28 Título original: *Aggie Appleby, maker of men* (1933).

29 Sem título, *Minas Gerais*, 14 jun. 1934.

Abgar é desses fãs. Nosso lugar no Brasil era nas primeiras filas. A senhorita da lanterna jamais ousou indicar-nos outros. Primeiro líamos os anúncios do pano de boca. Depois, deglutíamos o jornal, o desenho, a comédia de Thelma Todd, o dramalhão de Walter Huston – com bravura e minuciosidade. Finalmente, conferíamos as opiniões. Joan Crawford era sempre ótima. A Garbo, idem. Os demais variavam: George Raft às vezes era menos detestável, Ann Harding menos interessante. Nunca suportamos Roulien. Adorávamos Myrna Loy, verso de Mallarmé etc.

Agora, Abgar retira-se. É pena. Hoje temos no cartaz Claudette Colbert, amanhã Jeanette MacDonald, depois de amanhã John Barrymore. Acredito que você gostaria de ver aqui essas criaturas, *my dear* Abgar. E tenho medo de que em Copacabana, Posto 4, outros interesses substituam em você o puro prazer do fã.

*

Há duas bocas célebres na história do mundo: uma está na História Sagrada, é a boca da baleia que de uma feita engoliu Jonas; a outra está em Hollywood – é a de Joe Brown.[30]

Quando se fala de um violinista, por exemplo, o crítico se esforça por contar como o artista faz do violino uma coisa viva, dando alma às cordas e vida ao lenho do Stradivarius. Olhemos assim a boca de Joe Brown, de onde ele tira todas as virtualidades, como se fosse um instrumento de arte. Ao contrário daquele Boca de Ouro, esta boca é antes o antro de Trofônio, de que fala Aristófanes. Tudo cabe nela, inclusive uma gaita mágica, que adormece o tocador, e não para durante o sono.

Ao lado dessa boca, em *Cavando o dele*,[31] há algumas figurinhas de *girls* – Thelma Todd, Sheila Terry – que a boca não consegue engolir e que alegram a fita. Thelma Todd está de cabelos pretos e é duquesa, por um instante.

---

30 Sem título, *Minas Gerais*, 15 jun. 1934.

31 Título original: *Son of a sailor* (1933).

Joe Brown, marujo gigante, campeão de boxe que consegue dar um lindo soco no seu próprio queixo, pondo-se *knock-out*, está realmente impagável. Mas, antes de ir a ele, vale a pena ficar de olho em uma Josephine Baker da fita inicial. É uma voz das Arábias.

*

A leitora já entrou numa sala de coisas velhas, na casa de seus pais?[32] Lá estão as velhas delícias de sua meninice, uma cadeira antiquíssima, já gasta na palhinha, chapéus esquisitos, um fraque, tanta coisa.

Quando isto a mim me acontece, ao invés de ser um momento de tristeza ou de melancolia, é uma hora de graça.

Considero os tempos passados como um pago longínquo onde as coisas perdem em seu contorno e ganham em emoção. Viver o passado é viver pela sensibilidade, é viver pela Arte, é sonhar, é bom.

Aí está por que eu gosto da história e nenhum dos meus prazeres supera o de conversar com os anciãos e o de ler Suetônio, embora nem sempre em latim e nem sempre honesto.

São coisas do meu temperamento. Outros são feitos – como a noite – para o amor.

Não nasci torto, nem para ser *gauche*; tampouco nasci da coxa de Júpiter. Fui sulcado pela experiência, e esses vincos cristalizaram meu pensamento.

Assim, quando saí da primeira sessão de *O conselheiro*,[33] com John Barrymore e Bebe Daniels, estava na hora da graça, como se acabasse de abraçar *my old friend* dr. Teófilo Ribeiro.

*

De repente, nesta segunda-feira fria, decidi não ter mais opiniões.[34] Resolvi declarar-me apaixonado por você, Miriam Hopkins de Massachusetts.

---

32 Sem título, *Minas Gerais*, 17 jun. 1934.

33 Título original: *Counsellor at law* (1933).

34 Sem título, *Minas Gerais*, 19 jun. 1934.

Pouco me importa o seu duro perfil. A sua maneira de ser bonita sem deixar de ser feia (acumulação remunerada) também não me interessa. Resolvi amar você à revelia de você, contra você mesma, se for preciso. Não embarco para Hollywood. Continuarei aqui em Venda Nova, com o Jair Silva. Não lhe escreverei outras cartas além desta. E escusa de me responder. Não quero o seu retratinho louro com um *sincerely yours* autografado pelo *manager* (segundo me afiançou o meu erudito amigo Edmundo Lys, entre um *cocktail* e um *ice cream*). Mirinha, eu não quero nada de você que não dependa de mim somente e não seja fruto da minha paixão unilateral. Outros, que não eu, viajarão em você... Serei na sua vida o homem invisível, do dr. Linneu Silva, isto é, o homem míope e que por isso julgarão ser visto por ninguém. "Mas afinal, o que é que o sr. quer comigo?" Nada, minha filha: apenas terminar esta crônica. Até amanhã, no Cinema Brasil.

*

É uma pena verdadeira que os filmes europeus se mostrem tão raramente.[35] Já dizia Bernard Shaw que nada mente mais do que a câmera, que ele se viu cinematografado em um trem de cachecol e barba ao vento e em pura elegância num banquete de Moscou e que juraria por Santa Joana que ambos eram mentira personificada.

Assim, mente o cinema americano, impingindo-nos uma arte que é consequência de sua ruim filosofia e uma técnica, filha do seu espírito de bárbaro mecânico e otimista, embora seja difícil, um bárbaro pessimista.

Se, ao lado de uma película americana, nos dessem uma outra alma, uma francesa, uma portuguesa, e uma nacional, teríamos oportunidade para ver o mundo sob cinco modalidades diferentes e o nosso espírito estaria salvo da catástrofe. Mas não. Enchem-nos de uma técnica norte-americana, de mulheres americanas, de loucuras 1933, e depois não nos é possível gostar de uma fita de outra procedência e de outra cultura. Aí está uma confissão franca, mas dura de se fazer.

---

35 Sem título, *Minas Gerais*, 20 jun. 1934.

A UFA (Universum Film Aktiengesellschaft) nos oferece uma fita de técnica europeia. É medíocre, mas é diferente em tudo. É preciso fazer-se um esforço para adaptar-se a ela antes que acabe e o espectador fique sem saber o que viu.

O Egito, cujo ar perturba a velhice de um conde arruinado, provoca uma série de quiproquós – de puro teatro.

Renate Müller é o tipo gordo e representa bem. Os outros também se assistem. Nenhum está em primeiro plano permanente porque a fita não é americana, e isto dá oportunidade para que todos se mostrem.

Há uma dança árabe excelente. Seria interessante que os gerentes dos cinemas selecionassem mais os discos do entreato. Predispõem a assistência. Mas os gerentes preferem predispor a bilheteria.

*

Os americanos morrem de rir, quando aparece a figura de Will Rogers no *écran.*[36] E têm razão. Por vezes o humorismo americano nos choca, com os seus jogos de contraste violento e desarrazoado. Mas não há como resistir a esse pai de família, a quem os filhos dão informação detalhada da largura, da profundidade e da velhice dos *canyons* do rio Colorado, que o tradutor traiu por "grandes grotões"...

Will Rogers é a delícia da vida, mesmo quando se deixa uma companhia amável e se vai sozinho ao cinema, como eu fui. O que mais aparece, como defeito para nós, que não sabemos inglês, é que nos detemos no humorismo das atitudes e dos gestos, quando a graça de Will Rogers está na sua palavra.

O diálogo em português desmoralizaria o próprio Raimu, que criou no cinema o capitão inenarrável de *Les Gaîtés de l'escadron*, de Georges Courteline.

Apesar de tudo, quando se deixa o casal Will Rogers-ZaSu Pitts, sente-se o espírito vazio, mas contente, como se se tivesse acabado um tomo de Mark Twain.

---

36 Sem título, *Minas Gerais*, 22 jun. 1934.

Note-se, especialmente, o tipo magnífico do melhor jogador do leste do Mississipi que, bebendo um *drink* em homenagem a cada estado da União Americana, lamentava que os Estados Unidos não tivessem senão 48 estados e um território independente.[37] Com o qual, aliás, estamos de pleno acordo, não quanto à geografia, mas quanto ao *drink*.

*

Gostaria de ter um bisavô português e rebarbativo para levá-lo ontem ao Cinema Brasil e dizer-lhe: "Faça o favor de ver essas pequenas; repare nesses bailados; preste atenção nessas bolas; e conte-me se no seu tempo havia disso."[38]

Estou vendo a cara do meu bisavô, encabuladíssimo para responder. Porque não há nada mais 1934, nada mais tipicamente moderno do que esse lindo filme de tantos vestidos e tantos corpos esbeltos, com uma música deliciosa e um bom humor que vai da primeira cena à última. Seria impossível uma coisa dessas no tempo do conselheiro Sinimbu. O diretor do filme não é William Dieterle: é 1934, é o tempo.

Ultimamente, tenho feito muitas restrições aos americanos. Não se importem com isso; de resto, eu só me responsabilizo por 50% de minhas opiniões; os outros 50% são para variar. Diante dessa cinta da Warner-First, sinto um prazer tão grande em existir na idade do cinema que, francamente, esqueço a Companhia Nacional de Operetas Vienenses e outras fatalidades que há por aí. O cinema compõe uma nova ambiência para o homem, dá-lhe outras dimensões, outras possibilidades. A vida já oferece, para muitos espíritos, um nexo e um sentido cinematográfico. Temos, pois, que ser diferentes, esquecer as artes estáticas e ensaiar um novo ritmo. Os ritmos

37 Embora o Alasca e o Havaí sejam territórios pertencentes aos Estados Unidos desde o final do século XIX, estes não faziam parte da União nem eram considerados estados até 1959. Assim, em 1934, quando esta crônica foi publicada, os EUA eram compostos por 48 estados. O território independente a que se refere C.D.A. é Porto Rico.

38 Sem título, *Minas Gerais*, 23 jun. 1934.

clássicos não servem. O cinema ensina-nos uma porção de coisas, fez-nos brigar com uma porção de outras. Não é, João Caetano?

Mas sinto que estou divagando, e que essa impressão de uma nova fórmula estética trazida pelo cinema, e de [que] esse filme é um documento, nada tem com o filme em si. Elogiar? Não é preciso. Todo mundo gosta: o garoto, a menina, a moça de *manteau*, o dr. Gregoriano Canedo, os velhos, as velhas e os neutros. William Powell e Bette Davis são os donos oficiais do filme, porém Frank McHugh e Hugh Herbert estão sempre furtando as suas oportunidades, de modo que não se sabe quem está melhor. Todos estão melhores. Não consegui avistar Pat Wing, a do concurso antropométrico do Rio. O gato comeu? Mas reparei em Verree Teasdale, e naquelas ótimas, dos bailados. Meu Deus! Como serão as "Modas 1980"?

*

Os moços de Cecil B. DeMille são verdadeiros artistas da juventude.[39] Eles transbordam de alegria, de idealismo e de amor, principalmente de amor. Ai! Juventude que nos enche a rua alacremente, com os seus gestos tropicais, ide ver a *A juventude manda*,[40] para que vejais como os moços são, de cá e de lá, quando uma grande causa os empolga e os arrasta.

Nisto está a grandeza de um diretor: fazer de um punhado de moços de escola o símbolo de uma geração.

O símbolo já está acima do tema e acima dos artistas, que, aliás, não são nada maus (*Not bad* – dizia-me um fã). A carinha juvenil de Judith Allen ilustra a fita. Se eu fosse parente daquele selecionador de bichos de seda, louco, que aparece no final de *Modas de 1934*, diria que ilumina a fita. Mas não convém. Com ou sem bicho-da-seda, os seus não poderiam ser mais expressivos, nem mais amáveis.

Queria também lembrar-me do nome do judeu alfaiate, e casuísta, que argumentava com a lei contra um *gangster*, e também daquele cínico das

---

39 Sem título, *Minas Gerais*, 24 jun. 1934.

40 Título original: *This day and age* (1933).

Novidades, que atravessou o East River remando um bloco de gelo: são dois humoristas completamente estúpidos.

*

Sangue húngaro[41] é um desvario musical.[42] Músico-sentimental, pois é com música que o Amor nasceu. Havia uns pastores gregos antigamente, em Salomon Gessner, que cantavam e dançavam para alegrar as pobrinhas dos vales da Suíça. Aqui, dá-se o contrário. A pobrinha vê o pastor, num ônibus de Berlim, apertado com uma canção na ponta da língua, e principiada sobre a perna, mas não tem jeito de continuar. A pobrinha então trauteia o abecedário musical e o pastor passa sob o jugo.

Pastor milionário, esse da Urânia, que carrega a pobrinha para casa (como era mesmo aquele verso de Bernardim à beira-d'água?) e põe o pai maluco.

Vale a pena assistir à opereta do Glória. Ela tem qualidades valiosas de técnica e não é uma fita alemã detestável, como muitas que entre nós têm aparecido.

Agora, o melindre. Gitta Alpar é linda, mas linda à alemã. No belo, como na moral, *bon en deçà, mauvais au delà des Pyrénées*... A graça em Vaterland tem um quê de pesado e de denso. Tem alguma coisa de irreal, e portanto algo mais de eternidade. Além disso, Gitta tem uma voz admirável. As canções regionais da Hungria tiveram uma grande noite.

O dr. Teófilo Santos disse-me que Gitta Alpar era uma flauta. Flauta ou violino, dr. Teófilo?

Porém, cá entre nós, leitora amiga, sabe que não me sai da memória aquela canção de Bárbara, a Bela:

Du, du liegst mir im Herzen,
Du, du liegst mir im Sinn...

---

41 Título original: *Gitta entdeckt ihr Herz* (1932).

42 Sem título, *Minas Gerais*, 27 jun. 1934.

*

Os meus queridos leitores talvez não tenham reparado em um *short* da Warner-First que completou o penúltimo programa do Brasil e que encerra nada menos do que uma nova concepção da descoberta da América.[43] É o caso em que Cristóvão Colombo, cidadão frascário, telefona à esposa, comunicando-lhe que não pode jantar em casa. Feito isso, vai ao palácio de d. Isabel e tem uma conferência particular com a rainha. A ilustre dama, assustada, previne-o: "O Fernando está desconfiado. Convém que você faça qualquer coisa, para disfarçar." "O quê", pergunta Colombo, falto de imaginação. "Ora, qualquer coisa. Por exemplo: vá descobrir a América."

O almirante genovês agradece e realiza uma viagem alegre, com *girls* bem ensaiadas. Chegando ao novo continente, encontra Nova York povoada de arranha-céus e é recebido por uma comissão da cidade. Sua passagem pela Broadway faz-se com os papelinhos de estilo. Colombo gostou, e em sua homenagem realizam-se diversas solenidades. Num rasgo comercial, ele adquire a ilha de Manhattan por 25 dólares e uma garrafa de *whisky* escocês legítimo. E tudo continua bem, até o presidente Roosevelt, se não aparecesse a esposa, que, desconfiando das manobras de Colombo, desembarcara do *Bremen*, em Nova York, dois dias antes do glorioso descobridor.

João Ribeiro, único historiador que li na minha vida, não conta os fatos precisamente dessa maneira. A versão da Warner-First seria antes digna de Wells, se Wells, em matéria de história universal, não fosse tão escrupuloso quanto o nosso amigo dr. Feu de Carvalho. De qualquer modo, é a descoberta da América narrada por americanos; deve merecer algum crédito. Nossos filhos, cuja cultura se faz no cinema e nas canções de Carnaval, não saberão amanhã outra história além desta que lhe contam os sambas e os *shorts*.

*

43 Sem título, *Minas Gerais*, 28 jun. 1934.

Preliminarmente, não sou um sujeito monteiro.[44] Pelo contrário, o meu prazer é varar a pé um bom pedaço de chão, à cata de minúcias de botânica. Donde concluo que a minha vocação se confirmaria num cargo de vereador, ainda que substituindo o meu velho amigo e ex-vereador de Santa Luzia, comandante Octavio Machado, que preferiu ser juiz de *hockey* na Suíça à política municipal.

Não gosto de cavalos. Dessa classe de mamíferos, conheço apenas alguns exemplares que entraram para História por via de seus cavaleiros. Bucéfalo, por exemplo, que mereceu uma lágrima de Alexandre. Incitatus, que foi senador, embora em sentido literal. Marengo, que era o cavalo branco de Napoleão.

Há outros cavalos, mais ou menos literários, que acolhi nas minhas memórias: os cavalos de Apolo, que Faetonte desmoralizou, tostando os pobres africanos, Rocinante, cavalo idealista, o burrinho do historiador Diogo Vasconcelos.

Há também o Centauro, que hesito ainda em classificar.

Esta é a minha galeria de quadrúpedes, verdadeiramente quadrúpedes, quadrúpedes de maneira insofismável. A ela junto hoje mais um: o cavalo da fita de ontem do Brasil. É um cavalo de gênio, que consegue abafar e obscurecer ao próprio Walter Huston, artistas de inegáveis méritos.

Leitor amigo, se lhe interessa tal espécie de animais, não perca *Sempre fiel*:[45] é um cavalinho bacharel *honoris causa*.

*

Como as crianças já sorrissem de seus filmes de pavor com Bela Lugosi, a Universal resolveu variar e fez *O homem invisível*.[46] Dizem que Claude Rains é o intérprete, mas talvez seja mais exato dizer: a voz de Claude Rains. Por

---

44 Sem título, *Minas Gerais*, 29 jun. 1934.

45 Título original: *Keep 'em rolling* (1934).

46 Sem título, *Minas Gerais*, 30 jun. 1934. O filme em questão, no original, é *The invisible man* (1933).

sinal que não é uma voz educada: ao meu lado, um espectador chegou a desejar que, além de invisível, o homem fosse mudo. Seu tom é quase sempre o de discurso, enfático e passadista.

Desta vez as crianças rirão, mas de prazer. Nada mais divertido do que ver um par de calças dançando sem dono, uma bicicleta correr sozinha, e outras malazartes.

Com 31 anos, porém, confesso que a técnica do filme me interessou mais do que as consequências da invisibilidade. Notei também que Gloria Stuart era invisível, só se mostrando em duas ou três materializações rápidas, o que é pena.

Aparece na história aquele velho que foi o pai de Diana Wynyard num filme inesquecível (*Reunião em Viena*),[47] mas desta vez sem oportunidade. A mulher da hospedaria agradou a 50% da plateia. Gostei do ambiente de aldeia inglesa, dos *policemen* ornados de bastos bigodes e daqueles barriletes com rótulo: *Gin, cognac, whiskey*, em cujo interior está o melhor espírito da anedota de Wells, utilizada pela Universal.

*

Há vários modos de apreciar uma fita, sendo inegavelmente o melhor o daqueles críticos teatrais da *Comédie Française*, que ficavam bebendo no bar, à espera dos comentários do entreato.[48] E ficaram célebres.

Uma fita de médicos de branco, ora mascarados, ora sem máscara, mas imperturbavelmente médicos diante até de Myrna Loy, é curiosa pela restrição de cenário e pela exclusividade do tema.[49] A vida de um hospital tem seus atrativos e há quem lhe queira criar um outro drama além do que encerra o seu próprio destino.

---

47 Título original: *Reunion in Vienna* (1933).

48 Sem título, *Minas Gerais*, 1º jul. 1934.

49 C.D.A. refere-se ao filme *Men in white* (no Brasil, *Alma de médico*), dirigido por Richard Bolesławski e lançado em 1934.

Há uma intriga sem importância no correr da película. Ela é carinhosamente tratada por Clark Gable, Jean Hersholt, que conseguem interessar, na figura de dois cientistas. Mas, mesmo assim, se a casa encheu, não foi pela medicina, pela Myrna Loy, ou pela grande abnegação de dois indivíduos, mas tão somente devido ao atrativo da personalidade inconfundível de Clark Gable, que as meninas românticas admiram.

Por mim, prefiro *O homem invisível*, que não lhe criou problemas, divertiu a todos, fundou várias loucuras e deu melhores pesadelos.

*

Minha amiga, se quiser ter saudades, vá hoje ao Glória ver Mary Pickford.[50] Saudades de Norma Talmadge, que já interpretou *Segredos da mocidade*,[51] e da própria Mary, nossa amiga de 1920, no cinema Odeon.

Se quiser rir, minha amiga, e eu sei que esse mau hábito às vezes torna mais encantador o seu lindo rosto, depressa, vá ver Slim Summerville, no Brasil. Se duvidar da alma dos médicos, em geral, ou da de algum médico de suas relações, em particular, não deixe de ir ao Avenida, onde se despede, notável pela primeira vez, Clark Gable. Qualquer [um] desses filmes lhe dirá ou inspirará alguma coisa, reminiscência, alegria, pena. Eu não irei a nenhum deles. Eu, ai de mim!, já não peço nada ao cinema, antes lhe dou o que trago em mim, e não é pouco, minha amiga. Cheguei a um ponto na vida em que um jornal da Fox, um desenho da Metro, um chapéu desses pequenos, um "bom-dia", um anúncio com o nome de um cinema do Meyer e o de uma atriz italiana me satisfazem. Deem-me esses materiais e eu faço o filme. Às vezes, em lugar de fazê-lo, durmo no cinema. Hoje, por exemplo... Dirá que estou ficando velho; eu acho que é, enfim, a mocidade: um modo de ser que zomba do tempo e independe da pressão externa.

E não venha retrucar-me que isto é reação do momento, sombra da hora sobre uma inexperta. O que aí fica será antes a confidência de alguém que viu

---

50 Sem título, *Minas Gerais*, 3 jul. 1934.

51 Título original: *Secrets* (1924).

tudo, Garbo e Crawford, Shearer e Dietrich (quem, em outro século, pôde admirar tantas figuras prestigiosas?) e notou, afinal, que esses fantasmas não coincidiam com os outros, interiores, de seu comércio diário. Um homem sem cinema, senhora minha. Perdoe-me, e escolha, entre os programas de hoje, aquele que tenha melhor música, isto é, que faça dormir mais.

*

Vou fazer uma perversidade com os meus leitores que pretendem ir hoje ao Glória; informá-los de que no filme há Lilyan Tashman, e que Lilyan Tashman morreu.[52]

Crio, assim, o conflito de consciência ou, no mínimo, o choque de sensibilidade: não haverá uma certa profanação em deleitar a vista na imagem de uma linda mulher, quando essa mulher é cinza e fermentação orgânica? Temo que não haja. Será, entretanto, um prazer meio fúnebre, um prazer sem essa claridade animal que torna a gente feliz. Aposto que, com isto, pelo menos dez pessoas delicadas deixarão de ver o filme e sua intérprete de além-túmulo.

Em compensação, dez pessoas que não sabiam do fato, e agora sabem, irão ao Glória expressamente para reparar numa criatura que já murchou e que, como a dançarina romana, *biduo dansavit et placuit*. A pobre Lilyan viveu pouco e sorriu aos homens. É uma tristeza que se perdessem os seus cabelos de ouro, os seus olhos de gata, a sua felina e moderna figura. Nos filmes, foi má quase sempre. Ama-se, porém, com maior facilidade, uma mulher má (Lilyan, Evelyn Brent, Verree Teasdale, madame Thalberg) do que um anjo (Sylvia Sydney). Por isso, a mulher de Edmund Lowe foi amada nestes Brasis, como talvez nas Pérsias longínquas.

Em *Coquetel musical*[53] teremos já o seu espectro. Esse espetro é doce e triste, e sorrirá a todos nós como sorriem os vivos. Mas para nós, que estamos informados, haverá no seu silêncio uma confidência discreta. Vale a pena morrer, Lilyan Tashman? Vamos perguntar-lhe isso esta noite.

---

52 Sem título, *Minas Gerais*, 5 jul. 1934.

53 Título original: *Too much harmony* (1933).

*

A leitora saberá que tortura é minha, de ser obrigado, diariamente, a achar uma fita boa ou ruim e ter que escrevê-lo?[54]

A leitora já percebeu como a visão de uma fita, a contemplação dos grandes olhos crawfordianos, um sorriso normasheareano, ou uma réstia de luz lançada sobre um quadro à la Rembrandt constituem emoções inefáveis, somente dignas de serem comemoradas com o silêncio? Como aqueles grandes amorosos, que não conseguem conversar, senão com os olhos?

E aí está um rato sentimental e suprarrealista.

Os leitores, muitas vezes, por meu mal, veem anjos papudos na minha pena,

> *Du moins bossue est leur ombre*
> *Contre le mur de ma chambre…*

E eis um rato metafísico.

A nossa vida precisa de oásis, a nossa alma, de sombra. No vácuo em que perambula o sentido real das coisas, às vezes, comparece uma migalha de beleza, para veiculá-la até nós. Mas é preciso que não se obscureça essa beleza com a ação; e é onde os americanos se revelam nascidos para além do Peloponeso, como demarcava Teseu, discriminando os climas estéticos do mundo.

Para que aquelas metralhadoras infatigáveis, aquele aparato aéreo de *Prisioneiro*? E a que vem o lufa-lufa de bastidores para glorificar a sombra de Lylian Tashman?

E eis um rato esotérico.

*

54 Sem título, *Minas Gerais*, 6 jul. 1934.

Em *Quando uma mulher quer,*[55] Norma Shearer está mais bonita do que a própria Norma Shearer.[56] A tia Helly observou com finura que ela possui essa coisa que não é *it* nem *glamour*, velhos *appeals* freudianos, e que só se exprime com um certo movimento de lábios: *hmm*.

Herbert Marshall não tem público, talvez porque seja um ator interessantíssimo. Ladrão de joias ou lorde indeciso, sua expressão contida, sua mímica discreta e a voz rápida, sem inflexões, compõem um dos tipos menos vulgares do cinema.

Em "Bob" Montgomery, a gente estima aquele camarada ameno de *Vidas particulares,*[57] com muito lirismo disfarçado em malandragem elegante. Por maior que seja o seu esforço para tornar-se um sujeito estupefaciente, acaba se revelando brasileiro sentimental e recalcado.

George K. Arthur faz uma aparição retrospectiva, sem Karl Dane, e Ralph Forbes continua a desvalorizar-se em "pontas", provocando suspiros nas suas admiradoras, que se sentem envelhecer.

Adrian é outra figura de relevo no filme, onde nos propõe uma porção de vestidos modernos, que ninguém teria coragem de achar feios, porque são desse grande costureiro e cobrem – ou despem – admiravelmente o corpo de Norma Shearer.

Resta lembrar Lilyan Tashman, que está aparecendo infatigavelmente em todos os filmes depois que morreu, e dá um ar de espiritualismo a simples sessões de cinema.

Não arrisquei uma opinião sobre a moral da história, porque um senhor a meu lado afirmou que ela não tem moral. Que é um casamento? Herbert Marshall parece querer demonstrar que é uma longa experiência de laboratório. Posso afirmar, entretanto, que o desfecho é o que há de mais compatível com os bons costumes. Não falta nem a filhinha do casal, como homenagem do diretor Edmund Goulding ao Código Civil e à instituição da família.

---

55 Título original: *Riptide* (1934).

56 Sem título, *Minas Gerais,* 7 jul. 1934.

57 Título original: *Private lives* (1931).

Assistam. E não façam caso do espanhol que explica uma viagem à Índia, no complemento.

*

O que eu aprecio em William Powell é a formalidade.[58]

Ele dá a impressão de um código ambulante de boas maneiras. Ontem, por exemplo, era um advogado criminalista, mas não aceitava tão somente as causas como também as constituintes, e que constituintes... Helen Wilson...

Mas a boa filosofia da fita era exatamente aquilo que faz dos chineses um grande povo – detrás daquela enorme serenidade vive um franco-atirador, que está eternamente na novidade, porque a busca em seu coração, reto e simples, que uma loura de Ticiano quase perverteu.

O leitor que vá tirar certas conclusões por si. No fundo William Powell, visto pelos óculos do vizinho, é como todos nós – um sujeito que usa suspensórios de algodão e os aparelhos do dr. Scholl. Um sujeito que chora com dor de dentes e é capaz de fazer como o sr. Manoel, que ontem se suicidou no Rio, e que escreveu uma carta à sua gatinha, dizendo que se matava por lhe ter ela feito uma cara feia, e que não conseguia dormir, nem de noite nem de dia, por causa daquela cara que ela lhe fazia.

Apesar de tudo isso, Powell será sempre agradável de ver-se, ainda que com um colarinho Santos Dumont, em pleno 1934.

*

Um chinês me contava uma vez, num lugar que já não sei onde, talvez em Osaka, que um chinês que se preza casa-se porque é preciso, porque a raça precisa de continuar e o rio Yang-Tse-Kiang tem fome de carne humana, a cada cheia que lhe enche os cornos.[59] O casamento é, pois, uma simples fatalidade. Questão de inconsciência. E lembro-me de que o chinês sorria, com a serenidade de Confúcio e a doçura de *haikai* de Emílio Moura.

---

58 Sem título, *Minas Gerais*, 11 jul. 1934.

59 Sem título, *Minas Gerais*, 13 jul. 1934.

Quer dizer que um *chin* é um bicho sem problemas, um cavalheiro de horizontes limitados, capaz de pôr a felicidade na confecção de um leque de marfim.

Valeria a pena ser chinês?

Por mim, não, que rato em China é prato de gala e não me interessam sacrifícios gastronômicos.

A leitora dirá também que não.

Que a coisa melhor do mundo é andar borboleteando, de mão em mão, na vã procura do que as mãos inquietas lhe não podem dar.

O que a interessa, na vida, senão esse problema, cujo ideal ela desloca para o terreiro impossível do lirismo cinematográfico? O que ela vê no cinema é o que ela procura na realidade. Se lhe apresentam Clark Gable, ei-la em delíquio, se lhe dão John Gilbert, *c'est rigolo, quand même...*

Ann Harding pôs ontem essa questão em boa ordem. Zita Johann resolve-a a seu modo.

Como irá resolvê-la, logo à noite, Kay Francis?

Cada um deveria assistir ao cinema com um problema posto no espírito. Eu preferiria com um problema bem bonito posto ao meu lado.

*

Depois de ver Kay Francis durante duas horas, tive a impressão de ter ouvido a um rouxinol, que cantava na frisa mais próxima.[60] O que ela agitou foi a mais gloriosa de todas as aspirações da inquietação contemporânea.

Li, certa vez, num engenheiro inglês – por vezes, tenho desses desatinos – que a experiência era como a luz da popa dos navios: iluminava apenas o caminho percorrido. O que esperamos da cultura, da sensibilidade, da vida, enfim, é apenas a experiência. O ideal é um moço com a *sagesse* de um ancião, o mesmo desejo do dr. Fausto, e o mesmo ardente desejo de todos nós.

Kay Francis, com o domínio que a arte exerce sobre todas as coisas da vida objetiva, criou esse ideal da mulher rejuvenescida na velhice, com a

60 Sem título, *Minas Gerais*, 15 jul. 1934.

experiência de vários decênios. E deu-nos uma lição de resignação. No fundo, uma lição de fatalismo. *I like this. And you?*

Há muitas maneiras de ser cínico. Cínico vem de *cinein*, que em grego quer dizer cão. Vida de cínico, porém, não é a vida de cachorro, e sim de Diógenes, que foi um grande cínico, e melhor filósofo. Um cínico não liga para nada. Polidoro, que é o maior cínico destes últimos tempos, era-o em tal maneira que acabou não querendo saber mais do mundo, e foi viajar na própria imaginação. Na qual viagem perpetrou os maiores cinismos que uma pessoa pode arquitetar.

Como estão vendo, a jurisprudência dos cínicos é coisa séria e apresentável. Estes cínicos modernos são simples loucuras do camiseiro, perfeitos imorais. Por isso é que eu digo que em matéria de cinismo Robert Montgomery é café-pequeno. Quem quiser que goste dele. Eu não, que minha mulher me bateria.

*

O cinema americano tem um hábito do pior mau gosto: quando um assunto está em voga, enche os espectadores de produções dessa matéria.[61] Assim foi com as fitas de guerra, a que se juntou, depois do cinema falado, o barulho de aeroplanos (veja Richard Dix, qualquer dia desses).

Depois, vieram as fitas de *gangsters*, com os tiros de metralhadoras e os pileques sensacionais.

Chegou-se mesmo a perpetrar uma série de fitas cômicas, do pior gaiato do cinema. Os cinematografistas fazem questão de ignorar que a monotonia é o princípio de muitos homicídios.

Entramos, agora, no período dos médicos. *I don't like doctors*. Ainda aprecio muito o teatro e, como nem sempre se pode assistir a Molière – a última vez que o representaram em Minas foi em Paracatu –, releio uma boa edição que tenho em casa.

61 Sem título, *Minas Gerais*, 17 jul. 1934.

Alguém já escreveu sobre Molière e os médicos. Molière não tem razão, porque os esculápios, em geral, são doces vítimas daquele vocabulário tremendo que eles usam para matar.

Como no caso da maioria dos oradores do Brasil, a palavra os fascina, arrasta e compromete.

Uma fita de médicos não tem esse atrativo. O americano não tem espírito para fazer uma coisa graciosa com um indivíduo qualquer. Sempre que pode, comete uma estupidez.

Quem quiser que se certifique no Cinema Brasil, onde um médico usa dos direitos de matar, por pura solidariedade sentimental para com o seu chefe.

Um bom doutor concordaria com essa tese?

*

Disse André Maurois que a necessidade de evasão insopitável dos leitores contemporâneos criou um tipo de literatura de ficção, consubstanciado na novela, que alcançou o mais alto sucesso de livraria.[62]

Na novela, a imaginação anda de velas pandas, viajando por onde lhe apraz ao vento empurrá-la. E o leitor, com ela, viaja pela necessidade de criar um mundo mais seu, onde a sua lei seja a lei da vida que o seja.

A nossa vida artística moderna circunscreve de tal modo a técnica da fuga, que sobre o que aí está diante de nós, cotidianamente, nada se pode deliberar.

Mas, mesmo assim, é preciso voar, é preciso ouvir o próprio coração, de vez em quando, porque ele é a sede de toda novidade.

Para essa aventura usamos, cada qual, do sentido predominante. O meu amigo López, que era um tipo visual, confiou-me, certa vez, que era capaz de evadir-se até com aquele chapéu espanhol, que ilustra o Cinema Brasil, às sextas-feiras, como fugira *in illo tempore* – com e pelos olhos verdes de Conchita, em Bilbao.

62 Sem título, *Minas Gerais*, 18 jul. 1934.

Já eu, um rato graduado, vivo pelos ouvidos, que os não faço de mercador para ninguém. Um som perdido na noite – *et ce piston irréel* – é uma obra d'arte comovente, que me faz bem durante um mês.

Como este filosófico prêmio verá o leitor que eu fugi ontem, pela música de Strauss, em *Danúbio azul*, e vou passar um mês comendo bem.

*

Nada há de mais melancólico do que a leitura dos livros de Enrique Rodó, onde se estadeia um doce lirismo cívico e uma moderna filosofia do sucesso.[63] Lembro-me bem de um motivo de Proteu, onde certa criança brincava com uma taça. Mas, não achando aplicação eficaz para ela, encheu-a de areia e pôs-lhe dentro uma flor; reduzindo-a, portanto, de taça a jarra e dando-lhe uma adequada vocação.

A propósito de cinema, seria demasiado falar em Rodó, idealista inveterado, cujo ardor sabe a magistério.

Mas eu quero fazer hoje uma pausa, para meditação. Acredito que a graça da vida esteja na digressão, como a graça de Bach está nas suas fugas.

Já reparaste, leitor, como é bom parar de vez em quando, e olhar para trás? Reler as cartas de dez anos passados?

A História Sagrada contesta esse prazer e ingere o perigo de imobilizar-se. Mas uma houve, que se arriscou, como legalizar o instinto da aventura, até perante Jeová.

Ontem, passando diante de uma vitrine de livraria, com os olhos cansados de enxergar, dei com um livro de Olympio Guilherme, transformado em economista de vários tomos. Tive a sensação de descer um degrau.

Está na memória de todos, o concurso e a escolha desse homem fotogênico para o cinema americano. Acompanhamos com carinho nacionalista o embarque, a chegada e a estreia do cineasta, para depois a estrela virar um simples cogumelo de livraria.

Ou será esta minha uma ingênua inquietação de motorneiro?

---

63 Sem título, *Minas Gerais*, 20 jul. 1934.

*

Cavalcade (o Mossoró ianque) ganha o maior prêmio do turfe norte-americano.[64]

Manuel King – um tarzãzinho de 12 anos provocou a ira de vários leões que parece não estarem dispostos a dar trabalho aos seus maxilares. Isto é o jornal.

O "*film*": *Can a Father deal with flaming youth*? A resposta está no interessante celuloide que o Glória exibiu ontem. É o lar "*a side of the heaven*?". A resposta está também no espetáculo que o Glória oferece hoje pela segunda vez. Lionel Barrymore, como sempre, apresenta um bom trabalho na figura de chefe da família. Mary Carlisle está muito bem no papel de pequena com mania de modernismos. É bem o tipo da jovem leviana.

Os outros personagens desempenham a contento as suas partes. Todos, muito preocupados com os seus problemas e os seus compromissos, abandonam o lar. A adversidade os reúne definitivamente. O romance retrata fielmente as alegrias e os pesares, a tranquilidade e os sobressaltos de uma família. E tudo acaba bem, somente a filha de ideias modernas continua sendo uma criança fútil.

64 Sem título, *Minas Gerais*, 22 jul. 1934.

IV – PIPOCAS

NÁUTICA[1]

[...] Enfim, houve incidentes pitorescos, e (contaram-me) não foi dos menos interessantes a "reprise" que dois valentes remadores fizeram do último filme do gordo Oliver Hardy e do magro Stan Laurel: foram remar pela primeira vez e, como na fita gozadíssima, "a canoa virou". O resultado foi um mergulho do meu dileto amigo Eduardo Barbosa (o sota-voga) e outro mergulho do sota-proa, o meu também dileto Bolivar Tinoco. É bom lembrar que a "reprise" foi sincronizada.

*

BICHO TATU[2]

[...] Hoje, vou aos cinemas e vejo pelas fitas que a melhor maneira de se fazer medo a uma criança é dizer-lhe: "*Lon Chaney will get you if you don't watch out.*" Ou por outra: "Fica quieto senão Lon Chaney te pega."

*

BOM VIVER[3]

Se o meu amigo Abílio Barreto consentisse, eu acrescentaria algumas páginas à sua "Memória Histórica de Belo Horizonte". Estas:

---

1 *Minas Gerais,* 31 mar. 1930, e *Revista do Arquivo Público Mineiro,* ano XXXV, 1984. Assinada com o pseudônimo de Antônio Crispim.
2 *Minas Gerais,* 3 mai. 1930, e *Revista do Arquivo Público Mineiro,* ano XXXV, 1984. Assinada com o pseudônimo de Antônio Crispim.
3 *Minas Gerais,* 16 mai. 1930, e *Revista do Arquivo Público Mineiro,* ano XXXV, 1984. Assinada com o pseudônimo de Antônio Crispim.

... A esse lugar que chamam de Belo Horizonte pela formosura e largueza de seus horizontes, que, entre lobo e cão, se cobrem de vária tinta, e matizada; e que, porém, não é apreciado pelos nativos, os quais, a essas horas, se vão em busca dos divertimentos frívolos vulgarmente cognominados de cinematógrafos e "*footings*". Constituem tais práticas maior distração dessa gente, de seu natural mui recatada e pacífica; por forma que não há pelo arraial e nem se permitem outros modos e ardis de matar o tempo.

Nos cinematógrafos e passeios ao longo das montras e bazares, dissipam os da vila as horas que medeiam entre jantar e cama; e em chegando o comboio da metrópole, com as folhas contadeiras dos últimos feitos e notícias, toda a grei se encaminha para os seus penates, valendo-se, para isso, da carruagem chamada "táxi", ou doutra, mais plebeia, que acode pelo nome de bonde. [...]

*

VAMOS VER A CIDADE[4]

[...] O bonde conduz os frequentadores de cinema, que aproveitam a viagem para discutir as vantagens e desvantagens do filme sonoro. Nunca se chega a um acordo, a não ser quanto à possibilidade de se entender o inglês que não se aprendeu. "Norma Shearer tem uma voz horrível", comenta um rapaz bem-informado: e a discussão recomeça infrutífera.

*

OS NOMES MUDAM[5]

Onde ainda se lê: "Greta Garbo" leia-se daqui a seis, oito meses: "Marlene Dietrich!". Não haverá diferença nenhuma, e a gente terá a ilusão de que

---

4 *Minas Gerais*, 17 mai. 1930, e *Revista do Arquivo Público Mineiro*, ano XXXV, 1984. Assinada com o pseudônimo de Antônio Crispim.

5 *Minas Gerais*, 25 jun. 1931, e *Revista do Arquivo Público Mineiro*, ano XXXV, 1984. Assinada com o pseudônimo de Barba Azul.

surgiu um novo fenômeno feminino, quando a verdade é que até hoje, e sempre, nós continuamos a admirar a primeira mulher que vimos no cinema e que foi, parece, a centenária Asta Nielsen.

*

Os filmes de Joan Crawford, que são sempre bons de se ver, porque mostram alegres e bonitas meninas com bonitos vestidos, estão educando a mocidade feminina no sentido do horror ao homem rico e civilizado, que quer divertir-se e escolhe para isso as mais doces companhias.[6] A moralidade dessas fábulas californianas pode ser resumida numa frase: Não te cases com homem amável. Entretanto, para chegarem a essa conclusão, as pequenas dos filmes de Joan Crawford, Joan inclusive, praticam tais desatinos nos capítulos roupa, jazz e *whisky*, que, outra conclusão se impõe, esta para nós homens: Com moça interessante não te cases. Pode estar certo, mas excluídos os homens de espírito e as mulheres de temperamento, uns e outros empenhados em tornar menos aborrecido este instante sobre o planeta, que mais resta para casar neste mundo?

*

HAIKAIS URBANOS[7]

Na escuridão da sala
o caubói fez: Pum!
e meus braços fracos te apertaram.

---

6 *Minas Gerais*, 8 jul. 1931, e *Revista do Arquivo Público Mineiro*, ano XXXV, 1984. Assinada com o pseudônimo de Barba Azul. Quando não possuíam título em sua publicação original, os fragmentos aqui reunidos receberam os títulos que constam no sumário, a fim de facilitar a orientação do leitor.

7 *Minas Gerais*, 9 jul. 1931, e *Revista do Arquivo Público Mineiro*, ano XXXV, 1984. Assinado com o pseudônimo de Barba Azul.

*

Não há nada de novo no oeste.[8] Mas logo mais haverá, quando a multidão excitada iniciar o ataque ao Cinema Glória, com empurrões, cócegas, apertos, descomposturas e bengaladas, como é de praxe nos dias de fita extra. E isto não é um reclame da fita, mas uma advertência às pessoas que, tendo calos, não deverão tentar o assalto; ou que, sendo sujeitas a desmaios, convém que o façam munidas de um vidro de éter. Quanto aos amigos de emoções fortes, tais como lutas de boxe, caçada de antílopes, pugilatos, lançamentos de granadas de mão, bombardeio aéreo e outros esportes violentos, esses terão um excelente ensejo para distenderem os nervos na entrada da primeira e segunda sessões do Glória. Por precaução, a empresa construiu um sistema de trincheiras em torno das portas, cercando-as de sacos de areia. Naturalmente, o ingresso será proibido aos menores, não porque a fita seja inconveniente, mas porque menores não têm a necessária resistência física para a *poussée* da entrada. Há farmácias na vizinhança e o telefone da Assistência é 640.

*

Quem aprecia caricaturas sonoras teve há dias um alegrão com o fim da perereca que abriu um salão de barbeiro.[9] O salão da perereca era musicado e cantado. Os bichos entravam e a cadeira recebia-os de braços abertos. A navalha da perereca era afiada a um ritmo de *fox-trot*. E a um dado momento: barbeiro, manicure, engraxate, cliente, todo mundo começava a cantar e dançar, e afundava-se no assoalho.

A perereca, ser eminentemente musical, incorpora-se assim no rol dos grandes artistas de cinema. Ao lado de Greta Garbo, de Stan Laurel, de Oliver

8 *Minas Gerais*, 10 jul. 1931, e *Revista do Arquivo Público Mineiro*, ano XXXV, 1984. Assinada com o pseudônimo de Barba Azul.

9 *Minas Gerais*, 20 jul. 1931, e *Revista do Arquivo Público Mineiro*, ano XXXV, 1984. Assinada com o pseudônimo de Barba Azul.

Hardy e de John Barrymore, a perereca da MGM terá seus *fans*, os seus detratores e os seus partidários. Ia-me esquecendo: ao lado de Carlito também.

Pouco importa que a perereca não exista de fato. Existirá acaso Carlito? Há a sombra Greta Garbo, a sombra Ramón Novarro, a sombra perereca. Assim como há a sombra leitor e a sombra realidade.

*

[...] Resposta à enquete de *A Noite Ilustrada*: O mais belo verso brasileiro? Os olhos de Kay Francis.[10]

*

O filme *Quo Vadis* é tão cacete que, quando S. Pedro, no caminho de Roma, pergunta à aparição celeste: "*Quo vadis, Domine*?", um espectador de percepção mais fina julgou ouvir a voz dolorida do Senhor: "Vou-me embora, não suporto mais este diretor e estes artistas."[11] Com toda a doçura, Cristo fugiria também de tantos museus que conhecemos, e onde as coisas formam um bolo rebarbativo, à maneira do *Quo Vadis*.

*

OVO DA PÁSCOA[12]

Esses ovos de Páscoa nas confeitarias, expostos já bem antes do Domingo de Ramos, fizeram-me lembrar aquele filme de René Clair em que as coisas são noticiadas no jornal antes que tenham acontecido – espécie de inversão do tempo, a infringir o monótono estatuto da natureza. [...]

---

10 *Minas Gerais*, 9 jun. 1934. .

11 *Correio da Manhã*, "Imagens do Rio", 17 jan. 1954.

12 *Correio da Manhã*, "Imagens do tempo", 11 abr. 1954.

As revistas datadas de sábado saem na segunda-feira anterior, e quase reproduzem o milagre de René Clair, noticiando de antemão o veredicto do júri do tenente ou o resultado do jogo entre dois grandes clubes de futebol.

*

O CIRCO[13]

[...] O cinema e o rádio mataram praticamente o que era fonte de alegria nos velhos tempos. E se essas manifestações lúdicas ainda aparecem de vez em quando, é porque cinema e rádio brincam de reconstituí-las. O circo Barnum, de Cecil B. DeMille, é muito mais espetacular do que o circo Barnum da realidade. As grandes festas populares, com bailados e cantorias, apresentam-se hoje a título de folclore, perante o cinegrafista ou o locutor que se incumbem de transformá-las em diversões modernas, para um público que não saberia estimá-las na sua graça nativa.

*

SILÊNCIO E FICHINHA[14]

[...] O eleitor se sentiria mais disposto ao serviço da pátria, e compraria jornal para ler jornal, iria ao cinema para ir ao cinema, ouviria rádio pelo rádio, e não para tomar conhecimento de caras, *slogans*, e cacofonias delirantes.

*

13 *Correio da Manhã*, "Imagens antigas", 1º jun. 1954.

14 *Correio da Manhã*, "Imagens eleitorais", 20 ago. 1954.

O VELHO ANDERSEN[15]

[...] Até que ponto essa poesia tocará os meninos de hoje, quando, se não verificamos o advento de uma nova sensibilidade, pelo menos assistimos à irrupção cruel de novas formas do maravilhoso, que obrigam a sensibilidade a uma adaptação apressada, feita simultaneamente de terror e de fascinação? Para muitos, a figura de Andersen é a que lhes mostrou o cinema, na interpretação de Danny Kaye, como Napoleão se confunde com o físico de Charles Boyer. O cinema cria novos mitos, que brigam com os da literatura, e facilmente os suplantam. Andersen pode ser reduzido a histórias de quadrinhos, mas esta técnica fabulosamente simples e eficaz de comunicação de imagens e sentimentos prefere aplicar-se a contos de rendimento mais garantido de um fantástico brutal e de uma realidade contemporânea. Como o talento consegue tudo (desde que a organização social não o impeça), Andersen faria hoje excelentes histórias para *comics*, mas as que ele compôs são antes documentos sentimentais do seu tempo, sobrevivendo num museu de arqueologia literária.

*

UM SORRISO[16]

[...] A intimidade do ovo não constitui mistério para naturalistas; para nós, leigos, é preferível devassá-la através de imagens, na grande universidade popular que é o cinema.

*

15 *Correio da Manhã*, "Imagens da criação", 5 abr. 1955.

16 *Correio da Manhã*, "Imagens da natureza", 2 ago. 1955.

MANCHETES[17]

[...] No mais, tivemos a estreia auspiciosa de um novo crítico cinematográfico, que leva sobre os colegas a vantagem de contar para a cobertura de seus juízos com um aparelho de convicção numeroso e eficiente. Refiro-me ao sr. coronel chefe de polícia, que fulminou a sentença contra o neorrealismo italiano em geral, e acusa o filme nacional *Rio, 40 graus* de "procurar destruir a confiança no espírito de solidariedade humana e bondade de nossa gente" (são palavras que ouvi do novo crítico em seu programa radiofônico). Pelo visto, s.s. irá selecionar os temas que cabe tratar nas películas brasileiras, recomendando ainda o tratamento conveniente a cada tema. Presumo que os nossos filmes passarão a ser feitos à base de bons sentimentos, pondo de lado "aspectos negativos e deletérios" que absolutamente não existem numa grande cidade, ou que, se existem, não é para serem filmados: é para serem ignorados. Avalie V. as consequências de extensão de semelhante critério ao campo da literatura e das artes em geral, sob pretexto de censura, e à sombra frondosa da Constituição.

*

CANTIGA[18]

[...]
Não aumentes, janeiro, o meu cinema,
leva contigo o tal cinemascópio,
mas deixa em Laranjeiras e Ipanema
a barateza alegre deste ópio.
[...]

*

---

17 *Correio da Manhã*, "Imagens do Rio", 7 out. 1955.

18 *Correio da Manhã*, "Imagens do tempo", 1º jan. 1956, e *Versiprosa* (1967).

COMPRA-SE TUDO[19]

Ultimamente tenho lido o jornal do fim para o princípio, método que recomendo quando a situação internacional se agrava. Pegando o segundo caderno, toma-se conhecimento dos programas de cinema e teatro, a que é bom ir de imaginação, mais que de corpo. Nome de estrelas bem-amadas surgem um instante em nosso firmamento particular, cintilam e passam.

*

PINTE SUA CASA[20]

[...] Aconselho o leitor a transportar móveis escada abaixo: testa os músculos, relaxa os nervos. Algum torcicolo que sobrevier será secundário. O prazer de "fazer força"! Quase nunca se o experimenta na cidade, salvo ao entrar no cinema ou no ônibus.

*

INÁCIO[21]

[...] Nós, grandes, temos de suar frio para descobrir motivos de diversão, e ai da gente se os irmãos Lumière não inventassem o cinema, para suprir-nos os hiatos de imaginação.

*

19 *Correio da Manhã*, "Imagens do tempo", 23 ago. 1956.
20 *Correio da Manhã*, "Imagens urbanas – I", 16 out. 1956.
21 *Correio da Manhã*, "Imagens particulares", 19 mar. 1957.

POUPANÇA[22]

Chegou a hora de toda gente deixar de ir ao cinema cinco vezes por mês e inverter o capital poupado em obrigações Brasília ou, se preferir, em obrigações metrô, pois ambos os tipos são bons: um permitirá fazer nova capital, deixando esta entregue ao seu destino, como irrecuperável; outra dará um jeito na capital abandonada, e a irá mantendo para o caso de o governo não se dar bem em Brasília.

*

AMIGOS DA CIDADE[23]

[...] Campanha educativa, que pega na escola o futuro cidadão e o convida a não depredar a estátua, o jardim público, o poste de luz, o bonde, o calçamento, a poltrona do cinema (ah, as poltronas de cinema nos bairros mais elegantes do Rio, cortadas a gilete pelos próprios animais que nelas se sentam!). Concursos escolares de nível primário, com prêmios para os melhores trabalhos de redação, figuram na base dessa campanha, que alcança os diferentes graus de ensino. Realmente, o maior inimigo da cidade ainda é o seu morador, quando entregue aos instintos primitivos e antissociais que dormitam na caverna de cada um. [...]

*

REFORMA[24]

[...] Ramos não se exime de cobrar mais 2% sobre a venda de ingressos em casas de diversões públicas. Nem podia eximir-se. Taxar o ato do cidadão que vai ao cinema para esquecer as taxas pagas durante o dia é operação

22 *Correio da Manhã*, "Imagens (ordem) do dia", 18 jul. 1957
23 *Correio da Manhã*, "Imagens do Brasil", 27 ago. 1957.
24 *Correio da Manhã*, "Imagens legislativas", 10 set. 1957.

que nenhum reformador digno desse nome deixa de praticar. A imagem "casa de diversões" deve associar-se, no subconsciente legislativo, à ideia de crime ou delícias infernais, que convém punir previamente. E estamos quase chegando ao ponto de, na bilheteria, pagar mais pela ida ao espetáculo do que pelo espetáculo em si. Não seria interessante converter os guichês de cinema em coletorias, e, mediante convênio com os exibidores, pagar ali de uma vez todos os tributos devidos ao César? [...]

*

EMOÇÕES[25]

[...] Para espairecer essas emoções, fui ao cineminha do bairro ver um filme sobre sociedades anônimas. É de Judy Holliday – a burra mais inteligente que existe – e mostra como quatro ou cinco indivíduos, nos Estados Unidos, administram o dinheiro de milhares, passando-o em parte para o seu bolso, com a maior lisura. Às assembleias comparece meia dúzia silenciosa de acionistas, e o grosso deles, de longe, nem sabe o que se passa. Os diretores autoaumentam seus vencimentos e dão-se por aprovados. Tive, por vezes, a sensação de que estava diante de uma sociedade de economia mista no Brasil, com diretores recebendo um milhão de gratificação por ano, e ganhando, não um cadilac de ouro, como no filme, mas um bom carro. O mundo, eu sei, é pequeno.

*

CARLOS, LIVREIRO[26]

[...] Não sou pessimista quanto à sorte da vida intelectual, e admito mesmo que se o livro vier a desaparecer amanhã será porque outras técnicas de

25 *Correio da Manhã*, "Imagens da hora", 24 set. 1957.
26 *Correio da Manhã*, "Imagens exemplares", 8 abr. 1958.

formação mental virão substituí-lo. Mas em qualquer tempo, e sob qualquer técnica, há sempre o risco da imbecilização, causada pelo espreguiçamento na facilidade: é tão mais fácil deixar que o rádio, a TV e o cinema nos tragam tudo já explicadinho, tão melhor renunciar ao corpo a corpo com o livro!

*

MOSAICO[27]

[...]
Ao cinema não vou, sob a canícula:
sem ar refrigerado, é mesmo picolé
a chance de voltar com vida à casa,
e não quero morrer no escuro e em brasa.

*

AQUI, ALI[28]

[...]
Kay Kendall, seu nariz arrebitado,
seu *humour* e seu magro corpo alado.
Era bela e dançou. Pelo cinema,
erram saudades suas: serei'ema,
risco de galgo e flor, foi-se com a brisa.
[...]

*

---

27 *Correio da Manhã*, "Imagens de verão", 14 dez. 1958.
28 *Correio da Manhã*, "Imagens consoantes", 13 set. 1959, e *Versiprosa* (1967).

VAMOS AO TEATRO[29]

[...] E, francamente, o cinema, nossa velha cocaína de todos os dias, está ficando de amargar, com o preço subindo e a arte e o conforto baixando.

*

DOMINGO DE CADA UM[30]

A personagem interpretada por Melina Mercouri é que está com a razão: *never on sunday*,[31] domingo é para outra coisa. Que coisa? Isso não se sabe. A grega do filme reunia os amigos e divertia-se com inocência, mas deve ser bom estabelecer para os domingos, sobretudo, o programa de não ter programa.

*

MUSEU: CAUTELA[32]

[...] Não temos bastantes museus para o povo, embora o povo frequente pouco os museus que possuímos, preferindo os cinemas.

*

29 *Correio da Manhã*, "Imagens cariocas", 30 abr. 1961.

30 *Correio da Manhã*, "Imagens da semana", 18 jun. 1961.

31 C.D.A. faz uma referência ao título do filme estrelado por Melina Mercouri, dirigido por Jules Dassin e lançado em 1960. No Brasil, a obra estreou nos cinemas como *Nunca aos domingos*.

32 *Correio da Manhã*, "Imagens cívicas", 31 jan. 1962.

RAIO DE SOL[33]

[...] Vamos ao teatro... em São Paulo, porque aqui os cinemas ferram 170 cruzeiros por um filme de carregação, em cópia reles, com direito a uma camada de espectadores sentar-se no degrau da escada, outra sentar-se em cima da primeira, e uma última em cima das duas, todas comendo pipoca e apreciando os jornais cinematográficos em que o governador do estado do Rio de Janeiro, invariavelmente, inaugura uma bica da qual jorra um discurso.

*

AZUL & BORBOLETA[34]

[...] Não irá à praia, é claro, nossa querida Greta Garbo; se lhe desse na veneta tomar um jato e vir espairecer no Arpoador, desistiria ante o apelo que lhe fez Gilberto Souto, no *Correio da Manhã*: "Não voltes, Garbo!" Bem que eu estimaria que voltasse, pois, como você é testemunha, tive a fortuna de ser seu camarada quando ela, nos bons tempos, incógnita, passou uma temporada em Belo Horizonte; mas isto são garbos passados. Por mim, se me fosse dado apelar, diria: "Volta, Garbo. Te amamos jovem e jovens. Te amaremos com a certeza dos afetos que se libertaram da lei do tempo. Conversaremos de coisas imunes ao aniquilamento, coisas superiores à beleza e ao cinema. Tomaremos chá metafísico e passearemos de novo no parque." Isto diria eu, e você, compadre, me secundaria, pois garranos somos, com muito honor. [...]

*

---

33 *Correio da Manhã*, "Imagens do tempo", 14 fev. 1962.

34 *Correio da Manhã*, "Imagens do tempo", 29 mar. 1962.

A polícia, que expediu certificado de censura a *Os cafajestes*, proíbe agora a exibição de *Os cafajestes*.[35] A proibição não é extensiva à atividade de cafajeste; o filme, sim, é que é perigoso.

*

Abril, 16 – Esplêndido filme de Stanley Kramer, *Julgamento em Nuremberg*.[36] Fiquei satisfeito com a sentença do velho juiz Spencer Tracy, que teria sido a minha se algum dia eu me animasse a julgar alguém. Às vezes me acuso de certa dureza na apreciação de fatos e pessoas, mas no caso a decisão de um juiz tão diferente de mim pela psicologia, como é o juiz interpretado pelo ator, deve prevalecer sobre o impulso meramente sentimental. Mas isso nas situações realmente graves. Para o varejo da vida, acho cada dia mais preferível decidir pelo sentimento e ter pena de todos, em geral, inclusive de nós mesmos. Aprendi vivendo, e o aprendizado continua.

*

O último tópico não é bem primavérico, pois se trata de um anúncio de demolição, mas não custa aplicar o manjado golpe do terno devir das coisas, e imaginar um vergel de manacás nascendo onde vai deixar de ser um cinema na rua do Passeio.[37] Ali já foi sede da ABI, virou Cine-Metro, vai virar edifício de escritórios, naturalmente com um bom banco no térreo, pois hoje é expressamente proibido construir qualquer coisa sem um banco bem moderno no rés do chão. E lá se vai o leão da Metro, que urrava nos longes de velhas lembranças da Cinelândia. Passei pelo local e interroguei ditas lembranças. O fantasma de Norma Shearer esvoaçou, sorriu e sumiu entre as árvores do Passeio Público: e era ainda primavera.

---

35 *Correio da Manhã*, "Imagens por aí", 15 abr. 1962.

36 Anotação feita por C.D.A. em seu diário, datada de 16 de abril de 1962, posteriormente publicada no *Jornal do Brasil*, em 23 dez. 1980, e no livro *O observador no escritório* (1985). O filme em questão, no original, é *Judgement at Nuremberg* (1961).

37 *Correio da Manhã*, "Imagens do tempo", 19 set. 1962.

*

FÉRIAS[38]

[...] E o filme era desses que tanto podem servir para gente grande como para crianças – quer dizer: servem apenas para crianças não alfabetizadas. Julho é o mês em que os pais são condenados ao cinema dos filhos. O resto do ano, eles estão condenados ao cinema que os exibidores preferem, e que acham (sem consultar nosso gosto) que deve ser do nosso especial agrado.

*

O ERRO DO GUARDA[39]

[...] Esses paraísos, todos os compramos ou vendemos a cada dia, e o uso que deles fazemos, convertido em rotina, já não sugere a ideia de bem e de mal. O mais inócuo dos costumes, ir ao cinema, equivale psicologicamente às expedições noturnas de Baudelaire e De Quincey ao reino do haxixe ou do ópio.

*

PEQUENOS & GRANDES[40]

[...] O crítico cinematográfico fala sobre um diretor desta praça:

— Ainda não vi o filme dele, mas garanto que não presta. Se prestar, então o cinema não é arte.

38 *Correio da Manhã*, "Imagens urbanas", 7 jul. 1963.

39 *Correio da Manhã*, "Imagens de sonho", 26 jul. 1963.

40 *Correio da Manhã*, "Imagens soltas", 29 nov. 1963.

*

DE VOLTA[41]

[...] Em Buenos Aires, deu-lhe vontade de ver *O silêncio,*[42] de Bergman, e não pôde; depois de um mês no cartaz, para maiores de 22 anos, o Ministério Público apreendeu o filme, declarando-o nocivo à santa moral que nos rege e santifica.

*

O OUTONO, O CÉU[43]

[...] As carnes em flor submetiam-se a seu poder de fato, Catherine Deneuve falava de Marilyn como a mais bela mulher que já se entregou às câmeras de cinema, e transitava entre a areia e o céu essa jubilação das coisas que se exprimem na luz. A luz, esculpe-as, encandece-as, dançarina-as, valoriza-as, torna-as mais saborosamente coisas.

*

O MAINÁ[44]

[...] No caso, o benefício é colossal, pois com a recuperação da prestância de Garrincha se salva aquilo que o filme de Joaquim Pedro de Andrade chamou inspiradamente de alegria do povo.

*

---

41 *Correio da Manhã,* "Imagens no tempo", 26 fev. 1964.
42 Título original: *Tystnaden* (1963).
43 *Correio da Manhã,* "Imagens da terra", 15 abr. 1964.
44 *Correio da Manhã,* "Imagens misteriosas", 24 jun. 1964.

O pagador de promessas, com sua cruz às costas, passava à tarde pela avenida Copacabana, despertando pouco interesse.[45] Hoje em dia, um madeiro de vinte quilos não impressiona mais ninguém. Haverá outros mais pesados, certamente. Qualquer dona de casa carrega mais do que isso, ao voltar do supermercado, quando circula o boato de que vai faltar esse ou aquele gênero de primeira necessidade.

Além disso, tinha-se a impressão de que o rapaz estava imitando o filme. Um garoto chegou a dizer que com certeza ele anunciava a reprise do sucesso de Anselmo Duarte – e queixou-se de que cinema no Rio é fogo, passa filme novo só de cinco em cinco anos.

*

O VERSO DE LIMA[46]

Greta Garbo, esta, ganhou 31 anos em cinco etapas. Através de cinco operações plásticas, ficará sucessivamente como era em 1939, 37, 36, 35 e 33, encarnando cinco damas de grata remembrança, de Ninotchka à rainha Cristina. Vem aí seu festival, mostrando que o cinema é o grande dr. Pitanguy da vida, restaurador de imagens e sonhos. Muito me extasiei com a Garbo e outrora lhe venderia minh'alma a troco de um breve favor, mas não porei os pés na sala em que ela reaparecer. Porque o cinema tem isso: restaura os rostos que amamos um dia, porém o da gente mesmo, nada. Ó vida misteriosa que não nos deixa viver!

*

45 *Correio da Manhã*, "Imagens da palavra", 26 jul. 1964.

46 *Correio da Manhã*, "Imagens de vida", 14 ago. 1964.

ALMA DOS FERIADOS[47]

Quatorze de julho, queda da Bastilha, era feriado nacional no Brasil; hoje, resta a queda do feriado. Não posso deixar de sentir os feriados com a alma infantil que os adorava. Eram poucos e bons.

Por serem poucos, envolviam-se numa dura aura de prestígio e encantamento, que os fazia longamente esperados e agudamente saboreados em sua polpa de descanso ou excursão. E como também as distrações no interior fossem raras, ninguém tinha problema de hesitar entre elas, ou se queixava por que o tempo fosse insuficiente para degustá-las todas. Ir ao cinema constituía aventura pouco menos que extraordinária, para não dizer impossível, pois o cinema não funcionava durante o dia, salvo em grandes e pecaminosas cidades, como o Rio de Janeiro; nas pequenas cidades, tínhamos de esperar a noite de domingo, quando, depois de molhada convenientemente a tela, e tocada várias vezes a campainha, para alertar os frequentadores displicentes, que pitavam lá fora o seu cigarrinho, a imagem trêmula começava a projetar-se de cabeça para baixo, e era um custo reconduzi-la à posição exata.

Não havia mesmo distração nenhuma durante o feriado, salvo o próprio feriado e nossa capacidade de fruí-lo. [...]

*

MORTE DAS PALMEIRAS[48]

[...] Se eu voltasse a ser repórter, não gastaria meu tempo ouvindo estrelas de cinema e governadores eleitos, pois já se sabe o que eles dizem. De preferência ouviria seres que não falam, mas que podem ser entendidos mediante técnicas de sentimento e intuição.

---

47 *Correio da Manhã*, "Imagens de sueto", 14 jul. 1965.

48 *Correio da Manhã*, "Imagens cariocas", 15 out. 1965.

*

O padre e a moça no cinema.[49]
Emoção funda quem não há de
sentir ante este filme-poema?
Salve, Joaquim Pedro de Andrade!

*

CIRCO[50]

[...] O circo, que é duplamente arte de família feita por grupos familiares educados na tradição, para um público familiar por excelência, que vai do netinho ao vovô, teria sua oportunidade de revelar à gente nova, intoxicada de shows de televisão e imagens de cinema, o viço, o frescor, o dinamismo de um espetáculo que uniu no passado o Brasil urbano ao Brasil rural, funcionando como sonho ambulante, alegria ingênua, viageira e barata – uma alegria de que andamos todos mui precisados, em face dos penúltimos, dos últimos (e futuros acontecimentos).

*

CRIANÇA & OUTROS[51]

Como sobra tempo também para ver e admirar *O padre e a moça*, o primeiro longa-metragem de Joaquim Pedro de Andrade feito com base em

49 *Correio da Manhã*, "Imagens sortidas", 7 jan. 1966.
50 *Correio da Manhã*, "Imagem esbatida", 16 mar. 1966.
51 *Correio da Manhã*, "Correio de imagens", 1º abr. 1966.

um poema do seu compadre, mas alcançando uma autonomia conceptiva que o torna criação típica de um jovem cineasta ciente e consciente do que pode render, em expressão e comunicação, a imagem cinematográfica. Você encontra ali uma história densa, enquadrada na paisagem dramática dos arredores de Diamantina e ligada a uma realidade social de miséria e ruína, que torna patéticos os arraiais mineiros da mineiração. E tudo é belo, quando chega a hora da beleza. Não me julgo suspeito para dizê-lo, pois, como disse, o filme parte, ou melhor, sai do poema para se desenvolver por conta própria, criando sua motivação e seu conflito, enquanto os versos se resumem ao itinerário de uma fuga. Sai-se do cinema levando para casa a companhia das imagens de Joaquim Pedro.

*

NO CARNAVAL[52]

As artistas de cinema convidadas para o carnaval carioca são exibidas como animais raros, que devem encantar pela graça, pela amenidade, pela beleza, pela eterna juventude, pela inteligência e pelo saber abrangente de todos os problemas do mundo atual; não, não lhes exigimos conhecer física nuclear.

*

CARA OU COROA[53]

Shirley Temple, essa, não perdeu no cara e coroa. Perdeu no voto, sistema bastante antiquado de escolha. Os que se lembram dela em botão, porque tinham filhas da mesma idade e as levavam ao cinema para se encantarem com aquela gracinha de garota, em que cada garota se projetava, esses, por amor da Shirley-cromo, não lamentarão o insucesso da Shirley candidata

52 *Correio da Manhã*, "Festa de imagens", 5 fev. 1967.
53 *Correio da Manhã*, "Imagem vária", 17 nov. 1967.

a senador pelo Partido Republicano. Com toda aquela graça e meiguice da década de 1930, reclamar mais guerra para acabar com a guerra! Não, não é possível. A menina merece umas palmadinhas, e foi o que lhe aplicaram os eleitores, com zelo paternal. E não me faça outra, sua levadinha!

*

TEMPO DAS ENTREVISTAS[54]

[...] Desista, antes de tocar a campainha do apartamento; vá à praia, ao boliche, ao Maracanã, ao cinema, à namorada, faça qualquer coisa, estude inclusive; não perca tempo com escritores!

*

PÁGINAS DE DIÁRIO[55]

Outubro, 25 – Uma empresa de São Paulo me convida a produzir uns versinhos para o seu calendário-brinde de 1969, que desenvolverá o tema "Todas as mulheres do mundo são brasileiras", isto é, são muito variadas as raízes étnicas de que se vai formando o tipo feminino nacional.

Somos doze colaboradores, um para cada mês e para cada tipo de mulher, representado por modelos de alegrar a vista. Entre os companheiros, ouvi falar em Fernando Sabino (a mulher saxônica), Di Cavalcanti (a nossa prezada negra), Antonio Callado (a índia), Millôr (a oriental). Um colega novo nas letras, Mário Andreazza, escreverá sobre a mulher brasileira em geral, resumo de todas. A mim tocou a escandinava, talvez pelo meu confessado amor a Greta Garbo. Estou tentando aviar a encomenda:

---

54 *Correio da Manhã*, 30 ago. 1968.

55 *O observador no escritório* (1968), "Todas as mulheres do mundo", e *Jornal do Brasil*, "O amargo fim de 1968", 17 mar. 1981.

Rara, clara, cara.
Altura de edifício de São Paulo.
Azul porcelaníssimo nos olhos.
Jeito de calar no conversar
E gestos-silêncio, em nevoeiro
A fluir da cabeleira linholúmen.
Pés longos como alexandrinos caminham céleres
E não pisam: foice-relâmpago.
Garbo da Garbo: Miss Mistério
Que Cruz e Souza havia de cercar
De rutilâncias,
Mas chega tarde, após o simbolismo
E estuda qualquer coisa: Economia?
Erótica? Eurística?
Cibernética?
Das 7 e 30 às 12. O mais é vela e vôlei.
Mãe futura de louros icebergs,
Salvo se casar com nordestino
(Os astros é que sabem) usineiro.

*

BAIXOU O ESPÍRITO DE NATAL[56]

[...] Mudança radical na programação dos cinemas, durante a Semana de Cristo: não se exibirá nenhum filme que tenha mais de cinco trucidamentos a machado, e três cenas de violência sexual em orfanatos.

*

56 *Correio da Manhã*, 13 dez. 1968.

ENTREVISTA SOLTA[57]

[...]

— E o Festival do Filme?

— Genial. Vai mostrar aquilo que não se vê mais nos cinemas: filmes.

*

PEQUENAS NOVIDADES[58]

[...] Era o que o velho Bach queria demonstrar a seus alunos, sobre as formas de prelúdio e fuga: tempere-se bem o cravo, o piano, a vida. Surgirão daí, como surgiram para o deus-João Sebastião, novas tonalidades e uma liberdade nova.

Foi o que conseguiu Joaquim Pedro de Andrade, com seu *Macunaíma,* aplaudido em Veneza. Afinou bem o instrumento, para traduzir em imagens a rapsódia de Mário de Andrade. O filme foi visto aqui por um grupo de convidados do autor. Merece e precisa ser visto pelo público, que espera do cinema alguma coisa mais do que a repetição, em série, de chavões clássicos ou vanguardistas. Está ficando tão chato ir ao cinema! O filme que vemos hoje é o mesmo de ontem e o de amanhã. *Macunaíma* rompe com essa arte sonífera. É o encontro rabelesiano de dois poetas, Mário e Joaquim, igualmente criadores. Seria uma lástima ver essa criação proibida ao consumidor a que ela se destina, quando revela a capacidade brasileira de fazer cinema. Veneza terá mais sorte (e mais direito) que nós?

*

57 *Correio da Manhã,* 12 mar. 1969.

58 *Correio da Manhã,* 10 set. 1969.

O FILME, AS GAROTAS[59]

Que sorte estar vivo em novembro de 1969. Cada dia tem uma novidade. Tudo explode. Da explosão brota um filme como *Macunaíma*, de Joaquim Pedro de Andrade, que redescobre – ó surpresa geral – Mário de Andrade, uma das minas de diamante do Brasil, esquecida há mais de vinte anos. O filme é uma festa, uma graça, um rodopio, um churrasco, uma pancada na cuca, uma ocasião de rir e de expelir solitárias que comprometiam a paisagem intestinal. Rimos do herói sem nenhum caráter, ou de nós mesmos? Não interessa saber, interessa é ver o filme funcionando, e funcionar dentro e em frente dele, atores-espectadores levados na torrente mítico-satírico-manducativa de Mário e Joaquim Pedro, ambos heróis de muito caráter.

*

ESCOLHER[60]

[...] Cinema para ir. Qual o filme pior? Se ao menos a gente soubesse, preferia ele. Nem isso.

*

EM PRETO E BRANCO[61]

[...] Em preto e branco as coisas feias doem menos, e as bonitas continuam bonitas, com possibilidade de se vestirem de roupagens ainda mais belas, criadas pela nossa fantasia. O cinema em Technicolor costuma ser de um cafajestismo que ofende nosso pudor visual. Certos tons de vestuário pra frente são isto que os senhores estão vendo: uma coisa que machuca a vista

---

59 *Correio da Manhã*, 13 nov. 1969.
60 *Jornal do Brasil*, 2 abr. 1970.
61 *Jornal do Brasil*, 16 jun. 1970.

do próximo. Então, bolas para a televisão colorida. Passemos mais uns cinco ou seis anos sem ela. Recomendo, como sucedâneo, olhar as nuvens. Têm estado belíssimas.

*

PROLFAÇAS[62]

[...] Os fãs de Catherine Deneuve (cujos sou um deles) não perderam seu último filme por motivo de obrigação eleitoral. O olhador de nuvens olhou. [...]

*

CALÇA LITERÁRIA[63]

[...] Hoje, lê-se mais nos tecidos do que nos livros, e não é ler apenas, é ver cinema e televisão, pois os corpos, ao se moverem, movimentam as figuras estampadas. O que, de um modo ou de outro, contribui para a cultura de massas.

*

É, MAS E NÓS?[64]

[...] Um cinema sofisticado da Zona Sul cogita de instalar uma orquestra saudosista para acompanhamento de filmes dos irmãos Lumière e da Biograph.

---

62 *Jornal do Brasil,* 6 out. 1970.

63 *Jornal do Brasil,* 27 abr. 1971.

64 *Jornal do Brasil,* 27 ago. 1971.

*

POLUIÇÃO GERAL[65]

[...]

— Não vou mais a cinema. Esses Pasolinis, esses Antonionis não fazem outra coisa senão poluir a arte de Murnau.

Um sujeito pergunta a outro:

— E como vai você?

— Poluidamente.

[...]

*

DÚVIDA[66]

Diante do cinema que exibe novo filme sobre *O planeta dos macacos*, é caso de indagar que diferença terá esse planeta daquele que habitamos.

*

QUESTÃO DE IDADE[67]

— O filme é proibido para 75 anos, não viu na bilheteria?

— Vi. Mas eu tenho 76.

*

---

65 *Jornal do Brasil*, 20 nov. 1971.

66 *Jornal do Brasil*, "De João Brandão", 15 mar. 1973.

67 *Jornal do Brasil*, 7 jul. 1973.

CINEMA, CAFÉ & MAXIXE[68]

Ah, que saudade eu tenho do Cinema Iris de 1909! Mexia tanto com a gente, era a melhor coisa do Rio. Mas eu nunca fui ao Cinema Iris, em 1909 ou depois. Não importa. Isto se chama nostalgia, e está em moda furiosa. O livro das definições esclarece: "Nostalgia – estado de abatimento provocado por tristeza profunda, causado por afastamento de pessoas de seus lugares de origem, ou das coisas amadas, e o constante desejo de tornar a vê-las."

*

SEM ÓDIO[69]

O filme não presta, a peça é indigerível? Assista sem ódio.

*

AGRADÁVEL[70]

Agradável é sentir que todas as faixas etárias se unificam no mesmo riso e na mesma emoção generosa, diante de *Luzes da cidade*,[71] e que Carlitos resiste a tudo: ao tempo, à sofisticação cinematográfica e ao título engomado de *Sir*.

*

68 *Jornal do Brasil*, 6 abr. 1974.

69 *Jornal do Brasil*, 20 ago. 1974, e *Os dias lindos* (1977).

70 *Jornal do Brasil*, 11 jan. 1975.

71 Título original: *City lights* (1931).

OUTRAS VACINAS[72]

[...] Não sei se será pedir demais; em todo caso, atrevo-me a requerer uma vacina cultural contra os gênios cinematográficos, tipo Godard, Pasolini, Antonioni, o próprio Bergman (Deus me perdoe), que costumam tirar à gente o gosto de ir ao cinema, devido à genialidade excessiva de suas criações.

*

PRECISA-SE[73]

[...] Outro homem à procura de alguém é o cineasta Paulo César Saraceni. E que alguém: um santo. Não um santo canonizado, mas de qualquer modo um santo. Seu próximo filme mostrará Anchieta entre índios, problemas, versos, gramáticas e milagres. Mas falta encontrar o homem que, a começar pelos traços físicos, revele a espiritualidade ativa do canarino e convença os espectadores: Este é realmente José de Anchieta. Depois de procurar entre conhecidos, Saraceni mandou-se para a avenida Rio Branco, na esperança de ver um Anchieta passar na calçada – o que já é milagre de vulto, pois quem consegue espaço hoje em dia numa calçada? Anda muita gente pela Rio Branco, de manhã e de noite; por que não andaria um santo poeta e lexicógrafo? Ou a espécie acabou, e há que recorrer a um modelo qualquer, fisicamente inexpressivo, para representar aquele que mereceu a láurea: *Sanctitate et miraculis clarus*?

*

---

72 *Jornal do Brasil*, 18 jan. 1975.

73 *Jornal do Brasil*, 15 mai. 1975.

ESCRITORES E PRÊMIOS[74]

[...] Alguma coisa, de resto, se fez há pouco no setor de cinema, com a série de documentários sobre escritores, criação feliz de Fernando Sabino.

*

HORA DE CHORAR[75]

— Se era filme de verter cascatas de pranto, passava longe do cinema.

*

O COMÉRCIO DA PRIVACIDADE[76]

Mas esta é a velha Garbo, seminua
assim na praia, lamentavelmente?
Não. O retrato, em que a maldade estua,
é da alma do fotógrafo, somente.

*

O LIVRO NA PRAÇA[77]

[...] Estamos cada dia mais inclinados a cercear a liberdade em proveito deste ou daquele objetivo considerado justo, como se fosse normal conciliar justiça e privação de liberdade. Não gosto que me obriguem a ver um mau

74 *Jornal do Brasil*, 1º nov. 1975.
75 *Os dias lindos* (1977).
76 *Discurso de primavera e algumas sombras* (1977).
77 *Jornal do Brasil*, 28 abr. 1977.

filme nacional no lugar de um bom filme europeu ou japonês, ao mesmo tempo em que verifico, satisfeito, que os bons filmes brasileiros começam a impor-se por si mesmos, e não devido à reserva de dias de exibição. [...]

*

CINEMA OBRIGATÓRIO[78]

Este jornal coloca-se na vanguarda dos que lutam pela afirmação nacional em todos os setores de atividade produtiva, com vistas à plena realização do homem brasileiro. Hoje trazemos nossa contribuição ao problema do incentivo à indústria-arte do cinema aqui e agora. Já assegurada há muito a obrigatoriedade de exibição de nossos filmes de longa-metragem em determinado número de dias, durante o ano, e recentemente a de nosso curta-metragem conjuntamente com os longos estrangeiros, faz-se mister que o governo baixe decreto tornando obrigatório o comparecimento de cada brasileiro frequentador de cinema a pelo menos doze programas nacionais durante o ano. Uma vez por mês: será pedir muito?

*

UM PACOTE DE PORQUÊS[79]

Por que não se concede ao dublador um Oscar correspondente ao do ator premiado em Hollywood?

*

---

78 *Jornal do Brasil*, "Jornal em drágeas", 9 mar. 1978.

79 *Jornal do Brasil*, 8 abr. 1978.

IGUAL-DESIGUAL[80]

[...]
Todos os filmes norte-americanos são iguais.
Todos os filmes de todos os países são iguais.
Todos os *best-sellers* são iguais.
[...]

*

JORNALZINHO SIMPLES[81]

D. Lisete Góis escreve a este jornalzinho sugerindo a criação de salas especiais destinadas à exibição de filmes não pornográficos. A carta é longa; resumo: "Todos os cinemas do meu bairro estão mostrando as noites de orgia, as diabruras do sexo, as proezas de Casanova, os uivos das ninfomaníacas, os degradados filhos de Onã. Já vi tudo isso na semana passada e na atrasada e nas anteriores. Não sou de condenar esses filmes, confesso até que gosto de ver um ou outro, que traga realmente novidade. Mas novidades não há. Então me dá o desejo de ver um filmeco não *pornô*, uma coisa qualquer que trate de outros assuntos. Será que estão proibidos, ou não existem mais salas próprias para exibi-los? Então, criem-se tais salas. A princípio terão pequeno público, mas com um pouco de publicidade, a frequência dará lucro."

*

80 *A paixão medida* (1980).
81 *Jornal do Brasil*, 14 jul. 1981.

POUCAS PALAVRAS[82]

— E sabe que, se não fosse o filme *pornô*, aumentaria ainda mais o número de desempregados?

*

MIRANTE[83]

Confesso a minha perplexidade ante o discurso do presidente, convidando a uma cruzada nacional contra a pornografia. Será meta adequada para o governo, quando não se deve distrair a atenção voltada para o problema inflacionário e as eleições de novembro? Afinal, existem sanções legais para quem transgrida a moralidade pública, e parece mais simples aplicá-las, pelas agências oficiais competentes.

A obscenidade é tão velha quanto o mundo, mas a educação e o bom gosto a repelem espontaneamente. É também uma indústria e um comércio, que acabam esgotando seus atrativos, como se viu em países onde se abusou dessa fonte de lucros.

Às vezes é do alto que vem o incentivo à permissividade, com as pornochanchadas que conseguiram auxílio financeiro da Embrafilme. Não esquecer, também, que certos aspectos do desfile de escolas de samba não primam pela castidade, e ministros de Estado voam de Brasília para ver e aplaudir o espetáculo, em assentos especiais, prestigiando a iniciativa da Riotur. Não sou contra esses aspectos, apenas desejaria que se deixasse ao público o direito de ver ou não ver, ler ou não ler, o que lhe agrade ou desagrade.

A cruzada que se propõe daria margem a graves equívocos, inspirados pelo excesso de zelo e pela hipocrisia. Flaubert e Baudelaire, na França, e Jorge Amado e Ivan Pedro de Martins, no Brasil, foram vítimas do moralismo obscurantista. A Bíblia não será um livro... inconveniente?

---

82 *Jornal do Brasil*, 29 ago. 1981.
83 *Jornal do Brasil*, 10 mar. 1982.

No desejo de ajudá-lo como assessor gratuito, presidente, peço-lhe que medite sobre essas coisas.

*

PÉTALA[84]

Caso de amor que me impressiona mesmo é o de Richard Burton com Elizabeth Taylor. Nunca vi dois mais unidos do que eles, até na separação. Casam-se e descasam-se em ritmo pendular, e quando se descasam é para se casarem com outra e outro, voltando em seguida ao imortal casamento. No decorrer do qual, se estraçalham. Nenhum dos dois ainda matou o outro, pois aí o jogo, digo, a paixão perderia o parceiro. Perderia? Não. O que morresse e o que sobrevivesse continuariam se matando (e se amando) em ondas metafísicas.

Cheguei à conclusão de que os dois são os amantes perfeitos, ao ler que Elizabeth interrompeu, no palco, a leitura de um poema de Dylan Thomas por Burton, dizendo-lhe: "Eu te amo." Ao que Burton respondeu: "Diga isso de novo, minha pétala." Minha pétala. Haverá declaração de amor mais sublime, em qualquer língua, mesmo a dos anjos? A mulher que merece ser chamada de pétala resume todos os jardins. O homem que chama de pétala à sua amada é o inventor dos jardins.

*

ARTISTAS E GOVERNANTES[85]

Clara vestida de branco, e cantando. Clara de sorriso aberto, entrelaçando música e religião. Clara presente de Minas Gerais ao Brasil: "Vocês acham

84 *Jornal do Brasil*, "Mirante", 13 mar. 1982.
85 *Jornal do Brasil*, 7 abr. 1983.

mineiro refolhado, escondedor de emoção, incapaz de alegria musical? Pois nós lhe damos Clara Nunes, o contrário disso tudo!"

Então a morte de Clara Nunes, sentida no país inteiro, um país que apesar de tudo ama e cultua os seus artistas, é também uma tristeza particular mineira, uma perda nossa, o fim de um testemunho humano de que precisávamos sempre, para mostrar aos incrédulos que a antiga terra de mineração é também terra à flor da pele, exposta, comunicativa, radiante. Clara Nunes, tão simples e luminosa, era nosso cartão de visita, em confronto amistoso com outras tendências regionais que se afirmam pela canção. Então, a gente não aceita facilmente o imprevisto cirúrgico de que resultou o silêncio irrecorrível de sua voz e de tudo que ela significava em sua alegria e saudável missão de cantar para os brasileiros.

A morte de Gloria Swanson é outra coisa. É assunto reservado para os mais velhos, os sobreviventes da era em que o cinema era novidade, e seus artistas se gravavam na lembrança da gente para o resto da vida. O céu baixara à terra, oferecendo-nos astros e estrelas. A princípio, entre aspas. Depois as aspas apagaram-se, e ficou aquele mundo estelar cintilando para plateias ainda ingênuas, que se apaixonavam por figuras moventes na tela. Gloria, sofisticadíssima para o tempo, não direi que fosse propriamente amada, mas admirada ela foi e, mais ainda, desejada. Ela própria não se mostrava muito preocupada com o amor, e ia colecionando maridos, motivo de curiosidade e espanto para os costumes brasileiros da época. Talvez sentíssemos um pouco de medo de uma mulher que nos usaria como objeto descartável. De qualquer modo, atraía-nos. Seus fãs estão hoje mortos, na maioria; restam alguns apaniguados, para deporem sob a antiga magia. Não se perdeu um amor, mas uma presença.

*

O AVESSO DAS COISAS[86]

O cinema tenta refazer o filme da vida, e às vezes o consegue.

---

86 *Jornal do Brasil*, 1º set. 1983.

*

PERMANÊNCIA DE MÁRIO DE ANDRADE[87]

[...] O cineasta Paulo Veríssimo trabalha há anos num filme macunaímico. Por onde vou, jovens me perguntam como era Mário, qual o jeitão dele, desejosos de um aprofundamento maior de intimidade com sua obra, por meio do conhecimento de sua vida e gestos. Por mim, sinto a emoção especial de ver que uma das adorações da minha mocidade é agora motivo de curiosidade e fascínio da gente moça.

*

A LIÇÃO DO DESFILE DAS ESCOLAS DE SAMBA[88]

Os políticos não aprenderam a lição dos Trapalhões, que, desavindos e separados, acabaram por voltar ao entendimento. Quando vi aqueles quatro comendo numa só mesa e rindo de quem os supunha divorciados para sempre, imaginei que o exemplo seria assimilado pelos dirigentes das organizações partidárias, não para formarem um lamentável partido único, mas para se mostrarem sensíveis à ideia de trabalho em comum. Os quatro Trapalhões continuam quatro e diversos no estilo e imagem de cada um, mas compõem um todo harmonioso. Os partidos brasileiros não captaram o espírito da coisa. É pena.

*

87 *Jornal do Brasil*, 18 out. 1983.

88 *Jornal do Brasil*, 13 mar. 1984.

O ator é metade gente metade personagem, não se distinguindo bem as metades.[89]

*

De tanto frequentarem o cinema, as pessoas acabam acreditando mais na tela do que na vida que levam.

*

A antiga "estrela", nos filmes reapresentados, é um fantasma às avessas.

*

Com o bilhete de entrada no cinema compramos um harém de mulheres maravilhosas que à saída nos abandonam.

*

Cinema e televisão brigam por melhor refletir a vida e acabam por torná-la menos compreensível.

---

89 *O avesso das coisas* (1987). Este e os demais trechos desta página foram retirados do mesmo livro.

V – IR AO CINEMA

Sentado à porta de casa, de olhos abertos,
ficava apreciando o cinema da vida.

não vou lembrar porque isto não é coluna de cinema.

na lembrança da gente para o resto da vida.

C.D.A.

DIANA, A MORAL E O CINEMA[1]

Anunciada com pomposo e tonitroante alarde, exibiu-se, há dias, na tela de um dos nossos cinemas, uma película d'assunto mitológico. Ante uma multidão inumerável de... marmanjos, passaram, céleres, por entre rodopiar de danças olímpicas, as velhas figuras do paganismo greco-romano. E, ao final, a impressão unânime foi de haver sido tudo aquilo um formidável *bluff*. Expliquemo-nos.

Já a Liga pela Moralidade, conspícua associação que cultua o catonismo *enragé* de uma virtude sublime, dissera cobras e lagartos do filme. Por isso mesmo, correram ao aludido cinematógrafo todos os pudibundos cavalheiros que, tendo a moral por norma, apreciam, lá de vez em vez, espectáculos onde tão gloriosa deusa não aparece. Afinal de contas, semelhante proceder da Liga redundou em estardalhaçante reclame, emprestando à fita o delicioso – incompáravel – sabor das coisas proibidas... E todos se enganaram, todos, inclusive a virtuosa sociedade, pois a película tanto tinha d'imoral quanto d'artística: nada. E a propósito: é uma velha prudência, esta em que se envolve, de permeio com a arte, o nome da moral. Sem pretender suscetibilizar melindres ou ferir pontos de vista, eu quero dizer, preliminarmente, que a moral é e sempre foi uma cousa relativa. Já o mesmo não se dá com a arte, à qual regem serenos e imortais princípios de estética pura. Assim, num conflito entre as duas, só a última poderá levar a melhor, perante a consciência dos bem-esclarecidos. Isto é, porém, uma ideia minha, e eu não faço lá muita questão de que os outros sigam as minhas ideias. Que a arte desconhece a moral – eu o creio, sem precisar de recorrer a mestre Tolstói: a arte prescinde perfeitamente de tudo, porque ela se basta e se contém. Ela é "a grande consoladora", diz-nos aquele grande budista que

---

1 *Jornal de Minas*, 15 abr. 1920.

foi Arthur Schopenhauer, e, como consoladora, vale mais, bem mais, que todos os princípios da alta moral esparsos neste mundo. Tais princípios, compendiados e reunidos, são, no dizer de Anatole France, "a súmula dos preconceitos gerais...".

É tremendo. Mas é verdadeiro. Assim sendo, e considerando o *film* como obra d'arte – boa ou medíocre, não importa –, é de todo em todo absurdo classificá-lo como repugnante. Será repugnante, porventura, a Anadiômena de Apeles? A fita, porém, é de uma pobreza artística desoladora, não passando de – perdoem-me o calão, senhores! – uma grossa *pinoia*. Não precisarei aludir às falhas de encenação e interpretação; mais me interessa o não haver sido levado em conta o essencial: a verdade mitológica.

Tenho aqui ao lado uma excelente *Nouvelle mythologie grecque et romaine*, de Commelin, culto professor honorário do Liceu Carnot. Logo às primeiras páginas – 42 e seguintes – se acha a lenda da encantadora e severa filha de Latona. A falar verdade, Diana não tem lenda. A mitologia, em última análise, é um agrupamento de fantasias bem medíocres e pueris, documentárias, aliás, do estado mental dos povos antigos. A adaptação cinematográfica da história de Diana, portanto, esbarra, logo de princípio, com o vazio do enredo. A deusa – uma deusa "grave, severa, cruel e mesmo vingativa", que, sem piedade, fulmina seus adversários, apaixona-se de Endimião, um dorminhoco eterno. Todas as noites, Diana, deusa da lua, lua ela própria, desce a vê-lo. Commelin, que é autoridade no assunto, põe Endimião a dormir o seu sono perpétuo numa gruta do monte Latmos. O *metteur-en-scène*, porém, no-lo mostra a roncar um sono passageiro num descampado, entre ovelhas. Se, por milagroso anacronismo, lhe aparecesse um guarda civil, creio bem que o coitado iria terminar a soneca por trás das grades... Mas o precavido diretor de cena despachou logo o coitado, mais a deusa, pro mundo da lua, e, assim, salvou a situação... Vejamos Pan, flautista amador. Pan é dado, pelo autor do nosso livro, como querido da deusa, que, por ele, "*néglige le beau et éternel dormeur Endymion*" (p. 179). Na fita, não há nada disso. Há um Pan alcoólico, a executar pulinhos coreográficos, que nem sequer depara com a filha de Júpiter!

Ora, isto, positivamente, não é sério... Acteão, representado, na tela, a vagar, horas mortas, pelos bosques, encontrando a rainha da lua no momento em que ela se entregava à prática altamente higiênica do banho frio – Acteão, di-lo Commelin, deu com tal espetáculo quando caçava. Este mesmo Acteão, transformado em galhudo cervo, é, consoante a lenda, devorado por cães; segundo o filme, aprisionado por caçadores. De tudo isto, o que se conclui é que a pundonorosa *vierge blanche* faria melhor em não haver nascido, para evitar, assim, a falência artística do cinematógrafo.

O AMENDOIM NO CINEMA[2]

Convalescido do discurso acadêmico do sr. Olegário Mariano, de que infelizmente só li as dez primeiras linhas, fui ontem à segunda sessão do Odeon. Estava cheia a sala de espera...

(Mas os senhores perdem o seu tempo se estão pensando que lhes vou narrar alguma cena de pugilato ocorrida no momento da entrada. As lutas ali são tão comuns que ninguém mais põe reparo nelas. Nem mesmo os contendores. Empurram-se e atacam-se com a maior fleuma deste mundo. Há dias eu vi um meninote assim, dando coices e chifradas nas costas de um senhor que estava na frente e que não podia deixar de ser seu pai. Digo que era seu pai porque ele, por sua vez, fazia o mesmo com o cavalheiro que lhe barrava a entrada e que tinha ares de avô... Afinal, comparada com a guerra europeia, essa conflagração diária do nosso cinema elegante não vale nada.)

Com algumas escoriações pelo corpo, o colarinho amarrotado, e sem bengala, consegui assentar-me numa cadeira da sala de projeção, bem por trás de uma coluna que me partia a tela no meio. Isso era o de menos. Mas, a um ligeiro movimento que fiz, qualquer coisa estalou no chão. Não era estalo de pulga quando morre, logo não era pulga. Antes que o leitor fique intrigado, eu digo o que era: um monte de cascas de amendoim, ali depositado por um amador qualquer dessa papilonácea tão tropical. Pelo salão afora, espalhados, outros montes iguais lavravam um silencioso, mas eloquente, atestado do quanto é apreciado o amendoim em Belo Horizonte.

Aliás, apreciado com razão! Amendoim é coisa muito boa. Mas penso que o melhor lugar para se comer amendoim é em casa. No cinema, não convém, ao menos por causas das cascas. Salvo se o cavalheiro ou cavalheira guardar as cascas no bolso, o que será fácil, ou se as engolir com a semente (isso agora já é mais difícil e me parece que perigoso).

---

2 *Diário de Minas*, 24 abr. 1927.

De qualquer maneira, julgo um excesso de amor pelo amendoim comê-lo no cinema. Excesso que pode levar a resultados desastrosos, como no caso de uma pequena linda, que, em plena fila do centro, uma noite dessas – senhores, eu vi –, foi obrigada a tirar o sapato e as meias a fim de extrair de sua rósea intimidade uma casquinha imprudente que se introduzira lá por artes do capeta…

Amigos, comei o vosso amendoim em casa, de pijama, chinelos e quarto fechado.

DE CIRCO E DE CINEMA[3]

Os nossos rapazes são de circo, as nossas garotas são de cinema. Essa classificação, demasiado sistemática, há de conter certa dose de injustiça, que é o tempero de todas as afirmações, ainda as mais inocentes. O circo e o cinema ainda não tomaram conta inteiramente da nova geração. Restam alguns rapazes que não são do picadeiro, algumas moças que não são da cena sincronizada. Mas são raros como a *edelweiss* ou como a flor de lótus. Portanto, exceção. A regra é o circo e o cinema, com todos os seus pseudônimos e sublimações freudianas.

Por exemplo: estádio, flirte, *footing*, chá dançante, discurso, baratinha, concurso de "misses". Todos são disfarces ou do cinema, ou do circo, ou dos dois ao mesmo tempo. Há uma palavra geral para tudo isso, tirada ao vocabulário de nossos avós: frivolidade. Mas não exprime bem, como tudo que é da língua e da gramática dos velhos. Frivolidade o que vem a ser? O moço que dá remadas amplas na lagoa Santa não é frívolo. A moça que corta o cabelo à ventania e transporta o corpo moreno em um vestido exíguo, com miçangas violetas em volta do pescoço, não é uma moça frívola. Há uma seriedade no cinema como no circo. Esses meninos e meninas talvez não saibam disso, mas o papel esportivo ou simplesmente serelepe que eles representam nem por isso tem um sentido menos profundo. Piolho e Joan Crawford: duas figuras nítidas, bem recortadas no tempo e no espaço, e que cruzam com você na rua, dizendo-lhe adeus na ponta dos dedos, ou convidando-o para um café. Afinal, humanos, indispensáveis e representativos.

São tipos gerais. Há, é claro, as diversificações que o clima e os costumes exigem, mas que não alteram a expressão íntima e constante. Piolho há de ser sempre Piolin, quer seja sobre o tapete ou à porta do Glória. Assim também

3 *Minas Gerais*, 26 abr. 1930, e *Revista do Arquivo Público Mineiro*, ano XXXV, 1984.

Joan Crawford, no clube de sociedade ou no bonde operário, cheirando a Guerlain ou à Perfumaria Flor do Amor. O inventor das criaturas varia pouco os modelos e diverte-se com nossa miopia. No fundo, nós todos (e não apenas os rapazes de bigodinho e as garotas de boina e casaco sobre os ombros), nós todos somos de circo e de cinema. Ou antes: nós somos do amor.

IR AO CINEMA[4]

De todas as artes, parece que o cinema é até hoje a menos compreendida. Talvez porque seja a mais recente e não houve, materialmente, tempo para compreendê-la. Enquanto a pintura levou séculos a evoluir de Apeles para Matisse, e a poesia abrange, de Salomão a Paul Éluard, uma série infinita de nomes, de obras e expressões, o cinema, em pouco mais de dez anos, passou das arlequinadas meramente recreativas de Max Linder à complexidade dolorosa de Carlitos. Sem falar na técnica e nos processos, que ontem eram os de lanterna mágica e hoje são os dos *talkies*, com todo o fogo sutil das superposições e superimpressões de imagens, os truques variadíssimos, as *trouvailles* que a cada dia enriquecem o plano cinematográfico e lhe dão amplitude só percebida por uma fração mínima de espectadores.

Não vamos ao cinema para passar hora e meia vendo figuras animadas e ouvindo música sem responsabilidades, música "sem ser de concerto". Intenções de burguesia dispéptica. Nem mesmo se vai ao cinema para namorar: já não há intervalos como antigamente, em que os atores pediam cinco minutos de interrupção para pitar um cigarro, cinco minutos durante os quais a gente olhava uns para os outros, ou para as outras. Hoje, repito, vai-se ao cinema com propósitos muito limitados. Quando não é para matar o tempo bem simplesmente, é para ver o astro ou a estrela mais atual ou para escutar o último *fox-trot*. Eis ali a moça que é doida pelo Douglas Fairbanks Jr. Coitada, está ficando velha: em 1926, sofreu muito com a indiferença de Rod La Rocque; em 1928, adoeceu devido aos maus-tratos de Richard Barthelmess; em 1929, tentou suicidar-se por causa de Joseph Schildkraut. Vejo ali também o rapaz que está namorando Anita Page, aliás

4 *Minas Gerais,* 20 mai. 1930, e *Revista do Arquivo Público Mineiro,* ano XXXV, 1984. Assinada com o pseudônimo de Antônio Crispim.

sem maiores probabilidades. São membros de uma mesma família, a família dos frequentadores especializados neste ou naquele "astro" glorioso da tela. Mas não são fãs. Não entendem do riscado. Ir ao cinema pelo cinema, eis a questão. Ir para compreender, sentir, sofrer e, por que não?, ser feliz. No Rio, meia dúzia de sujeitos raros e difíceis fundaram o Chaplin Club, que não é um clube de jantares nem de partidas de pôquer. Também não é um clube literário, político, esportivo, noticioso ou de classe. Não é nada: apenas um clube de frequentadores de cinema, para ensinar a gente a frequentá-lo e compreendê-lo. Imaginem um clube desses prosperando em cada cidade do Brasil. Ou pelo menos em cada capital. Certas fábricas medonhas dos Estados Unidos abririam falência. Certos atores da Paramount seriam obrigados a pedir demissão. O cinema falado em inglês seria uma estupidez pretérita. Esses Chaplin Clubs, orientadores e renovadores, só não conseguiriam acabar com uma coisa: com o cinema falado em português. Porque, muito antes de Hollywood enviar-nos seus *talkies*, já tínhamos o hábito de falar descaradamente no decorrer da projeção. Brasileiro é povo falador.

BALADA DO AMOR ATRAVÉS DAS IDADES[5]

Eu te gosto, você me gosta
desde tempos imemoriais.
Eu era grego, você troiana,
troiana mas não Helena.
Saí do cavalo de pau
para matar seu irmão.
Matei, brigamos, morremos.

Virei soldado romano,
perseguidor de cristãos.
Na porta da catacumba
encontrei-te novamente.
Mas quando vi você nua
caída na areia do circo
e o leão que vinha vindo,
dei um pulo desesperado
e o leão comeu nós dois.

Depois fui pirata mouro,
flagelo da Tripolitânia.
Toquei fogo na fragata
onde você se escondia
da fúria de meu bergantim.
Mas quando ia te pegar
e te fazer minha escrava,

---

5 *Alguma poesia* (1930).

você fez o sinal da cruz
e rasgou o peito a punhal...
Me suicidei também.

Depois (tempos mais amenos)
fui cortesão de Versailles,
espirituoso e devasso.
Você cismou de ser freira...
Pulei muro de convento
mas complicações políticas
nos levaram à guilhotina.

Hoje sou moço moderno,
remo, pulo, danço, boxo,
tenho dinheiro no banco.
Você é uma loura notável,
boxa, dança, pula, rema.
Seu pai é que não faz gosto.
Mas depois de mil peripécias,
eu, herói da Paramount,
te abraço, beijo e casamos.

PAPO COM LUMIÈRE[6]

Oi, Louis Lumière, que alegria falar com você
através do tempo e dos seus filmes-relâmpago!
Vou assistir agora, 89 anos depois,
a saída dos operários de seu estúdio
(que você modestamente chamava de fábrica)
em Lyon Monplaisir para o prazer de todo mundo
que mediante um franco de entrada, no subsolo do
[Salão Indiano do Grand Café
curtia dez filmezinhos de 17 metros cada um.
— Maravilha!
Vão saindo as mulheres de chapéus emplumados
e bustos generosos, como para uma festa,
mas vão para casa de subúrbio preparar o magro jantar de família,
operárias da ilusão, que até hoje distribuem quimeras.
Só você e o mano Augusto não perceberam:
pensavam ter lançado uma simples curiosidade científica
de breve duração, brincadeiras sem consequências
e criaram um outro mundo dentro do mundo velho e bocejante.
Libertaram as paisagens, soltaram as imagens:
elas agora entram em nossas casas, misturam-se com nossas vidas.
— Maravilha...
Olha a locomotiva que salta da tela,
espalhando susto e fumaça na sala de projeções,
olha Madame Lumière pescando delicadamente peixinhos vermelhos

6 *Viola de bolso* (1952).

e o jardineiro levando banho do regador descontrolado.
A invenção ingênua transformou-se em formidável indústria universal
que chega até à lua e embala os sonhos dos seres humanos.
Obrigado, meu velho!

RESIDÊNCIA NO CÉU[7]

Apenas dois cinemas do Rio exibiram, e só por uma semana, o filme que recomenda o otimismo e a fraternidade entre os seres humanos; os demais, se não se dedicaram à propaganda de sentimentos contrários, pelo menos se mantiveram espiritualmente neutros. Contudo, *Milagre em Milão*[8] é dessas raras obras de arte no gênero, concebidas de dez em dez anos, que têm o condão de fascinar gente de todas as classes, gostos e formações. Feito em preto e branco, sem artistas de bilheteria, tendo como ambiente quase imutável um fundo invernoso onde se agitam farrapos de coisas e de pessoas, faz rir muito, umedece olhos, e, ao terminar, arranca palmas. Por que não o deixaram ser visto por multidões, durante largo tempo? O filme talvez seja bom demais, e sua mensagem, perturbadora. O negócio da exibição é seco, e não comporta esses apelos à boa vontade secreta do homem. Distrair, sim; mas produzir um tremor de raízes passa da conta.

Se os donos de cinema prestassem mais atenção, e o público também, o filme de Vittorio de Sica revelaria em si mesmo o seu antídoto. No primeiro momento, ele nos dá vontade de sair pela cidade afora, compelindo os ricos a amar os pobres, e dando aos pobres a alegria de se sentirem iguais aos ricos; operação tanto mais divertida quanto variam ao infinito as concepções de riqueza, e determinado pobre, por exemplo, se regalará com possuir uma boa mala, outra um vestido de baile, e assim por diante; há tantos ricos quantas frustrações pessoais; apenas a pobreza é uma só, nivelada e niveladora. De Sica, porém, não aguça a distinção entre possuidores e despossuídos; ele mostra, no fundo, que todos são egoístas, ou por outra, que todos são "ricos", uns em concreto e outros em perspectiva. Conclusão revolucionária? Não;

7 *Correio da Manhã*, "Imagens do homem", 24 mar. 1955.
8 Título original: *Miracolo a Milano* (1951).

conclusão pessimista: não adianta distribuir a todos os chamados bens de produção; isso serviria para trazer à tona aquilo que os miseráveis não têm oportunidade de manifestar, em seu despojamento: a cobiça, a inveja, a volúpia de domínio e de ostentação. Em sua fábula poética, o diretor italiano parte do princípio de que estes são atributos notórios dos ricos; o que ele faz é demonstrar que o são também dos pobres. Sua demonstração, porém, é graciosa e, longe de revoltar, comove.

Como estamos vivendo, no Rio, o problema da favela do Borel, o filme foi visto com curiosidade maior, pois toma francamente o partido de outros favelados, ou do favelado em geral. O espírito de uma santa senhora e uma pomba celeste se movimentam para salvar os moradores clandestinos, e acontece toda sorte de milagres. Mas, à medida que os milagres se multiplicam, dois anjos implacáveis varejam o espaço e a terra, a impedir que eles continuem. Não, a providência divina não está de acordo em que os problemas sociais sejam resolvidos a poder de milagres. E finalmente, esgotadas as possibilidades de permanecer o terreno em poder dos favelados, que fazem De Sica, o seu agente Totó, a pomba e a santa velhinha? Carregam os miseráveis, montados em cabos de vassoura, entre cânticos, para o lugar "onde bom-dia quer dizer mesmo bom-dia", isto é: o céu. Eis a solução para o caso Borel e similares, rigorosamente dentro do Código Civil, e depois de satirizada suficientemente a propriedade: os pobres, no firmamento; os ricos, em terra firme. Muito bonito, como plástica cinematográfica, essa caravana de pobres em revoada sobre o Domo de Milão; o que não impede a conclusão de que, aqui embaixo, eles não podem viver. Belo filme, sem dúvida.

Gostei não.

DE ONTEM, DE HOJE[9]

E lá se foi o Gordo, enquanto o Magro
circula a esmo, e os versos que consagro
à velha dupla servem de coroa
sobre a pantalha antiga (era tão boa),
tempos do pastelão, do Chico Boia!
Lembra-se de Asta Nielsen, aquela joia?
Era antes desses dois, mas tudo quanto
luziu no Novecentos cabe em canto.
Você ia ao cinema, via a rosa
da Bertini, e, tal qual Guimarães Rosa,
criava ricas, fortíssimas palavras
para exprimir as emoções escravas...
Somos morgados, sim, daqueles idos,
e os pensamentos idos e vividos
que brotam do teclado meu portátil,
ó pobre Gordo, seguem a versátil
deriva da saudade, *du temps perdu*.
[...]

9 *Correio da Manhã*, "Imagens soltas", 11 ago. 1957, e *Versiprosa* (1967).

VESTIDOS[10]

Não sei por que, a eleição da sra. Indira Gandhi para primeiro-ministro da Índia, o fechamento da Casa Canadá e o 70º aniversário da invenção do cinema fundiram-se numa só imagem, projetada na tela interior do cronista. Talvez porque ao longo dessas matérias flutuassem vestidos. Longos, brancos, esvoaçantes, que são os de maior rendimento plástico. Depois, de todas as cores e tamanhos, não só em levitação como inertes, no cabide, em caixas. Vestidos e mais vestidos e túnicas e sáris e sarongues e saiotes e saias e manequins circulando. Oh, perdoai-me se reduzo a importância político-sociológica da eleição de uma grande mulher para primeiro-ministro às proporções de um sári no poder. Perdoai-me se a longa e maravilhosa história do cinema, invenção revolucionária que ainda não completou o seu ciclo, passa a significar apenas um desfile de modas. Quanto à Canadá Modas, obviamente, não peço perdão, pois de vestidos e ornatos mulheris era a sua substância.

Começando pelo mais geral, confessarei que na história do cinema seduz-me, entre muitos outros poderes de comunicação e persuasão que ele revelou, o poder de fabricação de mitos, e, entre estes, os mitos femininos. São setenta anos de formulação e reformulação contínua de tipos que, partindo da visão cotidiana da mulher, a elevam à transcendência de imagens que só a poesia e a magia nos tinham feito pressentir. As técnicas naturalistas de conhecimento e as novas condições econômicas trabalhavam no sentido de desprestigiar a mulher, restringindo-a à posição de companheira comum de nossa existência masculina. Veio o cinema e produziu as mulheres imaginárias, mais belas do que qualquer uma de carne e osso, mesmo beneficiada pelos sortilégios dos salões de beleza. Criou as mulheres

---

10 *Correio da Manhã*, "Enlace de imagens", 21 jan. 1966.

visíveis e intocáveis, ao alcance de todos e de ninguém, pois se quebramos as leis que regem o comportamento do espectador, e as tocarmos na vida real, logo decaem à condição banal da espécie. Só existem no filme, forma peculiar de expressão.

E é o vestido que as encarna, são vestidos andando ou repassando, vestidos assinados por especialistas, coautores da produção ao lado do diretor, do argumentista, dos demais técnicos. O mito não anda pelado, sob pena de deixar de ser mito. O nu é aparição fugitiva e, se demora mais do que "*le temps d'un sein nu entre deux chemises*", dissolve o mito. Garbo, Dietrich, Crawford, Arletty, Bertini, Asta Nielsen eram deusas vestidas. As modernas, sem roupa, não chegam à categoria de mito ou se aniquilam como Marilyn.

Sim, é um sári governando a Índia, e embora tal vestimenta não seja rigorosamente o que por aqui se chama vestido nem por isso é menos vestido, e é até mais do que ele pela extensão drapejada em xale e saia. Primeira veste feminina a quem os homens confiam a sorte de uma imensa comunidade: 5, 6 metros de pano fantasista envolvendo a dura responsabilidade que nenhum homem, no momento, estaria tão qualificado para assumir como herdeira moral de Nehru e de Gandhi. É hora de ler Cecília Meireles: "Os sáris de seda reluzem / como curvos pavões altivos."

Resta a certeza de que dama nenhuma dirá mais a outra dama que o seu longo é obra da Canadá. Uma casa de alta costura que se fecha acaba também com um tempo, uma concepção de elegância, um estilo. Um vestido mais espetacular recolhe-se ao museu, como o de dona Sara; os outros, ao museu da memória de quem os usou. Canadá fica sendo um vestido irreal no fundo do poço.

FESTIVAL EM VERSO[11]

Geneviève Waïte

Pálida Joaninha
pálida e loura, muito loura e –
nem tão fria quanto no soneto
esvoaça entre leitos.
A borboleta presa no pulso
quer voar mas falta céu em Londres
enevoada.

Neda Arneric

O broto de 15
estrelando filmes
proibidos para
os brotos de 15.

Brasileira

Florinda Bulcão, florido
balcão: com esse nome lindo
no frontispício do poema,
para que fazer cinema?

---

11 *Correio da Manhã*, 25 mar. 1969, e *Amar se aprende amando* (1985).

O nome

Trintignant
trinta trinchantes
trinca nos troncos
tranca no trinco
tranco sonoro
– Adoro! –
Diz um trinado
trêfega trintona.

Liquidação

E Robbe-Grillet, de um lance,
mostra, encantado, seu lema:
— Já liquidei com o romance,
vou liquidar com o cinema.

Tráfego

O diretor de *Uma aventura no espaço*
a poucos metros da Lua
veio ver pessoalmente
nossa terrível aventura no limitado
espaço de uma rua
de sinal enguiçado.

Velha guarda

Josef von Sternberg
Fritz Lang
Cavalcanti

3 × 70:
210 anos de cinema
o poder é sempre jovem
quando é alguma coisa mais do que poder.

Mercado de filmes

Compra-se um
que tenha menos de 10 espiões
assassinos/assassinatos;
que, tendo cama,
tenha também outros móveis agradáveis
à vida comum do corpo
como a espreguiçadeira, a mesa, a cadeira;
que tenha princípio
meio e fim;
que não tenha charada nem blablablá,
enfim
um filme que não existe mais.
Paga-se tudo.

Genealogia

Na piscina do Copa
tela líquida panorâmica
do festival de corpos
o repórter erudito
pergunta a Mireille Darc:
— *Mademoiselle,*
est-ce que vous êtes
la toute petite-fille de Jeanne d'Arc?

Desafio

Matemática de cine
a estudar em Ipanema
pelo jovem não quadrado
(Pasolini é quem previne):
Superbacana é o teorema
que não será demonstrado.

FANTASMAS DO SÉCULO[12]

O mês é de fantasmas americanos, na Cinemateca do MAM e no Cinema-1: vinte filmes rodados entre 1932 e 1952 estão sendo exibidos em dois horários: 18h30m e 24h. Este último, tradicionalmente propício à visita de seres espectrais. O outro, crepuscular, já facilita um pouco a aparição deles. Fantasmas femininos e masculinos, fantasmas-vestuário, fantasmas-gesto, fantasmas-sentimento, fantasmas-visão do mundo. Porque não só as pessoas adquirem natureza fantasmal. As modas, até, mais do que as pessoas, se imaterializam e nos dão lições de outro mundo.

A produção de fantasmas era mais lenta nas primeiras décadas deste século. Nenhum vivo, nenhum objeto assumia este título antes de demorada ocultação, necessária para que, ao voltar, nos produzisse a sensação de elemento desligado da vida costumeira e concreta. Mas acelerou-se o processo vital, e, com ele, a desagregação de gente e de coisas. Vinte anos de sumiço já bastaram para a formação de um fantasma completo em literatura, economia, música, vida doméstica, estruturas políticas, medicina, esporte, crimes, culinária, transportes, erotismo – tudo isso enumerado caoticamente, porque o caos precipita a formação de duendes, oferecidos ao consumo rápido. E logo substituídos por outros, pois curta se tornou a duração deles, se não for a volubilidade do consumidor, que exige cada dia novas formas de assombração.

Cai a noite, e em dois salões do Rio de Janeiro começa a desfilar uma procissão (gótica?, triste?, cômica?) de sombras que ainda ontem (um ontem de vinte, trinta anos) abriam perspectivas de sonho a multidões ansiosas por se esquecerem de si mesmas. Sombras que eram cultuadas como heróis ou deuses de mitologia individual, conforme as preferências de cada um.

---

12 *Jornal do Brasil*, 7 nov. 1972.

Eu selecionava minhas deusas platinadas e curvilíneas, João Brandão rendia preito ao soturno Bogart e ao levípede Astaire, que representavam para ele dois polos morais e compositivos da unidade ideal: a inconsequência dançarina de um, o viril e o mistério de outro. No leque de opções, amava-se Ingrid Bergman com as suas sarças de paixão, Ann Dvorak porque iluminava os morticínios de *Scarface* com o diamante veludoso de seus olhos, muitos planejavam fugir de casa para exigir de Ava Gardner que lhes concedesse, ao menos por um dia, o jardim de seu corpo, e houve mesmo um que fugiu e exigiu e não obteve e endoidou mas voltou para casa, pois cinema é assim: endoida só um pedaço, depois o normal recupera seus direitos. *Casablanca, O Picolino, Jezebel, Gunga Din, O morro dos ventos uivantes...* [13] Esvoaçar de vestidos, raivas, melodias, terrores, maquinações, conflitos, meneios que eram sublimes e ficaram ridículos, belezas que ficaram estáticas enquanto mudava o cânon da beleza e com isto beiram agora o limite do feio, se não o transpõem. Era diferente o andar das pessoas naqueles dias. Beijava-se diferente, seja por imposição da censura seja porque os lábios fossem pobres de técnica. O próprio amor não seria diferente? O homem de 1930, 1940, quem o decifra? Estes documentos cinematográficos foram exumados do Egito, de Pompeia, de onde?

Dizem que fantasma pega, isto é, mediante processo de irradiação, vai produzindo outros fantasmas. Espectador da década de 1940 que se anima a rever na de 1970 os amados filmes que lhe encantaram a vista assume inapelavelmente a condição de fantasma, salvo se já a assumira antes por falta de assimilação dos signos e marcas da atualidade. Então, já não se saberia distinguir entre o que é abantesma da tela e abantesma da poltrona, tudo se banha em nevoeiro de vale de meia-noite, a nostalgia torna lívida e pegajosa a cena em que pessoas vivas representam para figuras antigas, como se o filme é que assistisse à dolorosa ressurreição dos sonhos. E os sonhos, atomizados, enchem de poeira a sala... Cuidado: esta série de produções

13 Títulos originais, respectivamente: *Casablanca* (1942), *Top hat* (1935), *Jezebel* (1938), *Gunga Din* (1939), *Wuthering Heights* (1939).

espectrais não é para vós, os maduros e velhos. É para a garotada de cabelo arborescente e calças-triângulo.

Os jovens é que podem curtir, sem perigo, o festival nostálgico. De olhos críticos ou riso aberto as pungências ossificadas daqueles tempos. Eram assim o seus avós e seus pais, era assim a imagem (a informação) do mundo que eles captavam através da esperta edulcorada Hollywood.

O GRANDE FILME[14]

Vejo *Intolerância*[15] de Griffith,
no Cinema Pathé.
Estudante já não vale nada.
Pago entrada comum, preço incomum:
2 mil réis e mais 100 réis de imposto.
Os habitués foram preparados
por anúncios maiores no *Minas Gerais*:
"Procurem compreender, não somos gananciosos.
O filme tem 50 mil comparsas,
15 mil cavalos, 30 artistas
famosos, quatro romances, 14 partes.
Construiu-se um templo colossal
(1.500 metros de fundo),
a orquestra executa partitura
escrita especialmente..."

Intolerância
ou a luta do amor através das idades,
Cristo, Babilônia, São Bartolomeu noturno...
É grandioso demais para a minúscula
visão minha da História, e tudo aquilo
se passa num mundo estranho a Minas
e à nossa ordem sacramental, sob a tutela

---

14 *Boitempo II* (1973).
15 Título original: *Intolerance* (1916).

do nosso bom Governo, iluminado
por Deus.
Esmaga-se esse monstro de mil patas.
Saio em fragmentos, respiro o ar
puríssimo de todas as montanhas.
Intolerância? Aqui no alto, não,
desde que se vote no Governo.

SESSÃO DE CINEMA[16]

Não gostei do *Martírio de São Sebastião.*
Pouco realista.
Se caprichassem um tanto mais?...
Prefiro mil vezes *Max Linder Asmático.*

Ah, que não tarde a vir do Rio
o anunciado *Catástrofe justiceira.*
Deve ser formidável.
Repito baixinho:
Catástrofe justiceira. Catástrofe.
Que pensamento diabólico se insinua
no gozo destas sílabas?
Até agora só tivemos
coisas como *O berço vazio,*
O pequeno proletário,
Visita ao jardim zoológico de Paris.

Não me interessam documentários insípidos.
Quero uma boa catástrofe bem proparoxítona,
mesmo não justiceira. Mesmo injusta.
Será que na sessão do mês que vem
terei este prazer?

---

16 *Boitempo II* (1973).

DIFICULDADES DE NAMORO[17]

Por força da lei mineira,
se te levar ao cinema
levo também tua irmã,
teu irmãozinho, tua mãe.
Porém a mesada é curta
e se eu levar ao cinema
a tua família inteira
como passarei o mês
depois dessa brincadeira?
Prefiro dizer que a fita
na opinião da *Cena Muda*
não vale dois caracóis.
(Esse Wallace Reid, coitado,
anda muito decadente.)
Outro programa não tenho
nem poderia outro haver
por força da lei mineira
durante as horas noturnas.
Proponho então que fiquemos
nesta sala de jantar
até dez horas em ponto,
(hora de a luz apagar
e todos se recolherem
a seus quartos e orações)
lendo, sentindo, libando

---

17 *Boitempo II* (1973).

o literário licor
dos sonetos de Camões.
Eis no que dá namorar
o estudante sem meios
nesta década de 20
a doce, guardada filha
de uma dona de pensão.

O FIM DAS COISAS[18]

Fechado o Cinema Odeon, na rua da Bahia.
Fechado para sempre.
Não é possível, minha mocidade
fecha com ele um pouco.
Não amadureci ainda bastante
para aceitar a morte das coisas
que minhas coisas são, sendo de outrem,
e até aplaudi-la, quando for o caso.
(Amadurecerei um dia?)
Não aceito, por enquanto, o Cinema Glória,
maior, mais americano, mais isso-e-aquilo.
Quero é o derrotado Cinema Odeon,
o miúdo, fora-de-moda Cinema Odeon.
A espera na sala de espera. A matinê
com Buck Jones, tombos, tiros, tramas.
A primeira sessão e a segunda sessão da noite.
A divina orquestra, mesmo não divina,
costumeira. O jornal da Fox. William S. Hart.
As meninas-de-família na plateia.
A impossível (sonhada) bolinação,
pobre sátiro em potencial.
Exijo em nome da lei ou fora da lei
que se reabram as portas e volte o passado

---

18 *Boitempo II* (1973).

musical, waldemarpissilândico, sublime agora
que para sempre submerge em funeral de sombras
neste primeiro lutulento de janeiro
de 1928.

O SER RECONSTITUÍDO[19]

Telefonei para o Departamento Nacional de Meteorologia, indagando que tempo ia fazer. De lá me responderam:

— Tempo nostálgico.

Acrescentaram:

— Ventos do passado, temperatura rememorada, proustiana visibilidade.

É mesmo, o que anda de nostalgia por aí!

Estamos curtindo os deliciosos anos 1930, uma geração; e outra, os incomparáveis anos 1940. Como a vida era *joia* naqueles tempos. Era, perdoem, ou antes, louvem o cartão-postal, era um barco azul, puxado por cisnes brancos, sobre um mar de rosas ou de camélias.

Pequenos aborrecimentos, em surdina, mal perturbavam a superfície risonha das águas. Na década de 1930, que importância tiveram as consequências do craque norte-americano de 1929? Coisinha pouca. A queda do café gerou uma revoluçãozinha no Brasil, seguida de outras explosões políticas? Ora, ora. Expansão do facismo e do nazismo, expurgos sangrentos na União Soviética, *pogrons*, Segunda Guerra Mundial em 1939 – em que isto afetou o ameno balanço da década de 1940? O mundo girava bem, e nós com ele.

Pois não havia Armstrong e Duke Ellington nos alegres 1930? Bota aí no toca-disco o solo de Coleman Hawkins sobre a medida de *Body and soul:* aquele *barato*. Tínhamos um rei, o rei do *swing*: Benny Goodman. E o *bebop*? Que me diz você de *Cool blues,* do tremendo Charlie Parker? Quem não viveu nos anos 1940 sabe lá o que é som?

Dá na gente uma vontade de rever, quinquiver *O anjo azul* da Marlene – a outra, a Dietrich. De pular e cantar com as *Cavadoras de ouro*.[20] Fazer

---

19 *Jornal do Brasil,* 17 nov. 1973.

20 Título original: *Gold diggers of 1933* (1933).

papapapapá com *Scarface*[21] (os modernos assaltos a bancos e supermercados não têm aquela grandeza). Mergulhar na supernostalgia de *E o vento levou*,[22] século XIX adentro. Ou você prefere, você que é mais 1940, *As oito vítimas, Ladrões de bicicleta, Adúltera*?[23] Vamos, não tenha vergonha de dizer que adora os produtos nacionais da Cinédia, na faixa de 1930, e da Atlântida, na de 1940. Sirva-se de *Alô, Alô, Brasil!*, com Carmen Miranda, de *Favela dos meus amores*, com outra Carmem, a Santos. *No trampolim da vida* me dá Jararaca e Ratinho; que mais quero?[24]

Nostalgia à base de som e de preto e branco, também à moda de roupas que voltam, saem como doces espectros de baús da memória. Não chegou ainda aos livros de há quarenta anos, mas talvez chegue. Ó, Carlos Ribeiro, coloca bem à vista nos mostruários os poetas e romancistas daqueles famosos tempos, que não tiveram segunda edição e estavam dormindo em teu depósito.

Dona Maria Costa Pinto estudou o fenômeno nostalgia no Rio de Janeiro e concluiu que ele constitui "fuga das agruras do presente para um passado aparentemente seguro". Deve estar certo, sociologicamente. Mas também julgo perceber um desejo de volta, não simplesmente ao passado – um passado expungido de substância podre –, mas a nós mesmos, ao que éramos no mundo de ontem. Não é a música de então, é o ouvinte de então que ressuscita, o frequentador de cinema que se defronta consigo, trinta, quarenta anos depois, e revendo-se jovem dá juventude às coisas empoeiradas, senão extintas. Os horrores do tempo não nos eram desconhecidos, mas tínhamos a galhardia da juventude para enfrentá-los. Diante de uma guerra, um cataclismo, viçava a nossa flor pessoal.

O começo desta crônica está errado. Nostalgia não é visão infiel do passado, fazendo tábua rasa de seus erros e crimes. É "re-visão" individual, limpeza de teias de aranha, em nossa pobre cuca machucada pelo desgaste

---

21 Título no Brasil: *Scarface, a vergonha de uma nação* (1932).

22 Título original: *Gone with the wind* (1939).

23 Títulos originais, respectivamente: *Kind hearts and coronets* (1949), *Ladri di biciclette* (1948), *Le diable au corps* (1947).

24 Lançados, respectivamente, em 1935, 1935 e 1946.

vital, e descoberta sob uma nova luz – uma luz que, de tão antiga, brilhando de novo, dá a sensação de nova.

Quem curte *Os melhores anos de nossas vidas*,[25] filme dos 1940, *curte* na realidade o jovem dos 1940 que assistiu ao filme com a namorada e talvez nem reparasse nele, entretido com o diálogo de mãos e pensamentos na penumbra. A matéria do passado importa pouco, ou não importa coisa nenhuma. Importa o ser reconstituído, ou a ilusão do.

25 Título original: *The best years of our lives* (1946).

O LADO DE FORA[26]

Sexta-feira. Sessão Fox
rebrilha de gente fina.
Fico do lado de fora.
Não tenho dinheiro agora.

Agora ou toda a semana?
O mês inteiro? Meus livros
troquei por alguns mil-réis:
eram dedos, não anéis.

Não deu para ver a fita
da ofídica Theda Bara.
Que importa a fita? Importante
é a cicuta deste instante.

A moça de meus cuidados,
mas de mim tão descuidada,
surge, camélia ridente.
Finjo ser indiferente.

Entra, nuvem colorida,
entra, música de corpo.
Mal sabe que estou ali,
hirto, magro, como um I.

---

26 *Boitempo II* (1973) e *Jornal do Brasil*, sob o título "Cinema Odeon, rua da Bahia", 20 nov. 1976.

Nem me vê. Não me verá.
Cada pétala de seda
do seu todo natural
me faz delicioso mal.

Não tem sentido, ou tem muito,
esperar por duas horas
que ela saia do cinema
como sai, de mim, o poema.

Aprendo a lição tortuosa
de curtir a dor das coisas.
O que ela viu, tela e enredo,
não vale este meu brinquedo,

o pungitivo brinquedo
de pensar na moça em vão,
do lado de fora, o lado
que ficará do passado

e vige ainda: poder
de sentir, mais que o vivido,
o que pudera ter sido,
o que é, sem jamais ser.

O BICHO QUE NÃO PEGA[27]

Aquele supermacaco à porta do cinema... Tem gente que gosta, e já faz fila mental para entrar. Pois o bichão não está ali convidando? "Vem, gente, a sala é de vocês, evidentemente depois de pagar ingresso. E olha aí: eu sou ainda mais terrível do que vocês me veem, isso aqui fora é só um prolegômeno."

Não garanto que o macacão use a palavra prolegômeno, mas tudo é possível, até esta palavra. Feio, feio de matar, ele é, e abusa da feiura. João Brandão, um delicado do século XIX, vagando atônito pelo século XX, preferiria que a imagem exposta fosse a de uma garota. Nem precisava ser supergarota; bastava um exemplar da nova safra brasileira, de formas saudáveis, sorriso irradiante, convite implícito ao espetáculo. Mas qual. Hoje, parece que o gorila fascina mais do que *La maja desnuda* no Museu do Prado, ou a Vênus de Franciabigio, na Galeria Borghese (cito uma entre mil Vênus disponíveis; escolha o leitor, conforme seu gosto e viagens).

Há mesmo quem ache aquele macaco pouco atraente, isto é, pouco assustador. Se tivesse mais uns dez ou quinze metros de altura – observam – então sim, mereceria a classificação de *legal*. A gente se acostuma com os monstros, passa a conviver com eles, a humanizá-los e banalizá-los; só um monstro fora de série é capaz de produzir *frisson*.

A empresa lançadora do filme talvez se desculpe, alegando que no momento foi o que se pôde arranjar. Um Kong tamanho natural suscitaria protestos dos ocupantes do edifício em que o cinema funciona, pois lhes vedaria completamente o uso das janelas.

Ainda não vi nenhum garoto correndo da visão simiesca. Os meninos olham, param, consideram, comentam, sem medo do medo que se deseja infiltrar-lhes. Estão encouraçados. Gente crescida é que ainda leva susto.

---

27 *Jornal do Brasil*, 21 jun. 1977.

Percebem, após o esbarrão com o inesperado urbano, que o macaco é imitação de macaco. Mas são alguns, apenas, entre os que passam. A maioria adere ao macaco. Aderir é fácil. O difícil, talvez, é ser macaco à perfeição.

Mau gosto, bom gosto? Não cabe colocar a distinção. É lícito presumir, até, que esse bicho de mentira exerça função didática, ensinando a gente a distinguir a parte de credulidade na eficácia dos mitos. Como aquele ali positivamente não se mexe para aninhar na mão nenhum broto de Copacabana, os brotos em geral, esperança da pátria, ficarão mais informados sobre ameaças e perigos que rondam o futuro – essas coisas que às vezes se tornam graves porque acreditamos passivamente nelas, esquecendo perigos e ameaças mais positivas, e em consequência a gente se embanana. Será que o Kong tem a missão didática de desenvolver o exercício crítico, desmoralizador de fantasmas, redutor de terrores noturnos, convite à claridade?

Bem, as reações pessoais variam diante do boneco. Uma garota espevitada chegou perto, quis ao menos pegar-lhe no pé – deixa, deixa eu ... – não pôde: tinha cordão de isolamento e guarda. Saiu lamentando:

— Ah, eu queria tanto sentar na mãozinha dele, o gostosérrimo!

A velha senhora apontou para a figura tenebrosa e disse a outra velha senhora, sua companheira:

— Pra mim, esse bicho horroroso representa o divórcio!

— Tem cara de multinacional, não tem? – perguntou um sujeito, mas o que estava ao lado objetou:

— Tem não. Por dentro, multinacional é muito mais feia do que esse mono, mas por fora tapeia.

— Vamos embora, que esse aí é o AI-5 em pessoa – exclamou o estudante, puxando pelo braço a colega. E afastaram-se, atravessando a rua, enquanto ele assobiava "Vai levando", de Caetano e Chico. Assobiar: coisa que o King Kong, tão descomunal, tão metuendo, não saberia fazer como o carioca.

TRAVOLTECA[28]

Estamos em tempo de campanha eleitoral ou em tempo de discoteca? As duas coisas. Talvez mais discoteca do que eleição. Há candidatos a presidente, governador, a senador, a deputado, a tudo, mas há também, e com muito mais dinamismo do que aqueles, candidatos a travolta.

— Vou dar umas travoltinhas – dizia a garota de qualquer bairro – sul, norte, leste, oeste – do Rio, para a mãe que não entendeu nada. O irmão corrigiu:

— Travoltadas é o que você quer dizer.

— Travoltinhas ou travoltadas, tanto faz. Eu vou é Travolta, *tá legal*?

O rapaz, eliminado no concurso de travolagem do Papagaio, quedou em casa, pensando em outra forma de travoltice, o vestibular 1979, e nas traventas que o mundo dá. Ele ali, derrotado após cinco horas de travoltação violenta, e a maninha invencível, travoltando a mais não poder. Entretanto, fora ele que a iniciara nos melhores efeitos de travoltologia, alertando-a sobre o que é embalo e o que é macaquice; em suma: iniciando-a no autêntico travoltismo.

A garota lá se foi, rumo à discoteca, lugar que afinal de contas tem alguma coisa de biblioteca ou de pinacoteca – a terminação. O que permite alimentar alguma esperança no miolo cerebral da mocidade. De teca em teca, entre remelexos, contorções e distorções, estão vazando energia, aplicando-se a um fim, disputando um primeiro lugar. Primeiro lugar de quê? Ora, não interessa. O sonho travoltiano, como todo sonho, alimenta o coração, vazio de interesses e ideais. Durante alguns meses, o esquema travóltico, armado para fins comerciais positivos, alimentará o espírito juvenil, carente de rumo

---

28 *Jornal do Brasil*, 22 ago. 1978.

que a ordem atual não lhe oferece. Falta um sonho maior, mais alto e mais puro. Então, travoltem, insinua-lhes a sociedade. E eles atendem.

Para os senhores e senhoras de meia-idade, ou mais, que se apresentam com maior travoltura na pista das discotecas, a razão não será diferente. Substituem, também, o inexistente pelo possível. Talvez com maior justificativa, até, que para os travoltojovens. Estão vestidos de decepção de si mesmos, do mundo em que se situam, e não souberam ou puderam melhorar. Travoltação como solução – provisória, é certo, mas com sabor de travoltar a mocidade, no pernear e no bracear de uma noite, que lhes custará mais caro do que aos jovens, pois a coluna, a ciática e o coração ficam esperando na madrugada o momento de cobrar juros.

Chegada a ocasião de destravoltar, pois já está no Eclesiastes que há tempo de travoltinar e tempo de destravoltinar, teremos aprendido que travoltências não resolvem, o que também não deixa de ser uma aquisição, embora negativa, e é assim que se aprende. A indústria de diversões bolará outra espécie de travoltice, nada tola por sinal, desde que atinja seu objetivo, proporcionando estímulos à atividade lúdica, tão compensadora de carências éticas, políticas, econômicas e sociais.

Enquanto isto, inicia-se, sabe Deus como, uma campanha política, tão travada pelas circunstâncias e limitações supostamente legais, que a gente fica invejando o desembaraço dos traventas. Ah, estes pelo menos podem mexer com o corpo à vontade, fazer piruetas incríveis, criar formas corporais que são verdadeiros achados coreográficos, esculturas de um segundo. Têm liberdade plena de criar. Já os candidatos a qualquer coisa... As travoltravessuras da palavra lhes são vedadas. É preciso pensar muito antes de abrir a boca. Melhor talvez fazer como aquele político, não sei se mineiro e pessimista, que não queria saber de alto-falante. "Prefiro o baixo-falante", dizia ele. "Minha conversa é ao pé do ouvido. Se fosse possível conversar dentro do ouvido, então é que seria um pão de queijo."

A propaganda permitida há de ser tão cautelosa que nem pareça propaganda. O candidato tem de contar na fita métrica a distância dos palácios de governo, prefeituras, tribunais, quartéis etc., que lhe permita colocar faixa ou falar ao microfone. A menos de quinhentos metros dessas edificações sagradas, é crime eleitoral. Quem travoltipoliticar dentro dessa área de segurança vai-se dar mal. Toda cautela é pouca. Então, o mais sábio é fazer como todo o mundo: *ir* de discoteca, em tempo de discoteca, e travoltrotar nas travoltecas mil que invadiram o Brasil.

A NOITE DA REVOLTA[29]

— Minha velha, está na hora de tomar o comprimido para dormir.

— Mas eu não quero dormir. Tem um filme na televisão que eu queria ver.

— Acho melhor você não ficar acordada. Pode não gostar do filme e depois passa a noite em claro.

— Não. Você tome o seu comprimido e eu prefiro ficar acordada.

— Mas eu não sei tomar o meu comprimido sem você tomar o seu. Acho que não vou dormir se tomar o comprimido sozinho.

— Experimente, Artur. Só esta noite.

— Estamos tão acostumados que, se os dois comprimidos não forem tomados juntos, acho que um não faz efeito.

— Ah, Artur, você é a cruz da minha vida. Será possível que eu não possa nem ao menos rever um filme de Cary Grant?

— Estou te estranhando, Lindaura. Nunca pensei que você tivesse paixão por esse Cary Grant.

— Muito bonito, cena de ciúmes a essa altura da vida. Trinta e oito anos de fidelidade, e você me vem com uma coisa dessas. Você se esquece que, quando a Ginger Rogers passou o carnaval no Rio, o seu assanhamento não teve limites. Não sossegou enquanto não pediu a ela um autógrafo e Deus sabe o que mais.

— Nunca tive nada com a Ginger Rogers. Juro!

— Não teve porque ela não deu bola. Quer saber de uma coisa, Artur? Você diz que o seu comprimido sozinho não faz efeito. Então, tome também o meu. Tome os dois, tome cinco ou dez, e me deixe em paz curtindo o meu Cary Grant!

---

29 *Contos plausíveis* (1981).

A SAUDADE DO CINEMA[30]

Essa história de morrerem artistas de cinema bole muito com a gente. Ainda mais se forem artistas velhos, que acompanhamos desde a mocidade, nossa e deles. Que diabo, viveram dezenas de vidas, que continuam presentes nos filmes velhos, mas eles mesmos, que tanto se multiplicavam em personagens, não aguentam o rojão e desaparecem como nós, simples espectadores. O Gary Cooper como foi fazer uma coisa dessas? E o Charles Boyer? e a Crawford (ainda há pouco, um professor universitário de Belo Horizonte me telefonava dizendo que pretende reservar a futura aposentadoria à redação de um livro sobre ela)? Lembro esses nomes ao acaso, a lista é imensa, no mesmo cemitério da cena muda e falada.

Agora, a morte de Henry Fonda desperta nas pessoas emocionalmente ligadas ao cinema a repetida decepção. Os artistas em geral, os artistas de cinema em particular, de certo modo constituem propriedade nossa. Não assistimos apenas aos filmes; se nos sensibilizam, vivemos no interior deles, participamos da ação trágica ou bem-humorada, identificamo-nos com os artistas. A gente da minha geração foi um pouco William S. Hart, herói solitário do *far west*, que se encarregava de praticar por nós as façanhas de que a timidez nos privava. Já não falo nos casos de amor, quantos! ora febris, ora langorosos, que mantivemos, tão a distância e tão perto, com uma Dorothy Dalton, uma Alma Rubens, uma Clara Bow. (A paixão por Greta Garbo, nem é necessário mencioná-la: estava impressa no rosto de cada um de nós, moradores em Belém do Pará ou em São João da Boa Vista, São Paulo).

Henry Fonda, não posso dizer que era das minhas fortes admirações, achava nele alguma coisa de caipira civilizado que se sentia pouco à vontade na variedade de caracteres, mas estou vendo agora que gostava dele mais do

---

30 *Jornal do Brasil*, 17 ago. 1982.

que pensava gostar. Certa rusticidade, certo desengonço que marcavam o seu jeitão: traços que o aproximam de meus conterrâneos da zona do Rio Doce. Enfim, gente de casa. Talvez por isso não tenha prestado atenção no seu estilo pessoal, que empolgava tantos cinemeiros, mais perspicazes do que eu: não distinguimos bem o que está muito perto de nós.

Já notei que conversa entre pessoas de mais de 50 cai fatalmente em filmes e atores. Gerações sucessivas, a partir da primeira década do século, guardaram memórias visuais e sentimentais do mundo cinematográfico que não se dissolvem diante do impacto de novas modalidades de espetáculo. Quem viu Mary Pickford não se esquece dela. Quem se impressionou com Adolphe Menjou continua impressionado. Charles Laughton continua vivo nos papos nostálgicos, e Ann Sheridan também. A primeira geração cinéfila entende-se perfeitamente com a segunda, a terceira, cada uma com seus mitos e respeitando os mitos das outras. Decerto não há entendimento perfeito entre elas e a geração atual um tanto privada de ídolos, porque eles já não se constroem como antigamente. Mas dá para a troca de impressões sobre, por exemplo, uma Jacqueline Bisset, que é das últimas atrizes bonitas do cinema, quando já não importa muito a produtores e diretoras a cara dos intérpretes, e sim a magia dos "efeitos especiais". Estou vendo com olhos futuros um senhor de 2032 a contemplar a foto esmaecida da *Manchete* de 1982 e a dizer:

— Ah, A Jacqueline Bisset! Aquilo é que era atriz...

E beijará a foto como em 1922 se beijava a estampa de uma santa, ou "santinho" distribuído pelo vigário, durante o Mês de Maria. Se a essa altura, como desejo, a Bisset estiver viva e recolhida à vida particular, há de sentir, talvez, um arrepio parapsicológico, doce arrepio esse, no instante desse beijo dado em Campina da Lagoa, no Paraná, por um velho senhor que foi deputado estadual e também se aposentou com dignidade.

Hoje não se sabe ao certo se o artista é cinematográfico ou televisiográfico, nem mesmo se é artista humano, com o advento dos robôs que invadiram a atividade industrial e podem muito bem entrar no negócio do cinema, substituindo a preço muito mais acessível os intérpretes de carne e osso. Há motivo para crer que o desempenho de certos elementos, nos filmes de violência inaudita, denuncia a natureza artificial de bonecos programados para matar e destruir tudo. A ferocidade bestial, acima de qualquer explicação, e o prazer da catástrofe, são a própria essência desses filmes, anunciados por suas qualidades negativas. Mas isso já não é diversão nem arte pacificadora de tensões, é o lado sombrio do homem, comercializando o terror. Será o suicídio do cinema? Aqueles a quem o cinema ajudou a viver, enriquencendo-os emocionalmente com imagens indeléveis, mostram-se apreensivos. Estarão condenados a passar a noite revendo os filmes antigos, em videocassete, e a folhear velhas revistas especializadas, sem alimento novo para o gosto constante? O cinema vai tornar-se apenas saudade? Que pena.

VI – CARLITO RESISTE A TUDO

Meu bem, não chores,
hoje tem filme de Carlito!

as crianças do mundo te saúdam.

teus sapatos e teu bigode caminham numa estrada de pó e esperança.

C.D.A.

O OUTRO LADO DE CARLITO[1]

Sou dos que admiram profundamente Carlito. Dos que enxergam atrás da figura grotesca o sentimento de dor machucada, de ironia melancólica e sem outros meios para se exprimir o ridículo quotidiano. Enfim, sou dos que acham Carlito triste, um pouco por natureza e um pouco pelos acréscimos sucessivos que críticos e artistas fizeram à sua personalidade. Porque parece justo distinguir entre o Carlito inicial, amargo sem dúvida, mas positivamente sem uma filosofia e sem uma estética próprias, e o "caso Carlito" o "fenômeno Carlito", que Élie Faure, Jean Cocteau, Paul Morand, Henry Poulaille, Wells e tantos outros vêm comentando e discutindo em livros que davam para encher uma estante. O "crescimento moral" de Carlito faz-me pensar nesse estranho que é o artista, criador de mundos e criatura ele próprio, tão sujeito às leis do mundo exterior, ao seu sistema de influências e pressões, como os seres que a sua imaginação tirou do nada e pôs no papel, no palco ou num pedaço de tela. Hoje, Carlito tem um sentido de que não suspeitávamos (nem ele) ao tempo daquelas velhas e extravagantes comédias em um ato do Keystone. E se o público em geral continua a pedir-lhe apenas aquilo que é a feição superficial de sua arte, a sua macaquice silenciosa e irresistível, nós outros pedimos mais, porque queremos rever, em cada "film" novo, o desencanto, a perplexidade, a malícia, a piedade, a tristeza e o sonho de Carlito, ou seja, o espectro de sua pantomima, o seu lado mais trágico.

Afinal, Carlito foi um homem que deu a volta ao cômico. E que verificou a precariedade e a contingência do cômico, máscara tênue demais para disfarçar a seriedade profunda da vida. Mas que, sendo inteligente, não contou

1 *Minas Gerais*, 8 abr. 1930, e *Revista do Arquivo Público Mineiro*, ano XXXV, 1984. Assinada com o pseudônimo de Antônio Crispim.

isso a ninguém; encheu, apenas, com sua experiência pessoal, os filmes com que resgatou a vulgaridade do cinema norte-americano e que se chamam *Vida de cachorro, Carlito nas trincheiras, O garoto, O circo.*[2]

Não foi sem propósito que aludi à sua experiência pessoal. Vejo nos jornais que Carlito está noivo de sua primeira esposa, Lita Grey. Casado duas vezes, e duas vezes infeliz, o imenso poeta da cena muda não se revolta, não se recolhe a uma ordem religiosa, não cobre a cabeça de cinza, nem se consagra ao cultivo de crisântemos: casa-se de novo. E logo com a primeira mulher cujo comércio lhe foi tão difícil e cheio de dissabores.

Há um sentido na vida de Carlito (e na sua obra também), um sentido ainda mais íntimo do que o pressentido pelos intelectuais, e que nos escapa.

2 Títulos originais, respectivamente: *A dog's life* (1918), *Shoulder arms* (1918), *The kid* (1921), *The circus* (1928).

CANTO AO HOMEM DO POVO CHARLIE CHAPLIN[3]

I

Era preciso que um poeta brasileiro,
não dos maiores, porém dos mais expostos à galhofa,
girando um pouco em tua atmosfera ou nela aspirando a viver
como na poética e essencial atmosfera dos sonhos lúcidos,
era preciso que esse pequeno cantor teimoso,
de ritmos elementares, vindo da cidadezinha do interior
onde nem sempre se usa gravata mas todos são extremamente polidos
e a opressão é detestada, se bem que o heroísmo se banhe em ironia,
era preciso que um antigo rapaz de vinte anos,
preso à tua pantomima por filamentos de ternura e riso, dispersos
[no tempo,
viesse recompô-los e, homem maduro, te visitasse
para dizer-te algumas coisas, sobcolor de poema.
Para dizer-te como os brasileiros te amam
e que nisso, como em tudo mais, nossa gente se parece
com qualquer gente do mundo – inclusive os pequenos judeus
de bengalinha e chapéu-coco, sapatos compridos, olhos melancólicos,
vagabundos que o mundo repeliu, mas zombam e vivem
nos filmes, nas ruas tortas com tabuletas: Fábrica, Barbeiro, Polícia,
e vencem a fome, iludem a brutalidade, prolongam o amor
como um segredo dito no ouvido de um homem do povo caído na rua.
Bem sei que o discurso, acalanto burguês, não te envaidece,

3 *A rosa do povo* (1945).

e costumas dormir enquanto os veementes inauguram estátua,
e entre tantas palavras que como carros percorrem as ruas,
só as mais humildes, de xingamento ou beijo, te penetram.
Não é a saudação dos devotos nem dos partidários que te ofereço,
eles não existem, mas a de homens comuns, numa cidade comum,
nem faço muita questão da matéria de meu canto ora em torno de ti
como um ramo de flores absurdas mandado por via postal ao
[inventor dos jardins.
Falam por mim os que estavam sujos de tristeza e feroz desgosto de tudo,
que entraram no cinema com a aflição de ratos fugindo da vida,
são duas horas de anestesia, ouçamos um pouco de música,
visitemos no escuro as imagens – e te descobriram e salvaram-se.
Falam por mim os abandonados da justiça, os simples de coração,
os párias, os falidos, os mutilados, os deficientes, os recalcados,
os oprimidos, os solitários, os indecisos, os líricos, os cismarentos,
os irresponsáveis, os pueris, os caridosos, os loucos e os patéticos.
E falam as flores que tanto amas quando pisadas,
falam os tocos de vela, que comes na extrema penúria, falam a
[mesa, os botões,
os instrumentos do ofício e as mil coisas aparentemente fechadas,
cada troço, cada objeto do sótão, quanto mais obscuros mais falam.

II

A noite banha tua roupa.
Mal a disfarças no colete mosqueado,
no gelado peitilho de baile,
de um impossível baile sem orquídeas.
És condenado ao negro. Tuas calças
confundem-se com a treva. Teus sapatos
inchados, no escuro do beco,
são cogumelos noturnos. A quase cartola,
sol negro, cobre tudo isto, sem raios.

Assim, noturno cidadão de uma república
enlutada, surges a nossos olhos
pessimistas, que te inspecionam e meditam:
Eis o tenebroso, o viúvo, o inconsolado,
o corvo, o nunca-mais, o chegado muito tarde
a um mundo muito velho.
E a lua pousa
em teu rosto. Branco, de morte caiado,
que sepulcros evoca, mais que hastes
submarinas e álgidas e espelhos
e lírios que o tirano decepou, e faces
amortalhadas em farinha. O bigode
negro cresce em ti como um aviso
e logo se interrompe. É negro, curto,
espesso. Ó rosto branco, de lunar matéria,
face cortada em lençol, risco na parede,
caderno de infância, apenas imagem,
entretanto os olhos são profundos e a boca vem de longe,
sozinha, experiente, calada vem a boca
sorrir, aurora, para todos.
E já não sentimos a noite,
e a morte nos evita, e diminuímos
como se ao contato de tua bengala mágica voltássemos
ao país secreto onde dormem meninos.
Já não é o escritório de mil fichas,
nem a garagem, a universidade, o alarme,
é realmente a rua abolida, lojas repletas,
e vamos contigo arrebentar vidraças,
e vamos jogar o guarda no chão,
e na pessoa humana vamos redescobrir
aquele lugar – cuidado! – que atrai os pontapés: sentenças
de uma justiça não oficial.

III

Cheio de sugestões alimentícias, matas a fome
dos que não foram chamados à ceia celeste
ou industrial. Há ossos, há pudins
de gelatina e cereja e chocolate e nuvens
nas dobras de teu casaco. Estão guardados
para uma criança ou um cão. Pois bem conheces
a importância da comida, o gosto da carne,
o cheiro da sopa, a maciez amarela da batata,
e sabes a arte sutil de transformar em macarrão
o humilde cordão de teus sapatos.
Mais uma vez jantaste: a vida é boa.
Cabe um cigarro: e o tiras
da lata de sardinhas.
Não há muitos jantares no mundo, já sabias,
e os mais belos frangos
são protegidos em pratos chineses por vidros espessos.
Há sempre o vidro, e não se quebra,
há o aço, o amianto, a lei,
há milícias inteiras protegendo o frango,
e há uma fome que vem do Canadá, um vento,
uma voz glacial, um sopro de inverno, uma folha
baila indecisa e pousa em teu ombro: mensagem pálida
que mal decifras. Entre o frango e a fome,
o cristal infrangível. Entre a mão e a fome,
os valos da lei, as léguas. Então te transformas
tu mesmo no grande frango assado que flutua
sobre todas as fomes, no ar; frango de ouro
e chama, comida geral
para o dia geral, que tarda.

IV

O próprio ano novo tarda. E com ele as amadas.
No festim solitário teus dons se aguçam.
És espiritual e dançarino e fluido,
mas ninguém virá aqui saber como amas
com fervor de diamante e delicadeza de alva,
como, por tua mão, a cabana se faz lua.
Mundo de neve e sal, de gramofones roucos
urrando longe o gozo de que não participas.
Mundo fechado, que aprisiona as amadas
e todo desejo, na noite, de comunicação.
Teu palácio se esvai, lambe-te o sono,
ninguém te quis, todos possuem,
tudo buscaste dar, não te tomaram.
Então caminhas no gelo e rondas o grito.
Mas não tens gula de festa, nem orgulho
nem ferida nem raiva nem malícia.
És o próprio ano-bom, que tu deténs. A casa passa
correndo, os copos voam,
os corpos saltam rápido, as amadas
te procuram na noite... e não te veem,
tu pequeno,
tu simples, tu qualquer.
Ser tão sozinho em meio a tantos ombros,
andar aos mil num corpo só, franzino,
e ter braços enormes sobre as casas,
ter um pé em Guerrero e outro no Texas,
falar assim a chinês, a maranhense,
a russo, a negro: ser um só, de todos,
sem palavra, sem filtro,
sem opala:
há uma cidade em ti, que não sabemos.

V

Uma cega te ama. Os olhos abrem-se.
Não, não te ama. Um rico, em álcool,
é teu amigo e lúcido repele
tua riqueza. A confusão é nossa, que esquecemos
o que há de água, de sopro e de inocência
no fundo de cada um de nós, terrestres. Mas, ó mitos
que cultuamos, falsos: flores pardas,
anjos desleais, cofres redondos, arquejos
poéticos acadêmicos; convenções
do branco, azul e roxo; maquinismos,
telegramas em série, e fábricas e fábricas
e fábricas de lâmpadas, proibições, auroras.
Ficaste apenas um operário
comandado pela voz colérica do megafone.
És parafuso, gesto, esgar.
Recolho teus pedaços: ainda vibram,
lagarto mutilado.
Colo teus pedaços. Unidade
estranha é a tua, em mundo assim pulverizado.
E nós, que a cada passo nos cobrimos
e nos despimos e nos mascaramos,
mal retemos em ti o mesmo homem,
aprendiz
bombeiro
caixeiro
doceiro
emigrante
forçado
maquinista
noivo
patinador

soldado
músico
peregrino
artista de circo
marquês
marinheiro
carregador de piano
apenas sempre entretanto tu mesmo,
o que não está de acordo e é meigo,
o incapaz de propriedade, o pé
errante, a estrada
fugindo, o amigo
que desejaríamos reter
na chuva, no espelho, na memória
e todavia perdemos.

VI

Já não penso em ti. Penso no ofício
a que te entregas. Estranho relojoeiro,
cheiras a peça desmontada: as molas unem-se,
o tempo anda. És vidraceiro.
Varres a rua. Não importa
que o desejo de partir te roa; e a esquina
faça de ti outro homem; e a lógica
te afaste de seus frios privilégios.
Há o trabalho em ti, mas caprichoso,
mas benigno,
e dele surgem artes não burguesas,
produtos de ar e lágrimas, indumentos
que nos dão asa ou pétalas, e trens
e navios sem aço, onde os amigos
fazendo roda viajam pelo tempo,

livros se animam, quadros se conversam,
e tudo libertado se resolve
numa efusão de amor sem paga, e riso, e sol.
O ofício, é o ofício
que assim te põe no meio de nós todos,
vagabundo entre dois horários; mão sabida
no bater, no cortar, no fiar, no rebocar,
o pé insiste em levar-te pelo mundo,
a mão pega a ferramenta: é uma navalha,
e ao compasso de Brahms fazes a barba
neste salão desmemoriado no centro do mundo oprimido
onde ao fim de tanto silêncio e oco te recobramos.
Foi bom que te calasses.
Meditavas na sombra das chaves,
das correntes, das roupas riscadas, das cercas de arame,
juntavas palavras duras, pedras, cimento, bombas, invectivas,
anotavas com lápis secreto a morte de mil, a boca sangrenta
de mil, os braços cruzados de mil.
E nada dizias. E um bolo, um engulho
formando-se. E as palavras subindo.
Ó palavras desmoralizadas, entretanto salvas, ditas de novo.
Poder da voz humana inventando novos vocábulos e dando sopro
[aos exaustos.
Dignidade da boca, aberta em ira justa e amor profundo,
crispação do ser humano, árvore irritada, contra a miséria e a fúria
[dos ditadores,
ó Carlito, meu e nosso amigo, teus sapatos e teu bigode caminham
[numa estrada de pó e esperança.

CHAPLIN JÁ NÃO INTERESSA?[4]

Miss Marjorie Adams, a senhora me perdoe; mas me parece improvável que o público norte-americano se haja desinteressado por Charlie Chaplin. Diz o vespertino que, perguntada a respeito desse cômico excepcional, a senhora, que é redatora cinematográfica do *Boston Globe,* e no momento passeia pelo Rio, se mostrou um tanto inquieta e procurou desconversar. Não sem dizer antes, com um ar que se adivinha categórico:

— O público não se interessa mais. Chaplin deixou de filmar nos Estados Unidos, e não há razão para que nos preocupemos com ele.

Como é isso, miss Adams? Até parece, pelo seu comentário evasivo, que o referido ator, deixando a América do Norte, perdeu algum atributo fundamental, e que sua capacidade histriônica tinha como explicação única a ditosa circunstância de se manifestar em Hollywood. Voltando à Europa, o homenzinho emburreceu. Pois não é justamente um caso que deve preocupar?

Se os norte-americanos deixaram de se preocupar com Chaplin, então é hora de os norte-americanos passarem a constituir objeto de preocupação universal. Alguma coisa por lá não anda bem, se eles esqueceram a maior figura de seu cinema. Há entre Chaplin e os Estados Unidos um conflito que exclui a ideia de indiferença. Observar-se-á talvez ingratidão do lado do artista, que, por tanto tempo que viveu na América, aí adquiriu fortuna e glória, e não quis nunca integrar-se definitivamente na comunhão americana. Por outro lado, as suspeitas ideológicas levantadas contra ele e as restrições impostas aos seus direitos de cidadão constituem um indício melancólico de que a democracia americana ainda não conseguiu vencer suas contradições internas. Mas a obra de Chaplin está no meio dessa de-

---

4 *Correio da Manhã,* "Imagens do tempo", 26 mai. 1954.

savença, intacta e pura como uma dádiva a todos os homens, e essa nem o próprio Chaplin saberia comprometê-la.

Se o artista se aventurou por atalhos perigosos, em que a arte busca demonstrar qualquer coisa que não se desprende espontaneamente de sua essência, ainda assim essa aventura não é indiferente, provando pelo contraste a limpidez da obra anterior. Não é o caso do último filme de Chaplin, que incorpora a própria vulgaridade conceitual aos recursos emotivos, com tamanho poder que nossa inteligência crítica se omite para dar lugar a essa invasão do humano que *Luzes da ribalta*[5] desencadeia com a extraordinária energia de seu estilo, como cinema, e não como pregação de qualquer verdade. No mais, os pronunciamentos políticos de Chaplin são os de um indivíduo qualquer, atento aos acontecimentos contemporâneos e levado a tomar a posição que se lhe afigura mais justa. Não se pode condená-lo porque ele desaprova certas atitudes dos dirigentes políticos do país em que vivia até há pouco. E, sobretudo, não se pode ignorá-lo.

Que um povo tão receptivo e sadio como o norte-americano, em cujo convívio precisamente a arte de Chaplin se estruturou e ganhou densidade universalizando-se, já não queira saber dele, porque não está mais presente, é um pouco difícil de acreditar. O nome sai menos nos jornais, inclusive no *Boston Globe,* e os letreiros luminosos já não o projetam. Mas o vagabundo Carlito e seus pertences, o chapéu-coco, a bengalinha flexível e os sapatos arrebentados, há de passear sempre na imaginação geral como talvez o único mito permanente de nossa época. E à medida que as pessoas se desumanizam por toda parte, esse mito e seu criador interessam cada vez mais profundamente, sem limitações geográficas. Desculpe se contrario sua opiniãozinha, prezada miss Adams.

5 Título original: *City lights* (1931).

MEMÓRIAS DE CARLITO[6]

Muita gente tem corrido à livraria que recebe novidades inglesas a preço de diamante para perguntar se chegaram as memórias de Chaplin, quero ler enquanto está quentinho, depressa! Calma, ainda não chegaram. Por enquanto o que há são resumos e comentários vindos de Londres, mas daqui a pouco o livro poderá ser passeado debaixo do braço, nos lugares onde é bom mostrar que estamos em dia; e logo depois virá a tradução para consumo geral – porém, essa é que os insofridos gostariam que demorasse bastante, para o assunto não virar subitamente arroz de almoço lá em casa...

E me pergunto: o importante será mesmo a vida desse rico senhor Chaplin, leão caçador e caçado em Hollywood, glória ofendida e humanamente ressentida, que com justa causa se recolheu ao único país no mundo onde não acontece nada, para compreender o que é a felicidade, e que "a felicidade é alguma coisa muito próxima da tristeza"? Ou mais importante, o único importante mesmo, é a vida do vagabundo imaginário que ele criou na mocidade e que ainda hoje circula pela terra, como espaçonave eternamente em órbita, em um ou outro festival de cinema, nos velhos filmes passados em casa depois do jantar, sobretudo na retrospecção de gerações que o conservam, como o incorruptível, o indeformável mito de miséria e revolta lírica, inspirador do riso mais pueril como da emoção mais terna e da poesia mais espontânea?

A vida de Chaplin foi uma algomeração de sucessos envenenados, contraditória e turva, mas o remanso familial em que ele se fixou atinge o ideal da perfeição pequeno-burguesa: afinal, as coisas se acomodaram, e um respeitável velhinho de cabeça branca, muito vivo, assiste ao espetáculo do mundo, cercado de encantadores filhinhos com a sensação de tê-los

---

6 *Correio da Manhã*, "Imagens no sonho", 16 out. 1964.

ao mesmo tempo como netinhos encantadores, o que é prazer raro, e isso compensa bem todas as chantagens, perseguições e incompreensões de que foi alvo. Mas o vagabundo Carlito prossegue em sua estrada sem *happy ending*. É o personagem inconcluso, por definição e vocação.

Carlito acomodado não seria Carlito; rico, tampouco o seria; adaptado a novas técnicas ou tiques de cômico, estaria liquidado; abandonado pelo seu criador e senhor, como foi, continua existindo como nos velhos dias, sem envelhecer como Chaplin, à revelia de Chaplin. Nenhuma outra criação posterior, no gênero, o suplantou ou igualou. Os tipos cômicos passam como água de rio. Carlito já não faz rir aos novos? Não importa: os novos o descobrirão um dia, ou nunca, mas sabemos que um ser, entre cotidiano e absurdo, foi inventado certo dia por um rapazinho saído de um subúrbio miserável de Londres, e que esse ser é a grande contribuição do nosso tempo para o mundo da fábula; concebido para fazer rir, foi além do engraçado, e desaguou no patético. A biografia de Carlito, quem a escreverá? E como se há de escrevê-la, se não acaba nunca nos possíveis da imaginação, depois de esgotada no cinema?

UM LIVRO, OUTRO LIVRO[7]

Uma retrospectiva Carlito está passando no mundo inteiro, fora dos cinemas: abrange toda a sua carreira e mais os elementos de solidão, dor, luta e sonho que constituem o alicerce moral de seus filmes: a vida de um garoto miserável de Londres, que enriqueceria o mundo com a criação de um tipo de aventureiro poético e absurdo, tipo que comove e diverte como herói ridículo mas autêntico em contraste com os heróis sublimes, mas falsos, estabelecidos pela convenção.

A retrospectiva Carlito está condensada num livro, a *História da minha vida*, que se lê três vezes. Primeiro, como romance de uma existência que poderia ter-se perdido no anonimato ou resvalado para o comportamento antissocial, pois o crime é a compensação que a comunidade costuma oferecer àqueles de que não cuidou; ao contrário, essa vidinha de pária tornou-se gloriosa da glória mais pura: a do encantamento de multidões inteiras pela arte. Lê-se depois como reportagem mundial fascinante, em que desfilam Einstein, Ghandi, Bernard Shaw, Krushchev, Paderewski, Picasso, Nijinsky, Churchill e dezenas de outros que marcaram o século. E finalmente lê-se como corte profundo da história da evolução do cinema através de um gênero e de seu gênio – pois dizer Carlito equivale a dizer: o Cinema.

É sem dúvida um dos documentos importantes de nossa época. A dolorida verdade de suas confissões ilumina, mais do que o recesso do coração de Chaplin, os subterrâneos de um tempo dividido entre impulsos de amor e de destruição coletiva. Em meio à intolerância, à injustiça e à incompreensão, o Chaplin das comédias clássicas aparece-nos como um ser angélico, em sua malícia sentimental. Foi bom ter existido este homem-mito, e é bom que ele nos conte sua experiência prodigiosa, temperada

---

7 *Correio da Manhã*, "Imagens que ficam", 22 set. 1965.

da melancolia do sucesso e do amor maduro: "O perfeito amor – ensina a última página – é a mais bela das frustrações, pois está acima do que se pode exprimir." A edição brasileira, em tradução que dá gosto, é um serviço de José Olympio a todos os que amamos Carlito e nele reencontramos o moleque lírico e insubmisso que a vida abafou em nosso íntimo.

Passar de Carlito a José Bonifácio, o Patriarca, parece fora de medida e não é. As *Cartas andradinas* e o caderno de apontamentos parisienses mostram um José Bonifácio humano e capaz de deliciar-se com as frases de Chaplin se vivesse no tempo dos filmes, a que sua curiosidade científica não quedaria alheia. Edgard de Cerqueira Falcão, à frente de uma equipe de especialistas, prestou a mais útil homenagem à memória do Andrada, coligindo e reproduzindo em fac-símile as *Obras científicas, políticas e sociais de José Bonifácio de Andrada e Silva*, em três magníficos volumes que retificam muitos enganos e acrescentam luzes novas para conhecimento do homem extraordinário que ele foi. Descobridor de vários minerais na Suécia e na Noruega, estudioso dos diamantes do Brasil, das minas de ouro e das fábricas de ferro, preocupado com o reflorescimento, com a incorporação dos índios bravos à civilização, com a abolição da escravatura, com a proteção ao trabalho da mulher grávida, reformador e inovador entre múmias políticas e conservantismos ferozes, este santista ainda fazia versos, instaurava a Independência e traçava as bases políticas do Império. Era 300, era 350, como diria Mário de Andrade. E a matéria ainda não foi esgotada nestes três volumes organizados com carinho e competência por Falcão, que faz jus a agradecimentos gerais, ao reavivar a imagem do fabuloso José Bonifácio. Louvor ainda à cidade de Santos, que fez publicar esta obra, em honra do maior de seus filhos – que é também um dos maiores americanos.

EM MARÇO, ESTA SEMANA[8]

[...]
Lá se foi Harold Lloyd, um velho chapa
do tempo em que o cinema era calado
e a gente é que falava... Eis que à socapa
voltam risos e sombras do passado.

– Viu Carlito no *Circo*? – Não quis ver,
pois já não sou broto carlitiano,
e procurando nele o antigo ser,
não mais o encontro... Deve haver engano.

Mudaria Carlito ou mudei eu?
(Sempre me perseguindo o eterno Assis,
como se a vida não me houvesse assaz
revelado o segredo de uma noz
escondida num papo de avestruz.)
[...]

---

8 *Jornal do Brasil*, 13 mar. 1971, e *Amar se aprende amando* (1985).

A SEGUNDA PRIMEIRA VEZ[9]

O garoto que mora (escondido) em você já foi rever *O garoto*, de Chaplin, ou melhor, já foi se rever nele? Porque há duas maneiras de avaliar um filme antigo: com os olhos de hoje e com os olhos de ontem.

Prefira a segunda maneira, se já é também um tanto... histórico. Não leve óculos críticos para o cinema. Leve seus olhos primeiro, unicamente. Sei que isto não é fácil. Onde estarão esses olhos fora de uso, que sumiram, como somem nossos óculos e some nossa vida?

Procure, procure bem, dentro de suas gavetas e escaninhos menos visitados. Alguma partícula desses olhos deve ter sobrado. Você não está vendo as coisas agora, totalmente com a lucidez, a experiência, o desengano acumulados pela ação do tempo. Às vezes você não as distingue bem, e pensa que a vista ficou cansada, a miopia aumentou. Não é bem isso. A visão primitiva não se dissipou de todo, e o espetáculo que ora descortina é revelado em feições que parecem desmentir a realidade. Os outros viram pardo. Você percebeu um pardo mais claro, onde se filtrava a tentativa de rosa. Foi a sua visão não corrompida que funcionou. Oba!

Concordo ainda em que essa identificação particular de um tom, de um contorno, de uma linha não captados por alguém mais, se lhe dá alegria, também lhe rende pensar. Antes de mais nada, você verifica, decepcionado, que sua descoberta não mereceu partilha. Os outros não viram, e bocejaram. Você ficou sendo o proprietário isolado daquele róseo que ia ameaçando colorir a superfície parada e talvez se alastrasse, caso outros, como você, tomassem conhecimento dele. Alegria sem distribuição é mais alegria. Então você recolhe os olhos antigos, aqueles olhos que viam com prazer e novidade, e adere à visão comum. À indiferente visão comum.

---

9 *Jornal do Brasil*, 19 jul. 1975, e *Os dias lindos* (1977).

O cinema retrospectivo está sempre nos preparando esta cilada. O convite a rever é desafio a sentir, a sentir-se, a recompor-se. Mudou a tecnologia da criação, mudaram seus participantes, mudou a atmosfera, mudou o espectador. Já este não se reconhece na caricatura da emoção que o filme lhe provocara, lá se vão cinquenta anos e alguma fumaça. Tudo é ridículo, inclusive o espectador que se comovera antes, admirara antes, e hoje não tem percepção para a sensaboria sentimental, o jogo canhestro e rudimentar, a falsidade de uma suposta obra de arte que denuncia a contingência do gosto e dos juízos estéticos no decorrer de uma única geração.

Se você se comportou assim, foi apenas porque envelheceu? Desculpe, mas deve ter sido também por fraqueza diante da reação espontânea dos moços. Você julgou como eles, teve medo de ser considerado um velho desatualizado. Os jovens estão elaborando uma realidade de hoje, com os olhos de hoje. Só mais tarde irão reencontrá-la em documentos que por sua vez lhes proporão a alternativa: interpretá-los criticamente, com injustiça porque com ausência de identificação emocional, ou vivê-los na plenitude do encontro de alguém consigo mesmo, pela emoção recriada.

Deve haver uma espécie de devoção, no confronto do homem com o seu passado, através dos livros, dos quadros, dos filmes, dos sítios que foram marcos de sua formação cultural. Há um rito a observar, um ato de confiança e esperança na permanência do ser, mesmo contra as evidências da decomposição. A vida torna a palpitar sob as ruínas que se acumularam em torno de nós e em nós mesmos. Mas isto só é possível se renunciarmos à ironia diante das coisas pretéritas, e se as aceitarmos como coisas incorporadas a um conjunto sem fim, dentro do qual a dimensão humana, entre mudanças contínuas, permanece inalterável.

Você já foi rever *O garoto*, já permitiu que *O garoto* se revisse em você, os dois já se abraçaram na mesma disposição cândida, festiva e inaugural dos anos 1920? Diga, você fez isso com os olhos daquele tempo, e eles lhe prestaram o bom serviço de ver *O garoto* em 1975 numa segunda e admirável primeira vez?

A CARLITO[10]

Velho Chaplin:
as crianças do mundo te saúdam.
Não adiantou te esconderes na casa de areia dos setenta anos,
refletida no lago suíço.
Nem trocares tua roupa e sapatos heroicos
pela comum indumentária mundial.
Um guri te descobre e diz: Carlito
C A R L I T O – ressoa o coro em primavera.

Homens apressados estacam. E readquirem-se.
Estavas enrolado neles como bola de gude de quinze cores,
concentração do lúdico infinito.
Pulas intacto da algibeira.
Uma guerra e outra guerra não bastaram
para secar em nós a eterna linfa
em que, peixe, modulas teu bailado.

O filme de 16 milímetros entra em casa
por um dia alugado
e com ele a graça de existir
mesmo entre os equívocos, o medo, a solitude mais solita.
Agora é confidencial o teu ensino,
pessoa por pessoa,
ternura por ternura,

---

10 *Correio da Manhã*, "Imagens do homem: a Carlito (70 anos)", 19 abr. 1959, e *Lição de coisas* (1962).

e desligado de ti e da rede internacional de cinemas,
o mito cresce.

O mito cresce, Chaplin, a nossos olhos
feridos do pesadelo cotidiano.
O mundo vai acabar por mão dos homens?
A vida renega a vida?
Não restará ninguém para pregar
o último rabo de papel na túnica do rei?
Ninguém para recordar
que houve pelas estradas um errante poeta desengonçado,
a todos resumindo em seu despojamento?

Perguntas suspensas no céu cortado
de pressentimentos e foguetes
cedem à maior pergunta
que o homem dirige às estrelas.
Velho Chaplin, a vida está apenas alvorecendo
e as crianças do mundo te saúdam.

DRUMMOND NO CINEMA

FILMES E DOCUMENTÁRIOS BASEADOS NA OBRA DE CARLOS DRUMMOND DE ANDRADE

Crônica da cidade amada (1965), dirigido por Carlos Hugo Christensen. Baseado nas crônicas "O índio" e "Luzia", incluídas em *A bolsa e a vida* (1962).

O padre e a moça (1966), dirigido por Joaquim Pedro de Andrade. Baseado no poema "O padre, a moça", incluído em *Lição de coisas* (1962).

O fazendeiro do ar (1974), documentário dirigido por Fernando Sabino e David Neves.

Enigma para demônios (1975), dirigido por Carlos Hugo Christensen. Baseado no conto "Flor, telefone, moça", incluído em *Contos de aprendiz* (1951).

Cabaret mineiro (1980), dirigido por Carlos Alberto Prates Correia. Inspirado no poema "Cabaré mineiro", incluído em *Alguma poesia* (1930), e em conto de Guimarães Rosa.

Quarup Sete Quedas (1982), documentário dirigido por Frederico Füllgraf. Inspirado no poema "Adeus a Sete Quedas", publicado no *Jornal do Brasil*, 9 set. 1982.

O amor natural (1996), documentário dirigido por Heddy Honigmann. Baseado no livro homônimo, publicado em 1992.

Carlos Drummond de Andrade (2002), documentário dirigido por Ana Maria Rocha e Jorge Oliveira.

O poeta de sete faces (2002), documentário dirigido por Paulo Thiago.

O vestido (2003), dirigido por Paulo Thiago. Baseado no poema "Caso do vestido", incluído em *A rosa do povo* (1945).

O gerente (2011), dirigido por Paulo César Saraceni. Baseado no conto "O gerente", incluído em *Contos de aprendiz* (1951).

Drummond: testemunho da experiência humana (2011), documentário dirigido por Maria Graciema Aché de Andrade.

Consideração do poema (2012), documentário dirigido por Gustavo Rosa de Moura, Eucanaã Ferraz e Flávio Moura.

Vida e verso de Carlos Drummond de Andrade (2014), documentário dirigido por Eucanaã Ferraz.

Canto do rio em sol (2015), curta-metragem dirigido por Maria Graciema Aché de Andrade e Laís de Azeredo Rodrigues. Livremente inspirado no poema homônimo, incluído no livro *Lição de coisas* (1962).

João Brandão adere ao punk (2015), curta-metragem dirigido por Ramiro Grossero. Livremente inspirado na crônica homônima publicada no *Jornal do Brasil*, em 1983.

O último poema (2015), dirigido por Mirela Kruel. Baseado na correspondência entre C.D.A. e a professora Helena Maria Balbinot.

Estranho ímpar (2016), curta-metragem dirigido por Beto Oliveira. Livremente inspirado no poema "Igual-desigual", incluído no livro *A paixão medida* (1980).

AGRADECIMENTOS

Adriana Tegagni • Adriano Fagundes • Afonso Borges • Alessandra Gino Lima • Alexei Bueno • Ana Maria Caminha • Antonio Carlos Secchin • Bruno Cosentino • Carlos Marcelo • Cibele Teixeira • Edmílson Caminha • Eliane Parreiras • Eucanaã Ferraz • Humberto Werneck • Inês Rabelo • João Barile • Joziane Perdigão Vieira • Júlia Saback • Katya Pires de Moraes • Lauro Moreira • Leo Santana • Livia Vianna • Luis Mauricio Graña Drummond • Manoela Purcell Daudt • Miguel Vieira Graña Drummond • Mônica Moreira • Patricia de Oliveira • Raquel Valença • Roberta Machado • Rogério de Vasconcelos Faria Tavares • Sônia Machado Jardim • Soraia Lara

*

Academia Mineira de Letras • Arquivo-Museu de Literatura Brasileira, da Fundação Casa de Rui Barbosa • Biblioteca Pública Estadual de Minas Gerais • Fundação Biblioteca Nacional • Grupo Editorial Record • Instituto Moreira Salles • Memorial Carlos Drummond de Andrade • Prefeitura Municipal de Itabira

*

In memoriam de Dolores, Maria Julieta, Manolo e Carlos Manuel, os outros cinéfilos da família.

ÍNDICE ONOMÁSTICO

P

Q

R

Este livro foi composto na tipografia Arno Pro,
em corpo 11,5/15, e impresso em
papel off-white no Sistema Cameron da
Divisão Gráfica da Distribuidora Record.